Lost in Games

Iris Kannenberg

Ben ist in einem Computerspiel gefangen, in dem er sein eigenes Leben nachspielen muss. Level für Level muss er seine Schwächen bekämpfen, um wieder herauszukommen. Unterstützt wird er von seinen Mitschülerinnen Einstein und Julia. Doch helfen sie wirklich? Ben muss sich zwischen ihnen entscheiden und damit zwischen Wirklichkeit und Spiel.

Iris Kannenberg hat Germanistik und Erziehungswissenschaften in Berlin studiert. Dort hat sie ihre Liebe zum Schreiben entdeckt und arbeitet seit vielen Jahren als Drehbuchautorin für verschiedene Serien-Formate der deutschen Fernsehlandschaft. Heute lebt sie in Hamburg.

Lost in Games

Das Portal

Impressum:

Iris Kannenberg
c/o Authors' Dreams
Am Krummgewann 22
64625 Bensheim

Cover: Dream Design - Cover and Art
Lektorat: Monika Spang
Druck: epubli – ein Service der Neopubli GmbH Berlin

Lost-in-Games@email.de
https://iris-kannenberg.de/
Instagram: lostingames1

ISBN 978-3-8190-5252-1

Der Avatar

Die Höhlenhydra schoss wie ein Blitz auf ihn zu. Benjamo Brutalo riss im letzten Moment sein Schwert hoch und schlug ihr den Kopf ab. Mit Schrecken beobachtete er, wie ihr zwei neue Köpfe nachwuchsen. Er schlug erneut zu, doch wieder wuchsen zwei Köpfe nach. Es schien aussichtslos. Der Avatar kämpfte immer schneller, immer verzweifelter. Er hatte kaum noch Lebenspunkte übrig.

„Ben!“

Benjamo Brutalo wusste, so konnte er das Monster nicht besiegen. Mit einem Salto sprang er an den Kronleuchter und schwang sich auf die Balustrade.

„Ben, Frühstück!“

Er musste ins Auge treffen. Das war der einzige Schwachpunkt dieser Bestie. Er griff nach seiner Armbrust. Das Monster kam näher. Wenn der erste Schuss nicht traf, war er tot. Konzentriert spannte er den Bogen und zielte. Die Hydra war mitten im Visier. Ent-

weder er traf und siegte oder er starb. Er oder sie! Der Pfeil löste sich blitzartig vom Bogen und schnellte in Richtung Hydra.

Der Bildschirm wurde schwarz. Ben sah vom Computer hoch und direkt in die strafenden Augen seiner Mutter.

„Hast du etwa die ganze Nacht gespielt?“

„Nein!“, protestierte Ben. Nur die halbe Nacht. Aber das sagte er nicht. Und er konnte auch nichts dafür. Er war frühmorgens aufgewacht, weil er von der Hydra geträumt hatte. Natürlich konnte er dann nicht mehr einschlafen und hatte weitergespielt. Seine Mutter sah ihn mit traurigen Augen an. „Frühstück ist fertig.“

Ben warf einen Blick auf den herausgezogenen Stecker und wagte einen kleinlauten Protest. „Den darf man nicht einfach so rausziehen.“

„Kommst du?“ Seine Mutter ging vor und Ben folgte mit schlechtem Gewissen. Er war todmüde, aber das würde er nicht zugeben.

Sein Vater belegte gerade Bens Pausenbrot, als er hereinkam. „Du kommst zu spät.“

„Ich schaff das schon noch.“ Ben setzte sich und griff nach einem Brötchen.

„Er hat am Computer gespielt.“

„Schon vor dem Frühstück?“, fragte der Vater fassungslos. „Ich sollte das Teil in den Müll werfen.“

Ben sah ihn unsicher an. Das würde er nicht wirklich tun. Oder?

„Er ist zu jung, um verantwortungsvoll damit umzugehen“, seufzte seine Mutter.

„Ich brauche ihn für die Schule“, äffte sein Vater ihn nach. „Hast du schon *einmal* deine Hausaufgaben daran gemacht? Ich habe dir den Computer gekauft, damit du lernst, mit Office-Programmen umzugehen, nicht um zu spielen.“

Ben schwieg. Wenn seine Eltern anfingen, ihm Vorhaltungen zu machen, hörten sie so bald nicht wieder damit auf. Um den Inhalt ihrer Predigt auszublenden, konzentrierte er sich auf das Stakkato der Vokale und Konsonanten. Er schob sich das Marmeladenbrötchen in den Mund und kaute im Takt. Takt? Er musste den richtigen Takt finden, um die Höhlenhydra zu bekämpfen. Pfeil anlegen – Schuss – Pfeil anlegen – Schuss. Oder war sie besser mit der Streitaxt zu besiegen? Sein Avatar war darin nicht trainiert. Julia könnte bestimmt mit einer Streitaxt umgehen, dachte er. Wer so gut Fußball spielt, kann alles, was mit Sport zu tun hat.

„Sport …“, hörte er seinen Vater sagen und horchte auf.

„Wenn du wenigstens ein bisschen Sport machen würdest.“

Ben verzog das Gesicht. Keine gute Idee. Dann lachten die anderen nur. Seine Mutter drückte ihm die Brotdose in die Hand: „Wenn du nicht zu spät kommen willst, musst du dich beeilen.“ Ben nahm seinen Rucksack und eilte hinaus.

Kaum war er draußen, zog er seinen Kragen höher. Es war nasskalt und grau. Ein leichter Nieselregen legte sich auf seine Kleidung und machte sie klamm. Ben versuchte, sich zu beeilen, doch immer wieder musste er großen Pfützen ausweichen. Was war das? Auf einer der Pfützen schwamm ein regenbogenfarbener Fleck. Ben blickte hoch. Die Sonne war hinter den dunklen Wolken nicht zu sehen. Also konnte es keine Spiegelung sein. Er beugte sich näher heran. Öl? Oder … Ben lächelte. Ein Zugang in eine andere Welt. Wenn er sich immer weiter vorbeugte, könnte er dort eintauchen und würde durch ein Wurmloch hindurchgesogen, raste durchs All, zwischen Sternen und Galaxien hindurch, bekämpfte Aliens, war ein Held. „Autsch!"

Ein Ball traf ihn am Kopf und hüpfte langsam die Straße hinunter. Ben rieb sich die Stelle, sah hoch und erstarrte. Julia blickte erwartungsvoll zum Ball, während Roger sich halbtot lachte. Ben war nicht sicher, ob er ihn absichtlich angeschossen hatte.

„Los, schieß ihn zurück!", forderte Julia ihn auf.

Ben zögerte. Er konnte nicht gut schießen. Aber Julia hatte ihn angesprochen. Was sie noch nie getan hatte. Also würde er es versuchen. Und es musste ein wirklich guter Schuss werden. Ben ging zum Ball, holte Schwung, zielte - sah Julias Blick – und verfehlte den Ball. Roger lachte. Julia verdrehte die Augen, kam zu ihm und schoss den Ball elegant zu Roger zurück. Jetzt kickten die beiden sich gegenseitig den Ball zu, während sie weiter zur Schule gingen. Ben blieb stehen und sah ihnen nach. Er hatte plötzlich keine Lust mehr auf Schule. Roger würde allen erzählen, dass Ben noch nicht einmal einen Ball traf, und Julia fand ihn wahrscheinlich eh blöd. Aber Schule schwänzen traute er sich nicht. Also trottete er weiter.

Auf dem Pausenhof eilten die letzten Schüler in die Schule, nur Einstein stand in ein Buch vertieft am Eingang. Ben warf im Vorbeigehen einen Blick darauf. „Mathe?“

„Quantenphysik“, antwortete sie.

Ben zuckte mit den Schultern. Das kannte er schon. Einstein galt als hochbegabt und langweilte sich im Unterricht, wenn sie nicht nebenbei anspruchsvolle Lektüre las. Deswegen fanden die anderen sie komisch und mieden sie. Sie nannten sie Einstein, weil sie immer alles wusste. Wie ihr richtiger Name war, hatte Ben inzwischen vergessen. Ohne dass er sie dazu aufforderte, schloss sie sich ihm an und ging mit ihm hinein. Ben schluckte, hätte er sie bloß nicht angesprochen. Er wurde eh schon von den anderen gehänselt. Weil er langsamer und dicker war. Wenn er zusammen mit der Außenseiterin gesehen wurde, würde es womöglich noch schlimmer werden.

„Schon mal was von der Quantenschaumtheorie gehört?“, fragte Einstein.

„Äh was?“

Sie hielt ihr Buch hoch. „Spannende Sache.“

Zum Glück musste Ben dazu nichts sagen, weil Einstein in Richtung Toiletten abbog. Ben trottete ins Klassenzimmer und setzte sich auf seinen Platz ganz nach hinten. Er fand den Platz super. Man fiel nicht weiter auf und wurde selten drangenommen. Es war zwar nicht gut für die Noten, dafür aber für seine Stimmung.

Als der Unterricht begann, hatte Ben Mühe, wachzubleiben. Die letzte Nacht war einfach zu kurz gewesen. Bens Kopf wurde immer schwerer und schwerer.

Plötzlich schreckte er hoch, er war ganz sicher, nicht geschlafen zu haben. Doch ihr Lehrer, Herr Kretzig, stand neben ihm und wartete offensichtlich auf eine Antwort.

Ben sah unsicher zu ihm auf und haspelte: „Äh…? Wie war die Frage nochmal?“

„Wann war die industrielle Revolution?“, donnerte Herr Kretzig.

Revolution? Klang wie Revolver … aber mit einem Revolver konnte er die Höhlenhydra nicht besiegen, das war ja lächerlich.

„Also?“, riss ihn Herr Kretzig aus seinen Gedanken.

„Äh …“

„Die industrielle Revolution begann in Deutschland Mitte des 19. Jahrhunderts“, leierte Einstein gelangweilt runter.

„Dich habe ich nicht gefragt“, maßregelte Herr Kretzig.

„In England begann sie allerdings schon früher.

1711 mit der Entwicklung der Dampfmaschine."

„Ja, danke", unterbrach ihr Lehrer, „das ist noch nicht dran."

Ben grinste erleichtert. Herr Kretzig ging wieder nach vorne und prompt traf Ben etwas an der Stirn. Roger hatte sich zu ihm umgedreht und ihm mit einem Strohhalm ein Papierkügelchen an den Kopf gepustet. Ben schnippte angewidert das von Spucke nasse Kügelchen weg und duckte sich, um unsichtbar zu werden. Er warf einen Blick zur Seite und bemerkte, dass Einstein an ihrem Handy rumspielte. Er beobachtete sie unauffällig. Es sah aus, als würde sie versuchen, von allen Mitschülern ein Foto zu machen. Wofür machte sie sowas? Ben konnte sich nicht vorstellen, dass sie ein Poesie-Album anlegen wollte.

„Handys haben im Unterricht nichts zu suchen", dröhnte Herr Kretzig. Schon hielt er die Hand nach Einsteins Handy auf.

„Ich brauch das", verteidigte sie sich.

„Sicher", höhnte Herr Kretzig.

„Ich entwickle ein Computerspiel. Dafür brauch ich das."

Die Klasse grölte. Nur Ben starrte Einstein wie elektrisiert an.

Herr Kretzig wandte sich ironisch grinsend an die Klasse: „Natürlich. Das macht man auch mit einem Handy. Her damit!"

Als die Stunde endlich zu Ende war, eilten alle hinaus zur Pause, nur Einstein blieb zurück, um ihr Handy vom Lehrer zurückzuholen. Ben kramte extra lange in seinem Rucksack herum und wartete bis Herr Kretzig gegangen war. Bevor Einstein ebenso verschwinden konnte, sprach er sie an.

„Was wird denn das für ein Spiel, das du programmierst?"

„Ein Spiel des Lebens."

„Aha. Ist das ein Lernspiel?"

„Nee, eher so ein ‚Ich wünsch mir ein anderes Leben' Spiel."

Ben lächelte unwillkürlich. Das hätte sein Satz sein können.

„Und wie soll das gehen?"

„Na, im Spiel, halt. Du fängst im 1. Level an. Da ist noch alles so, wie du es im echten Leben kennst. Aber mit jeder Entscheidung verändert es sich und wird immer besser, wenn du die Level bestehst."

„Kann ich mir gar nicht richtig vorstellen."

Plötzlich sah ihn Einstein forschend an. „Willst du es ausprobieren?"

„Ich?"

„Es ist in der Betaversion. Ich bräuchte jemand, der es testet."

„Wow. Und ich wäre der erste, der es spielt?"

„Der Allererste. Ich bin gespannt, ob es so funktioniert, wie ich es mir vorgestellt habe."

„Ja cool. Danke. Gern", stotterte Ben.

„Gut, nach dem Unterricht komm ich mit zu dir und installier es dir. Ich hab die Festplatte dabei. Da ist alles drauf. Das komplette Spiel."

Bevor Ben antworten konnte, läutete der Gong und

die Schüler strömten zurück in die Klasse. Ben beeilte sich, zu seinem Platz zurückzukommen, damit niemand mitbekam, dass er mit Einstein gesprochen hatte. Der Rest des Unterrichts zog an ihm vorbei, ohne dass er viel davon mitbekam. War es wirklich eine gute Idee, diese seltsame Einstein mit nach Hause zu bringen? Und was für ein komisches Spiel war das wohl?

Als der Unterricht endlich zu Ende war, schloss sich Einstein ihm an. „Gehen wir?"

„Okay", antwortete Ben und wollte schnell hinauseilen. Leider mussten sie direkt an Julia, Roger und Jannik vorbei, die sich zum Fußballspielen verabredeten. Ben versuchte, sich so unauffällig wie möglich an ihnen vorbeizuschieben. Doch aus dem Augenwinkel sah er, wie Roger Julia mit einem spöttischen Grinsen anstieß und auf ihn zeigte. Da hatte er sich ja was eingebrockt. Der Spott der anderen würde morgen noch schlimmer werden.

Vorbereitung

Auf dem Nachhauseweg erklärte ihm Einstein, was zur Spielvorbereitung alles zu tun war. „Wir brauchen Bilder von deinem Zuhause. Dein Zimmer, die Küche, Wohnzimmer. Alle Räume, in denen du dich so aufhältst. Und Fotos von deinen Eltern. Fotos von der Schule und den anderen habe ich schon auf meinem Handy. Mein Grafikprogramm kann sie dann in 3D umwandeln."

„Ich weiß nicht, ob das meinen Eltern recht ist. Wenn die mitkriegen, dass ich wieder spielen will …"

„Morgen ist Wochenende."

„Das ist meinen Eltern egal."

„Überlass das mir. Mit Eltern kann ich."

Eine Weile trotteten sie schweigend nebeneinander her, bis Ben einfiel: „Ist es nicht langweilig, wenn alles wie in Wirklichkeit ist?"

Einstein grinste geheimnisvoll. „Warte es ab. Es gibt einige Überraschungen."

„Am liebsten spiele ich Adventure Games mit Drachen und so."

„Okay, lässt sich einrichten."

„Du kannst dein Spiel schnell mal eben umprogrammieren?“, staunte Ben.

„Ist nur ne Erweiterung. Sollte kein Ding sein.“

Als sie bei Ben zuhause ankamen, zückte Einstein ihr Smartphone und begann, Fotos zu machen. Sie reichte Ben Zettel und Stift und zielte mit einer Maßband-App auf die Wände.

„Schreib mal mit. 2,30 mal 4,20.“

„Wofür ist das?“

„Damit die Räume im Spiel maßstabsgetreu sind natürlich.“

Ben hörte, wie ein Schlüssel ins Haustürschloss gesteckt wurde. Er erschrak und verschrieb sich. Seine Eltern kamen herein. Ben versteckte schnell den Zettel hinter seinem Rücken. Irgendwie hatte er das Gefühl, etwas Verbotenes zu tun. Seine Eltern musterten Einstein neugierig.

„Hallo, Ben. Und wer bist du?“, fragte Bens Mutter.

„Äh, das ist Einstein, aus meiner Klasse“, stellte Ben sie verlegen vor.

„Einstein?“, wunderte sich Bens Vater.

Doch seine Mutter war erfreut. „Ben hat noch nie jemand mitgebracht.“

Einstein trat schnell vor und reichte höflich ihre Hand. „Freut mich, Sie kennenzulernen. Wir müssen für Biologie eine Projektarbeit machen.“

„Äh, ja, genau!“, fügte Ben hinzu, da er die Ausrede von Einstein gar nicht schlecht fand.

„Eine Hausarbeit? Dann tut Ben endlich mal was“, scherzte Bens Vater.

„Es geht um Genetik, Vererbungslehre."

„Ach, das ist schon in der sechsten dran?"

„Wir wollen Bens Stammbaum als Beispiel aufstellen. Gemeinsame körperliche Merkmale in der Verwandtschaft. Angewachsene Ohrläppchen, Nasengröße, Augenbrauenform und so weiter."

„Interessant", fand Bens Vater.

„Dürfte ich dafür Fotos von Ihnen machen? Wir müssen eine Power Point Präsentation vorbereiten."

Bens Eltern sahen sich überrumpelt an. „Wenn's für die Schule ist." „Dann benutzt du den Computer endlich mal für was Nützliches."

Einstein bedankte sich höflich und bat Bens Eltern, sich in alle Richtungen zu drehen, damit sie Fotos von vorne und hinten machen konnte. Ben staunte, wie gut Einstein mit ihnen umgehen konnte. Er geriet immer nur in Streit mit ihnen. Als Einstein fertig war, erklärte sie: „Wir brauchen mindestens eine Woche dafür, wenn nicht länger. Ich hoffe, es ist Ihnen recht, wenn ich in nächster Zeit häufiger hier bin."

Ben sah sie erschrocken an. Dass das die Bedingung fürs Testen war, hatte er nicht gewusst. Er wollte lieber seine Ruhe haben.

„Natürlich! Sehr gerne. Du scheinst einen guten Einfluss auf Ben zu haben", flötete seine Mutter begeistert.

„Das kommt uns sehr entgegen. Wir müssen morgen früh für ein paar Tage geschäftlich verreisen," sagte der Vater.

„Was?"

„Haben wir gerade erst erfahren. Tut mir leid, Ben“, sagte seine Mutter bedauernd. „Aber wir haben schon alles arrangiert. Stefanie wird ab und zu rüberkommen und nach dir sehen.“

Stefanie war die Nachbarin. Ben fand sie ganz nett, aber lieber wäre ihm gewesen, mal eine Weile allein zu sein, damit er in Ruhe zocken konnte. Nun hatte er Einstein und Stefanie am Hals.

„Das ist perfekt“, sagte Einstein und strahlte, „dann haben wir Zeit, um in Ruhe zu arbeiten.“

„Wie schön, dass endlich jemand Ben motivieren kann, etwas für die Schule zu tun.“

„Wir müssen auch gleich loslegen. Sie entschuldigen uns?“ Und schon zog Einstein Ben mit sich mit. „Wo ist dein Zimmer?“

Ben lächelte seine Eltern entschuldigend an, verdrehte in Richtung Einstein die Augen und ging vor.

In seinem Zimmer angekommen, grinste Einstein ihn an. „Das hat schon mal geklappt.“

„Wieso kannst du so gut mit Eltern?“

„Man muss einfach nur das sagen, was sie hören wollen. Dann sind sie beruhigt.“

„Hm.“

Wenn Ben etwas sagte, sprach er das aus, was ihm gerade im Kopf herumging. Das half meist nicht, um die Stimmung zu verbessern.

„3,80 mal 3,10.“

Einstein machte bereits Fotos von Bens Zimmer und maß die Länge und Breite des Raums aus. Ben beeilte sich, es zu notieren.

„Jetzt muss ich nur noch das Programm auf deinem Computer installieren und dann die letzten Daten eingeben."

Während die Installation lief, holte Einstein mehrere vorgefertigte Fragebögen hervor.

„Ich habe Kriterien zusammengestellt, nach denen getestet werden soll. Spielgeschwindigkeit, Graphik, Sound, Spielerlebnis und natürlich Bugs - also Fehler in der Programmierung."

„Wie merke ich das?", wollte Ben wissen.

„Wenn das Spiel abstürzt, zum Beispiel. Oder wenn es hängen bleibt, wenn alles einfriert oder wenn deine Figur plötzlich durch Wände gehen kann oder sowas. Bei jedem Level füllst du den Testbogen bitte aus, damit ich weiß, was ich noch verbessern muss."

Ben betrachtete die verschiedenen Punkte, die er mit 1-10 bewerten konnte. Das sah nach einer Menge Arbeit aus. Worauf hatte er sich nur eingelassen? Die Installation war inzwischen abgeschlossen, und Einstein koppelte ihr Smartphone mit Bens Computer, um die Fotos zu übertragen. Sie gab ein paar Informationen über den Charakter von Bens Eltern ein, und das Programm verarbeitete die Daten.

„Nur noch ein paar Änderungen, und du kannst starten." Und schon tippte Einstein in rasender Geschwindigkeit auf die Tastatur ein, so dass Ben kaum folgen konnte. „Das ist die DOS-Ebene. Die Ebene, auf der man das Programm schreiben kann."

Ben sah die DOS-Befehle, die ihm nichts sagten.

„Was ist das?“

„DEL ist delete, löschen. Wenn du Lust hast, kann ich dir mal programmieren beibringen.“

„Echt? Cool. Und was programmierst du jetzt?“

Einstein grinste. „Einen kleinen Nachtrag. Lass dich überraschen.“

„Okay.“

„Ich habe übrigens erst mal alles in einem Gebäude spielen lassen. Das bessere ich noch nach. Und ein paar Baustellen gibt es. Die darfst du nicht betreten.“

„Gut“, sagte Ben, ohne zu verstehen, wovon sie sprach. Einstein erhob sich. „Ich glaube, du kommst jetzt allein klar. Meine Eltern machen sich sicher schon Sorgen.“

„Du gehst?“ Ben konnte kaum die Erleichterung in seiner Stimme verbergen.

„Ich erzähle meinen Eltern auch von dem Bio-Projekt und komme morgen Nachmittag wieder.“

„Ok.“

Ben strahlte. Dann hatte er morgen wenigstens einen halben Tag, um es sich gemütlich zu machen. Sobald seine Eltern weg waren, würde er sich an den Computer setzen. Grinsend dachte er daran, dass er sich vorher Cola und Chips aus der Speisekammer holen würde. Das Geheimversteck seiner Eltern hatte er längst entdeckt. Endlich würde er von niemandem beim Spielen gestört werden. Ben brachte Einstein zur Tür. Es juckte ihn in den Fingern, sich sofort an den Computer zu setzen. Doch es war klüger zu warten, bis seine Eltern weg waren. Wenn sie ihn jetzt beim

Spielen erwischten, glaubten sie die Geschichte mit dem Schulprojekt nicht mehr.

Der Rest des Tages zog sich in die Länge. Bens Eltern packten und gaben ihm viele Ratschläge, was er tun und lassen sollte. Immer wieder erkundigten sie sich, ob er nachts wirklich keine Angst allein im Haus hatte. Er kannte das schon. Seine Eltern waren immer mal wieder geschäftlich unterwegs. Und er glaubte, dass sie ihm nur aus schlechtem Gewissen den Computer gekauft hatten. Seine Mutter klebte ihm auf einem Post-It die Handynummer von Stefanie, der Nachbarin, übers Bett, für den Fall, dass er nachts Angst bekam. Sie erklärte, dass sie Morgen sehr früh fahren würden, und fragte Ben, ob er mit ihnen frühstücken oder lieber ausschlafen wollte. Da Ben sich nicht entscheiden konnte, verabschiedeten seine Eltern sich abends schon mal sicherheitshalber von ihm. Ben ging todmüde ins Bett. Ihm fehlte noch Schlaf von letzter Nacht.

Die Aufgabe

Ben wachte früh auf. Die Neugier trieb ihn aus dem Bett. Er war zu gespannt auf dieses Spiel von Einstein, um weiterzuschlafen. Leise öffnete er die Tür und lauschte, ob seine Eltern schon wach waren. Das Geklapper aus der Küche verriet, dass sie Frühstück vorbereiteten. Also hatte er noch kurz Zeit. Er setzte sich an den Computer und schaltete ihn ein. Es dauerte einen Moment, dann erschien das Icon von Einsteins Spiel in goldenen Lettern auf blauem Hintergrund: *REALITY GAME!* Ben machte einen Doppelklick darauf und das Spielfenster öffnete sich: „Spiel kann gestartet werden." Er holte tief Luft, es war so weit. Er war gespannt. Zum Glück hatte er ein Dolby Surround-System. Boxen vor ihm, hinter ihm. Er klickte auf *Start*. Ein heroischer Sound erklang. Ben stellte schnell den Lautstärkeregler leiser, damit seine Eltern es nicht hören konnten. Von hinten kam ein Auto auf ihn zugefahren, Ben drehte sich erschrocken um. Natürlich war da nichts. Sein Dolby Surround-System hatte es einfach in sich. Er hörte Straßengeräusche, Stimmengewirr, von weit her einen Schlagbohrer. Als wäre man mittendrin, dachte Ben. Im Computer baute sich das Bild auf. Auf einer Straße stand eine kleine Spielfigur. Ben sah genauer hin. Rieb sich die Augen, sah nochmal hin. Das war er selbst, in Miniaturausgabe. Er wackelte unangenehm berührt auf seinem Stuhl hin und her. Die Figur auf dem Bildschirm war klein und dick, wie er. Warum hatte ihn Einstein nicht als muskelbepackten Superhelden geschaffen? Ben klickte die Figur an und sie drehte und wendete sich in die Richtung, die er mit der Maus vorgab. Er ließ die kleine Spielfigur sich einmal um sich selbst drehen, um sich umzusehen. Rechts und links standen Häuser, hinten war Nebel, vor ihm die Straße. Er schätzte, er musste sein Elternhaus finden, um dort zu starten. Er tippte den Cursor an, und der Miniatur-Ben marschierte los. Eine Kreuzung. Ben brauchte eine Karte. Er sah sich die Menüleiste genauer an und fand ein passendes Icon. Er klickte es an, Volltreffer, die Karte öffnete sich. Sein Zuhause war markiert. Es leuchtete bläulich und lag im Nordwesten. Er führte die Spielfigur in die Richtung, ließ sie an Häuserreihen vorbeilaufen, bis zum Ende des Ortes. Nebel lag vor ihm. Während die Figur geradeaus lief, sah Ben nur Umrisse von Bäumen rechts und links. Plötzlich ragte vor der Figur ein Schatten auf. Es könnte ein Haus sein, ein sehr großes Haus, oder vielmehr: ein Schloss! Sollte das sein Elternhaus sein? Je näher die Figur herankam, desto größer wurde das Gebäude. Es ragte über seiner Figur auf, die Türme verloren sich im Nebel. Bombastisch!

Ben riss sich kurz vom Bildschirm los und lauschte

einen Moment, ob das Klappern von unten nachgelassen hatte. Er hörte seine Eltern herumlaufen. Also frühstückten sie noch nicht. Einen Moment genoss er den Anblick des Gebäudes. Ein Schloss aus grauem Stein, mit zwei Türmen und einem großen Eingangsportal. Dort wohnte er also in der Spielwelt. Cool. Ben ließ seine Figur zum Tor laufen. Kein Türklopfer, kein Türgriff. Nur ein Schlüsselloch. Er klickte das Tor an, doch nichts passierte. Brauchte er einen Schlüssel? Seine Spielfigur hatte einen Ausrüstungsrucksack dabei. Er klickte ihn an, und ein neues Fenster erschien: Das Innenleben des Rucksacks bestand aus vielen quadratischen Fächern. Die meisten davon waren leer, nur in wenigen befanden sich Gegenstände: ein kleines Messer, ein Heiltrank, Zündhölzer, ein Apfel, ein Stück Draht. Aber kein Schlüssel. Er klickte den kleinen Ben an. Brauchte er etwas zu essen? Es erschienen ein blauer und ein grüner Balken, die anzeigten, ob er Nahrung brauchte oder einen Heiltrank. Der blaue Lebensbalken war voll. Der grüne Regenerationsbalken hatte etwas Luft. Es war noch viel Zeit, bevor er essen musste. Also blieb der Apfel vorerst im Rucksack. Aber was war mit der Tür? Ben klickte das Messer an, doch nichts passierte. Beim Draht erschien ein kleines Fenster. *Willst du den Draht verbiegen*? Er klickte *Ja* an und erhielt einen Dietrich. Okay, das war nicht allzu schwer, dachte Ben und klickte nun auf die Tür. Beim dritten Versuch machte es *Klick* und das Schloss war offen. Ben ließ seine Figur das Tor aufschieben. Es knarzte und quietschte gewaltig, öffnete sich langsam und gab den Blick frei auf eine große Eingangshalle. Er grinste. Gut gemacht, Einstein! In den Testbogen machte er einen Eintrag: Sound 10 Punkte. Graphik: 8 Punkte. Er wandte sich wieder seinem Spiel zu und schickte den kleinen Ben in den Saal. Es war dunkel, nur wenig Licht kam durch die noch offenstehende Tür herein. Ben öffnete den Rucksack und klickte auf die Zündhölzer. Der Raum erstrahlte in hellem Licht. Etwas übertrieben. Ein Streichholz sollte den ganzen Raum beleuchten können? Das Feintuning fehlte noch. Er machte sich Notizen für Einstein. Dann ließ er den Spiel-Ben umherlaufen, um den Raum anzusehen. Ganz hübsch gestaltet, ein Steinboden mit Intarsien, Teppiche an den Wänden. Gegenüber war eine Tür. Okay, bevor er nach Geheimgängen suchte, probierte er es erst einmal dort. Es konnte nichts Schlimmes passieren, dachte Ben, es war keins seiner üblichen Role Player Games, in denen er gegen Monster kämpfen musste. Also klickte er die Tür an. Sie öffnete sich, und dahinter erschien ein Flur. Ben erkannte ihn sofort: sein Zuhause. Yepp, Treffer. Er ließ den kleinen Ben eintreten und zielsicher zur Küchentür steuern. Aus den Boxen kamen die Stimmen seiner Eltern. Wie unheimlich. Im Dolby Surround System. Je näher seine Figur nach links an die Küchentür kam, desto mehr kam der Ton aus dem linken Lautsprecher. Ben ließ seine Spielfigur in die Küche gehen. Die Eltern saßen am Tisch, sahen hoch und fragten, ob er die Hausaufgaben schon gemacht hatte. *Sehr lustig,* dachte Ben ironisch, *danke Einstein*. Im Sprachfenster klickte er *Nein* an. Prompt hielt sein Vater einen Vortrag darüber, wie wichtig es war, Hausaufgaben zu machen. Ben grinste amüsiert, entweder waren Einsteins Eltern so wie seine oder alle Eltern waren gleich. Einstein hatte das Ganze sehr echt gestaltet. Die Mutter reichte dem Spiel-Ben einen Zettel und sagte: „Erst wenn du deine Hausaufgaben gemacht hast, bekommst du Abendessen."

„Wenn du alle Aufgaben gelöst hast, hast du das Level gewonnen", fügte sein Vater hinzu.

Als Ben den Zettel anklickte, öffnete sich ein Aufgabenblatt, das ihm wahnsinnig bekannt vorkam. Waren das nicht die Aufgaben der letzten Sachkunde-Arbeit, die er vergeigt hatte? Nochmal danke, Einstein. Sollte das Nachhilfe-Unterricht werden? Hoffentlich ging es nicht so weiter. Ben ließ die Figur in sein Zimmer gehen. Es war wie sein echtes Zimmer gestaltet, Bett, Schrank, Schreibtisch – alles da. Nur der Computer fehlte. Ein bisschen Spaß hätte Einstein ihm schon gönnen können. Obwohl es irgendwann recht seltsam geworden wäre, wenn er hier am Computer gesessen hätte und spielte, dass seine Spielfigur am Computer saß und spielte. Wenn der dann dasselbe Spiel spielen würde wie Ben, wäre es so ein Unendlichkeitsding.

Es half nichts. Ben öffnete erneut den Aufgabenzettel und versuchte, Frage für Frage zu beantworten. Doch bereits die zweite Aufgabe konnte er nicht lösen. Aber er machte sich keine Sorgen. Kein Spieleentwickler ließ die Spieler schon im ersten Level scheitern. Die Lösungen für die Aufgaben mussten ganz einfach sein. Oder, was noch besser wäre, er fand die Antworten in Geheimfächern. Statt weiter über die Fragen zu grübeln, ließ Ben seine Spielfigur den Raum erkunden und klickte alles Mögliche an, um verborgene Fächer zu finden.

„Ben! Frühstück!", hörte er aus den Lautsprechern seine Spielmutter nach seiner Spielfigur rufen. Wie im wirklichen Leben. Er ignorierte es und ließ seine Figur den Raum weiter nach Items absuchen. Das Rufen ließ nicht nach, und Ben realisierte, dass die Rufe aus der Küche kamen, seine wirkliche Mutter rief nach ihm. Nein, genauer gesagt, beide Mütter riefen nach ihm. Aus den Lautsprecherboxen die virtuelle Mutter und aus der Küche die echte. Es war nicht zu unterscheiden, welches die echte und welches die Spielstimme war. Unheimlich. Aber wenn er noch mit seinen Eltern frühstücken wollte, sollte er jetzt nach unten gehen. Er stand auf und ging zum Flur. Der Fußboden schien unter ihm zu wanken und er musste sich kurz am Türrahmen festhalten. Ihm war schwindlig.

***

Er fing sich wieder, rief, „Ja, ich komme ja!", und ging aus dem Zimmer. Im Flur stieß er gegen die Kommode. „Autsch!" Irgendwie kam es ihm hier enger vor als sonst. In der Küche waren seine Eltern bereits beim Frühstück. Ben setzte sich dazu und nahm sich ein Brot.

„Hast du deine Hausaufaufgaben schon gemacht?“, fragte sein Vater. Ben war irritiert. Wieso fing er jetzt damit an?

„Wolltet ihr nicht längst weg sein?“

„Du musst immer fleißig lernen, damit du es zu etwas bringst im Leben.“

Ben stopfte sich ein großes Stück Brot in den Mund. Das schmeckte heute nach nichts.

„Du musst fleißig sein in der Schule“, lamentierte seine Mutter.

Ben klopfte sein Ei auf und griff zum Salzstreuer. Doch der ließ sich nicht vom Tisch abheben. Ben rüttelte daran – nichts. „Was ist denn damit?“ fragte er.

Seine Eltern sahen ihn unschuldig an.

„Was soll denn damit sein?“

„Na, der klebt am Tisch.“

„Der klebt am Tisch?“

„Sag ich doch, ich krieg ihn nicht los.“

„Du kriegst ihn nicht los?“

„Wiederholt doch nicht alles, was ich sage.“

„Wir wiederholen alles, was du sagst?“

Ben sah seine Eltern verdutzt an. Was war heute los mit ihnen? Doch beide sahen ihn arglos und freundlich lächelnd an.

„Hast du deine Hausaufgaben schon gemacht?“, leierte sein Vater wieder von vorne herunter.

„Mach ich noch. Was ist mit eurer Reise? Müsst ihr nicht langsam los?“

Seine Mutter nahm ihm das Brot und das Ei weg

und fügte hinzu:

„Du bekommst dein Essen erst, wenn du die Hausaufgaben fertig hast."

Ben sah sie verblüfft an. Sollte das ein Scherz sein? Er war noch nie mit Essensentzug bestraft worden. Außerdem erinnerte es ihn an das Computerspiel. Da war die Aufgabe: Erst die Hausaufgaben, dann gab es Abendessen. „Warum redet ihr ständig von meinen Hausaufgaben? Ihr wisst doch, dass ich heute mit Einstein mein Bio-Projekt mache."

„Das ist schön, aber du musst jetzt wirklich deine Hausaufgaben machen."

Hatten sie nicht zugehört? „Ja, die mache ich auch. Aber hauptsächlich das Projekt. Ich werde das ganze Wochenende für die Schule arbeiten. Wir machen ja die PowerPoint-Präsentation am Computer."

„Am Computer?"

„Haben wir doch erzählt."

„Du hast keinen Computer."

Ben sah verwirrt auf. „Quatsch, in meinem Zimmer steht er doch."

„Da steht kein Computer. Du kannst also deine Hausaufgaben sofort machen."

„Und ob ich einen Computer habe!" Das würde er ihnen beweisen. Er sprang auf und eilte aus der Küche. Er quetschte sich im Flur an der Kommode vorbei. Wieso war es so eng hier? Er öffnete die Tür zu seinem Zimmer.

Der Computer war weg. Ben starrte auf den leeren

Schreibtisch. Wie konnte das sein? Seine Eltern saßen doch die ganze Zeit mit ihm zusammen? Wie hatten sie es hingekriegt, den Computer wegzustellen? Fassungslos ging er zurück. Sie saßen genauso da wie zuvor.

„Hast du deine Hausaufgaben schon gemacht?"

„Du musst immer fleißig lernen, damit du es zu etwas bringst im Leben."

Hatte er ein Déjà vu? Oder wiederholte sich hier alles? Seine Eltern waren manchmal nervig, aber so schräg hatte er sie noch nie erlebt.

„Was habt ihr mit meinem Computer gemacht?"

„Du hast keinen Computer."

Jetzt reichte es ihm. „Ich gehe frische Luft schnappen!", sagte er und rannte raus. In den Flur, zur Eingangstür, drückte den Griff hinunter … Sie ließ sich nicht öffnen. Hatten sie ihn etwa eingesperrt? Er ging zurück in die Küche. Seine Eltern sahen ihn freundlich an. Der Vater fragte: „Hast du deine Hausaufgaben schon gemacht?"

Ben wurde schwindelig. Was war hier los? Seine Eltern benahmen sich stumpf und monoton, wie Maschinen.

„Du musst deine Hausaufgaben machen, damit du etwas zu essen bekommst, um deinen Regenerationsbalken aufzufüllen", hörte Ben wie durch Nebel.

„Was?", rief er entsetzt aus. „Regenerationsbalken?"

Seine Mutter griff nach seinem Arm und drehte ihn um. Ein blauer und ein grüner Streifen waren auf seinem Unterarm zu sehen. „Der Lebensbalken und der Regenerationsbalken.“

Das Paralleluniversum

Ben starrte fassungslos auf seinen Arm. Seine Gedanken rasten. Was war das hier? War das auch ein Computerspiel? War er in sein Spiel geraten und spielte jetzt selbst mit, als der kleine Ben? Waren seine Eltern Spielfiguren, die immer dasselbe plapperten? War das hier die begrenzte Spielwelt und die Tür ließ sich deshalb nicht öffnen, weil er das Level noch nicht bestanden hatte? Würde sie sich je öffnen lassen? Oder war er gefangen? Er ließ sich auf den Stuhl plumpsen. Seine Eltern plapperten ihren eintönigen Text herunter, aber er hörte gar nicht mehr zu. In seinem Kopf wirbelten die Gedanken durcheinander. Das konnte nicht sein. Sowas gab es nicht. Er musste träumen oder Halluzinationen haben. Er blickte auf seinen Arm und sah ganz deutlich die beiden Balken. Sie ließen sich auch nicht wegwischen, so fest er daran rieb.

Er war in seinem Spiel! Aber wie war das passiert? Hatte Einstein ein Spiel entwickelt, in das der Spieler persönlich eintauchte? Dann wusste sie, dass er hier drin war, und würde ihn wieder rausholen – hoffte er. Doch was war, wenn sie es nicht wusste, weil es ein

Bug, ein Fehler im Spiel war? Dann wusste kein Mensch, wo er war. Wie kam er jemals wieder heraus? Sein Herz raste vor Angst, ihm wurde übel. Er musste ruhiger werden. Er versuchte, sich zu sammeln, nachzudenken.

„Hast du deine Hausaufgaben schon gemacht?"

Hier konnte er keinen klaren Gedanken fassen.

Er eilte in sein Zimmer und schmiss die Tür hinter sich zu.

War das hier wirklich eine Spielwelt? Er ging zum Nachttisch, rüttelte an der Schublade. Doch sie ließ sich nicht öffnen. Er sah sich um. Fasste vorsichtig die Wand an. Sie fühlte sich an wie … Metall. Plötzlich kam ihm der Raum eng vor. Eingesperrt! Wie kam er hier raus? Hilfesuchend sah er zur Decke.

„Einstein! Hol mich hier raus! Mama! Papa! Hört mich keiner?"

Stille war die einzige Antwort.

Wie betäubt ließ er sich auf sein Bett fallen. Einen Moment lag er nur da und konnte nichts denken oder fühlen. Dann strich er über die Bettdecke, die Matratze. Es fühlte sich an wie immer. Er schnupperte. Nichts. Kein Geruch. Na klar, wie auch. Um ihn herum war alles virtuell. Und er selbst? Er besah sich seinen Unterarm. Die zwei Streifen schimmerten ihm blau und grün entgegen. Er strich darüber, kniff sich in den Arm. Aua! Das tat weh. Wenigstens konnte er normal fühlen. Aber war das ein Vorteil? Wenn jetzt ein Monster kam und ihn biss, würde das weh tun. Er konnte sogar getötet werden. Ihm fiel der Ausrüstungsrucksack ein. Der gehörte doch auch ins Spiel. Da war ein Heilelixier drin. Hektisch sah er sich um und entdeckte den Rucksack neben dem Schreibtisch. Er öffnete ihn und blickte in quadratische Fächer. Genau wie auf dem Bildschirm. Es war alles da: Das kleine Messer, der Apfel, der Heiltrank! Ben hob ihn erleichtert hoch. Okay, wenn ihm hier drin was passieren würde, könnte er sich heilen. Behutsam verstaute er ihn wieder. Ihm fiel auf, dass der Dietrich fehlte. Anscheinend war dies ein Gegenstand, der nach Benutzung verschwand. Der hatte sich wohl bei der Eingangstür in Nichts aufgelöst.

Und jetzt? Er sah sich um. Der Hausaufgabenzettel auf dem Schreibtisch fiel ihm ins Auge. Was hatte sich Einstein nur dabei gedacht, ihn in so ein Spiel zu stecken? Wie sollte er hier wieder rauskommen? Er musste dringend mit ihr reden. Vielleicht konnte ihm ihre Spielfigur weiterhelfen. Die war bestimmt in der Schule. Aber dorthin kam er nur, wenn er die Aufgaben löste. Also musste er dieses Spiel spielen und das Level gewinnen. Nur hatte er keine Ahnung, wie er die Hausaufgaben beantworten sollte. Das hatte er im echten Leben schon nicht geschafft. Dann fiel ihm ein, dass er im 1. Level war. Und das 1. Level war in jedem Spiel leicht zu lösen. Er kannte diese Art Spiele und wusste, worauf er achten musste. Als erstes einfach die Anweisungen befolgen, Schritt für Schritt vorgehen. Das hatte er an den Spielen immer geliebt, die klaren Anweisungen. Im Leben fand er es viel schwieriger, zurechtzukommen, mit den vielen Möglichkeiten, zwischen denen er sich entscheiden musste. Was immer dazu führte, dass er gar nichts tat und stattdessen spielte.

Genau das konnte er jetzt tun: Spielen! Den ganzen Tag und die ganze Nacht. Sein Gehirn prickelte. Das hatte er sich immer gewünscht. Nur jetzt, da er es musste, machte es ihm wahnsinnige Angst. Er musste sich konzentrieren und durfte keine Fehler machen. Also versuchte er, das Gehirn des kleinen Jungen auszuknipsen und sein Spielerhirn einzuschalten. Was war zuerst zu tun? Zuerst musste er sich um seinen Avatar kümmern. Also um sich selbst. Wie sah sein Lebensbalken aus? Er guckte auf seinen Unterarm. Der blaue Lebensbalken war okay, doch der grüne Regenerationsbalken war höchstens halbvoll. Er musste etwas essen, schätzte er. Da er das Abendbrot erst nach bestandener Aufgabe erhalten würde, musste er sich beeilen. Oder er nutzte die Nahrung aus seinem Rucksack. Er holte den Apfel aus einem Fach seines Rucksacks und biss hinein. Er schmeckte nach nichts. Genau wie das Brot beim Frühstück. Erst wollte er ihn wieder weglegen, dann überwand er sich und aß ihn auf. Ein Blick auf seinen Regenerationsbalken gab ihm Recht: der war wieder gefüllt. Gut, er hatte Zeit gewonnen. Was war jetzt zu tun? Wenn ein Spiel dem Avatar eine Aufgabe stellte, dann gab es auch irgendwo Hinweise, wie sie zu lösen war. Also musste er nur das Zimmer durchsuchen. Er begann, an allen Schubladen zu rütteln. Die meisten ließen sich nicht öffnen. Es waren nur Fassaden, ohne Innenleben. Er hoffte, dass das auch zu den Punkten gehörte, die Einstein nachbessern wollte. Leider konnte er es ihr nicht in ihren Bewertungsbogen schreiben, weil der auf seinem Schreibtisch im wirklichen Leben lag. Im Spiel gab es ihn nicht. Ben suchte weiter. Beim Kleiderschrank hatte er Glück, kaum bekam er die Tür auf, fielen ihm verschiedene Klamotten entgegen. Ratlos betrachtete er den Haufen, der vor seinen Füßen lag. Wenn er an seinem Computer spielte, fand er sofort das richtige Item. Es leuchtete rot oder blau auf und war das einzige, das angeklickt werden konnte. Leider war das hier nicht so. Er durchwühlte die Sachen. Ein paar alte Hosen, Socken mit Löchern drin, Spielzeug. Alte Hosen? Moment. Hatte er sich nicht damals vor der Sachkunde-Arbeit einen Spickzettel gemacht und am nächsten Tag die falsche Hose angezogen? So dass der Spickzettel zuhause geblieben war und er eine Fünf bekommen hatte? Hastig durchsuchte er alle Taschen und tatsächlich, da war er. Zerknittert, aber vollständig. Schnell setzte sich Ben an den Aufgabenzettel und begann, die Fragen mit den Antworten auf dem Spickzettel zu vergleichen. Die ersten drei Aufgaben konnte er mit dem Spickzettel lösen, aber der Rest war nicht zu gebrauchen. Sein Blick fiel auf das Regal mit den Schulbüchern. Waren die echt? Er nahm das Sachkundebuch heraus und schlug es auf. Es war wie das Reale. Er begann zu lesen und gähnte. Angeödet wollte er es wieder zur Seite legen, dabei fiel sein Blick auf den Regenerationsbalken auf seinem Arm. Er verlor Energie. Ben musste die Zeit nutzen, bevor der Balken leer war. Notgedrungen nahm er das Buch wieder auf und las. Nach und nach konnte er alle Fragen auf seinem Aufgabenzettel abarbeiten und beantworten. So fleißig hatte er noch nie für die Schule gelernt. Er nahm den fertig ausgefüllten Zettel, ging in die Küche und zeigte ihn seinen Eltern.

Sein Vater las ihn aufmerksam durch und sagte: „Gut gemacht. Nun bekommst du dein Abendessen."

„Und dann kann ich rausgehen?"

„Natürlich nicht. Es ist viel zu spät. Morgen früh gehst du zur Schule."

Bens Kehle wurde eng. Musste er eine ganze Nacht lang warten, bevor es weiterging? Er sank auf den Stuhl und seine Mutter schob ihm das Essen hin. Es war genauso geschmacklos wie zuvor, aber er hatte das Gefühl, es stärkte ihn.

Die erste Aufgabe war gelöst. Welche weiteren erwarteten ihn? Wenn es in diesem Spiel die Schule gab, würde er morgen Einstein treffen. Natürlich nur die virtuelle. Aber vielleicht konnte sie ihm weiterhelfen und erklären, wie er aus dem Spiel wieder rauskam. Jetzt blieb ihm nichts anderes übrig, als ins Bett zu gehen und zu schlafen. Kaum hatte er sich hingelegt, fiel er erschöpft in einen tiefen Schlaf.

Ben wachte mit einem beklommenen Gefühl auf und wusste nicht, woher das kam. Dann fiel ihm sein Traum ein, in dem er in einem Computerspiel gefangen war. Sofort schnürte sich sein Hals zu, doch gleich beruhigte er sich. Es war ja nur ein Traum. Zum Glück. Vielleicht spielte er doch zu viel. Er drehte sich zu seinem Computer um. Da war kein Computer. Sein Schreibtisch war leer!

Ben setzte sich kerzengerade auf, sprang aus dem Bett und rannte umher, probierte alle Klappen und Schubladen der Schränke aus. Zu, zu, zu. Er sah sich seinen Unterarm an: die zwei Balken waren gut sichtbar. Er war im Spiel gefangen.

„Ben! Frühstück!“, rief seine Mutter. Seine Mutter? Nein. Es war seine Spielmutter. Sie war nur virtuell.

Wie betäubt zog er sich an und ging in die Küche. An der Tür blieb er stehen und betrachtete misstrauisch die beiden Spielfiguren, die seine Eltern darstellen sollten. Nach einem mahnenden Blick seines Spiel-Vaters setzte er sich an den gedeckten Tisch. Eigentlich hatte er keinen Appetit. Das Frühstück würde nach nichts schmecken. Aber nach einem Blick auf seinen Regenerationsbalken, der bedenklich leer war, zwang er sich, etwas von dem faden Essen zu sich zu nehmen. Er sprach nicht weiter mit seinen Eltern. Worüber sollte er mit ihnen reden? Sie waren programmierte Figuren, die immer das gleiche taten und immer das gleiche sagten. Ihre monotonen Sätze gingen an ihm vorbei. Erst als sein Vater ihm den Hausaufgabenzettel reichte und sagte, er solle ihn der Lehrerin zeigen, kam wieder Leben in ihn. Er durfte raus! Zur Schule. Raus aus diesem Gebäude. Und dann? Sein Lebensmut sank wieder. Er würde andere programmierte Figuren treffen, die monotone Sätze sagten. Aber vielleicht hatte Einstein sich selbst vielfältiger programmiert, so dass er mit ihr reden könnte. Er nahm seinen Rucksack und war umsichtig genug, seine Eltern noch um einen Apfel für unterwegs zu bitten, den er anstandslos bekam. Für alle Fälle. Wer wusste, was im nächsten Level auf ihn wartete. Ben verabschiedete sich von seinen Eltern und ging zur Wohnungstür. Sie ließ sich problemlos öffnen. Immerhin kam er raus. Das war schon mal etwas.

Er kam, wie am Tag zuvor seine Spielfigur, in die große Eingangshalle des Schlosses. Ben staunte. Wenn man mittendrin stand, kam sie einem noch beeindruckender vor als auf dem Bildschirm. Aber jetzt wollte er so schnell wie möglich raus an die frische Luft - wenn es so etwas im Spiel geben sollte. Er freute sich auf den Nebel und das Gefühl von Weite. Er wollte die Eingangstür öffnen, doch sie war verschlossen. Hatte er das Level nicht bestanden? Fehlte etwas? Hatte er etwas vergessen oder übersehen?

„Wo willst du denn hin? Da gehts lang."

Sein Vater stand hinter ihm und wies auf einen Fahrstuhl. Ben sah verwundert dort hin. Er kam nicht raus? Er sollte mit dem Fahrstuhl fahren? Hilfesuchend sah er zu seinem Vater, doch der ging ohne ein weiteres Wort in die Wohnung zurück. Waren die Schulräume im Schloss? Jetzt kapierte Ben, was Einstein damit meinte, dass sie alles in ein Gebäude programmiert hatte. Auch die Schule musste hier drin zu finden sein. Ben ging in den Fahrstuhl und betrachtete das Tableau. 7 Etagen. Kein Hinweis, in welcher Etage die Schule war. Vorsichtig drückte er die 1. Irgendwie hatte er Hemmungen, sich zu weit vom Eingang wegzubewegen. Als könnte er doch einen Weg finden, einfach aus dem Schloss zu spazieren und damit das Computerspiel hinter sich zu lassen und wieder zu Hause zu sein, im wirklichen Leben. Mit einem surrenden Geräusch schlossen sich die Fahrstuhltüren hinter ihm.

Das erste Level

Die Enge des Fahrstuhls war beklemmend. Konnten virtuelle Fahrstühle stecken bleiben? Bevor Ben in Panik geraten konnte, gab es einen Ruck und der Fahrstuhl blieb stehen. Ben starrte die Türen an. Sie öffneten sich. Er atmete auf. Vorsichtig ging er hinaus und sah sich um. Weiße Wände umgaben einen Flur, von dem vier Türen abgingen.

Ben blieb unsicher stehen. Was sollte das hier sein? Sollte er nicht in der Schule ankommen? Hatte er die falsche Etage gewählt? Ben drehte sich um, doch direkt vor seiner Nase schloss sich die Fahrstuhltür. Was? Er drückte die Ruftaste – doch nichts passierte. Er wartete, drückte erneut … nichts. Dann noch einmal und noch einmal. Doch die Tür wollte sich nicht mehr öffnen.

Wo war er hier gelandet? Ben drehte sich um und besah sich die Türen, die vom Flur abgingen. Weiße Türen an einer weißen Wand. Alle sahen gleich aus. Er probierte die erstbeste Tür. Sie ließ sich öffnen.

Er stieß sie auf und sah einen leeren Raum mit weißen Wänden. Und ein Fenster. Neugierig ging Ben näher heran, doch man konnte durch die trüben Milchglasscheiben nicht hinaussehen. Es gibt ja auch nur Nebel draußen, dachte er, mehr hatte Einstein nicht programmiert. Er seufzte und ging zurück in den großen Raum. Hinter der nächsten Tür bot sich ihm das gleiche Bild. Ein leerer Raum mit einem Fenster ohne Griffe, das nur trübes Licht hereinließ.

Nach und nach ging er durch alle Räume, öffnete alle Türen, fand überall das gleiche vor – nichts.

Das konnte doch nicht sein. Irgendwo musste es weiter gehen! Er musste etwas übersehen haben.

Also fing er von vorne an, lief wieder alles ab, tastete die Wände nach Geheimtüren oder Verstecken ab. Nichts. Er ging erneut zum Fahrstuhl, doch der regte sich nicht. Ben war ratlos. Hatte Einstein einen Fehler gemacht? Vielleicht war sie mit dem Programmieren dieses Stockwerks nicht fertig geworden?

Trotzdem musste es möglich sein, hier wieder weg zu kommen. Oder hing er in einem Bug fest? War es ein Fehler? War das Spiel abgestürzt? Saß er hier fest und keiner würde ihn jemals finden? Ben schluckte. Dann wäre er doch lieber bei seinen virtuellen Eltern. Dort hatte er wenigstens etwas zu essen und ein Bett. Kaum dachte er an Essen, begann sein Magen zu knurren. Erschrocken blickte er auf seinen Unterarm. Sein Regenerationsbalken war höchstens noch ein Drittel voll. Der Apfel! Ben setzte sich und öffnete seinen Rucksack, doch Halt! Er konnte es sich nicht leisten, jetzt schon den Apfel zu essen. Er musste warten, bis der Balken fast ganz leer war. Wer wusste schon, wie lange er hier festsitzen würde. Langsam bekam er Angst. Sie schnürte ihm die Kehle zu, wanderte von dort aus weiter in seinen Magen, er bekam kaum noch Luft. Vielleicht würde er hier nie wieder rauskommen. Seine Eltern würden sich wundern, warum er nicht mehr in seinem Zimmer war, in dem der Computer noch lief. Seine Mitschüler würden sicher erst nach ein paar Tagen merken, dass es ihn nicht mehr gab. Und Julia, er schluckte, die merkte es vielleicht nie. Denn eigentlich, wenn er ehrlich zu sich war, hatte sie ihn noch nie bemerkt. Eine Träne machte sich auf den Weg, von seinem Auge die Wange herunter. Doch das ließ er nicht zu. Er fing sie ab, wischte sie energisch weg. Noch eine kurze Pause wollte er sich gönnen und dann würde es weitergehen. Dann würde er wieder sein Avatar-Gehirn einschalten und das des kleinen Jungen ausschalten. Dann würde er sich wieder wie ein Held benehmen und eine Lösung suchen. Er setzte sich, lehnte den Rucksack an die Wand, legte seinen Kopf dagegen und schloss einen Moment die Augen.

***

Einstein kam wie verabredet am nächsten Nachmittag vorbei. Das Auto von Bens Eltern stand nicht mehr vor der Tür. Sie klingelte und wartete, aber niemand öffnete. Einstein vermutete, dass Ben so ins Spiel versunken war, dass er nichts um sich herum hörte oder wahrnahm. Probehalber drückte sie die Klinke. Die Tür war nicht verschlossen. Also ging sie ins Haus und rief laut: „Hallo!“ Doch niemand meldete sich. Sie lugte in die Küche. Dort war für eine Person gedeckt und ein Kärtchen lag auf dem Teller: „Viel Spaß mit der Projektarbeit, lieber Ben. Du hast so fest geschlafen, dass du noch nicht einmal unser Rufen gehört hast, also wollten wir dich nicht wecken. Bis Sonntag, Schatz.“

Einstein las das Kärtchen und wunderte sich. Wieso hatte Ben nicht gefrühstückt? Oder schlief er etwa immer noch? Sie ging zu Bens Zimmer und klopfte: „Ben?“ Vorsichtig öffnete sie die Tür und lugte hinein. Das Zimmer war leer. Einstein ging auf die nächstbeste Tür zu. „Ben?“, rief sie und klopfte an die Badezimmertür. Keine Antwort. Nach und nach suchte sie das ganze Haus ab. Kein Ben. Ausgeflogen. Sie schickte ihm eine SMS. *Wo steckst du?*, tippte sie in die Tasten und hörte gleich darauf einen Klingelton aus seinem Zimmer. Dort lag sein Handy auf dem Schreibtisch. Sie wunderte sich, dass er ohne das Handy weggegangen war. Der Computer lief auch noch. Der Bildschirm war zwar schwarz, auf Standby, aber sie hörte das leise Surren der Lüftung. Neugierig ging sie näher heran und bewegte die Maus. Das Bild erschien. Sie sah die Eingangshalle. Es war ihr Spiel. Vielleicht ist er während des Spiels rausgegangen, um sich etwas zu holen, dachte sie. Sie beschloss, hier auf ihn zu warten. Natürlich war sie neugierig, wie weit er gekommen war. Sie nahm die Maus und klickte sich ein bisschen durchs Menü, genau darauf bedacht, nichts zu verändern, denn Ben sollte das Spiel ja testen. Im Erdgeschoss schien er fertig zu sein, dort fand sie nur seine virtuellen Eltern in der Küche vor – von Bens Figur keine Spur. Sie klickte auf den Fahrstuhl. Das war der Levelanzeiger. Das Spiel war so aufgebaut, dass man sich alle Level ansehen konnte, die man bereits durchgespielt hatte, die anderen nicht. Im Fahrstuhl ließ sich nur der erste Stock anklicken. Also war er noch im ersten Level. Nicht weit gekommen bisher, aber das Wochenende hatte ja auch gerade erst angefangen. Sie klickte auf den ersten Stock, die Tür öffnete sich und sie sah die Ben-Figur im Flur sitzen. Einstein war erstaunt, die Graphik war besser als sie gedacht hatte. Er sah aus wie in echt. Die Aufgabe dieses Levels war knifflig. Sie war gespannt, wie Ben auf die Lösung kommen würde. Sie lehnte sich gemütlich zurück und wollte auf seine Rückkehr warten. Plötzlich bewegte sich die Spielfigur, ohne dass sie die Maus angerührt hatte. Einstein starrte auf den Bildschirm. Die Ben-Figur stand auf und lief im Raum hin und her. So hatte sie das Spiel eigentlich nicht programmiert. Der Avatar konnte sich nicht selbst bewegen. Im Gegensatz zu den anderen Figuren. Die hatten eine bestimmte Anzahl Spielfelder, auf denen der Zufallsgenerator sie hin und herlaufen lassen konnte. Der Avatar konnte nur vom Spieler gesteuert werden, mit der Maus oder mit den Pfeiltasten. Plötzlich hörte sie ein lautes Magenknurren. Überrascht beugte sie sich näher heran, gleichzeitig sah der kleine Ben auf seinen Bauch. Einstein starrte wie gebannt auf die Szene. Der kleine Ben schaute traurig, machte seinen Rucksack auf, holte einen Apfel heraus und aß ihn. Einstein rieb sich die Augen. Ihre Graphikprogrammierung war sicher nicht so genau, dass sie eine Figur traurig gucken lassen konnte. Und Magenknurren hatte sie auch nicht programmiert. Was war mit dem Spiel los? Sie hatte ein Lernprogramm integriert, mit dessen Hilfe das Programm sich selbst verbessern und Fehler selbständig beseitigen konnte. Aber die Graphik konnte es eigentlich nicht überarbeiten. Versuchsweise nahm sie die Maus und klickte Ben an. Doch sie hatte keinen Einfluss auf ihn. Sie konnte das Spiel nicht steuern. Ben agierte von sich aus, selbständig. Einstein konnte die Augen nicht vom Bildschirm lassen.

***

Ben lief erneut alle Räume ab. Klopfte an Wände, untersuchte sie nach Spalten und Rissen – doch nichts. Wie konnte er jemals hier rauskommen? Was war mit den vielen Mitspielern, die Einstein in das Spiel eingebaut hatte? Sie hatte doch alle aus seiner Klasse eingescannt. Auch Julia. Warum war sie nicht hier? Er hatte sich so gewünscht, sie hier zu treffen, mit ihr gemeinsam Abenteuer zu bestehen. Vielleicht würde sie ihn irgendwann mögen. Mit ihr zusammen wäre alles einfacher. Sie könnte ihm helfen, das Spiel zu gewinnen. Sie war tough und pragmatisch. Aber statt mit ihr zusammen Spaß zu haben, war er einsam gefangen in einem öden Computerspiel, in dem absolute Leere herrschte. Und Schuld daran war die blöde Einstein, die ein Computerspiel entwickelt hatte, das nicht funktionierte. Wütend warf Ben den Rucksack gegen die Wand. Beim Aufprall ging der Verschluss auf und alle Einzelteile flogen heraus.

***

„Kacke Einstein, was soll ich denn hier?“, kam Bens Stimme aus den Lautsprechern.

Einstein starrte fassungslos auf den Schirm. Das war Ben. Der leibhaftige, lebendige Ben. Er war im Spiel. Wie war das möglich? Sie nahm die Maus und versuchte erneut, Einfluss auf das Spiel zu nehmen. Aber sie konnte sich nur alles ansehen, nichts verändern. „Ben, bist du es?“, rief sie gegen den Bildschirm. Ben reagierte nicht. Sie schaltete das Mikrophon ein – mit wenig Hoffnung, denn sie hatte keine Sprachsteuerung eingebaut. Erneut rief sie: „Ben, antworte, wenn du mich hörst!“ Aber Ben reagierte nicht. Er lief im Spiel auf und ab wie ein Löwe im Käfig. Einstein war fassungslos. War es tatsächlich möglich, dass jemand aus dem echten Leben verschwand und im Spiel wieder auftauchte? Wie konnte das sein? Einstein hatte bereits die Relativitätstheorie gelesen und physikalische Fachzeitschriften abonniert. Es gab einige Theorien über das Raum-Zeit-Kontinuum und über Parallelwelten. Aber bisher wurde es für unmöglich gehalten, von einer Welt in die andere zu wechseln. Vielleicht hatten sich alle geirrt. Ben hatte die

Ebenen gewechselt. Und wenn er jetzt im Spiel war, musste sie ihn wieder herausholen. Aber wie? Sie musste mit ihm reden. Nur wenn sie wusste, wie er hineingeraten war, konnte sie einen Weg finden, ihn zurückzuholen. Sie grübelte, wie sie Kontakt mit ihm aufnehmen konnte. Schlagartig wurde es ihr klar: Sie musste die Stimmsteuerung der Einstein-Figur übernehmen. Dann könnte sie mithilfe ihrer Figur mit ihm sprechen. Sie nahm die Maus, klickte *ctrl-alt* und ließ das Spiel in einem separaten Fenster laufen. So konnte sie auf die Programmierebene wechseln. Sie öffnete die Bilddateien und klickte sich zu ihrer Figur durch. Sie musste nur das Mikrophon mit ihrer Figur koppeln, dann konnte sie mit Ben reden, sobald er auf ihre Figur traf. Sie hoffte, dass es bereits im nächsten Level so weit sein würde. Denn die Lösung dieses Levels war, dass Ben jemanden um Hilfe rief. Natürlich fand sie es selbstverständlich, dass er Einstein um Hilfe rufen würde. Schließlich war sie die Erfinderin dieses Spiels und konnte ihm am besten helfen. Hoffentlich kam Ben bald auf die Lösung. Mit Spannung sah sie zu und wartete.

***

Ben wusste nicht, was er tun sollte. Wie ein Raubtier im Käfig lief er umher, trat wütend gegen seinen Rucksack. Dann sackte er zusammen und schluchzte. Er war verzweifelt in der Weite der leeren Räume. Ihm fiel nichts mehr ein. Er hatte keine Ahnung, wie er dieses Level lösen konnte und wie es mit ihm weitergehen sollte. Er fühlte sich unendlich allein. So allein wie schon lange nicht mehr. Er konnte nichts anderes mehr denken als an seine Sehnsucht nach anderen Menschen. Und nach einem Menschen im Besonderen – Julia. Verzweifelt rief er: „Julia, könntest du mir doch helfen!“ Er vergrub seinen Kopf in seinen Armen und schluchzte. Fast überhörte er das *Pling* des Fahrstuhls. Überrascht sah er, wie die Türen sich öffneten. Ben sprang auf, ging vorsichtig zum Fahrstuhl. Er sah hinein, es war niemand drin, aber er war fahrbereit. Ben raste zum Rucksack, warf ihn schnell zwischen die Türen, damit sie sich nicht wieder schließen konnten, und raffte die Dinge, die herausgefallen waren, zusammen. Er sprintete in den Fahrstuhl und ließ sich zitternd in eine Ecke fallen. Dort hockte er und kam langsam wieder zu Atem. Und jetzt? Sollte er wieder nach unten fahren? Um bei den virtuellen Eltern zu landen und sich sicherer zu fühlen? Oder nach oben? Doch was würde ihn dort erwarten? Es half nichts, er musste weiter. Unten kam er nicht aus dem Spiel raus. Also hoch! Mit wackeligen Knien stand er auf. Dann drückte er die 2. Die Türen schlossen sich und der Fahrstuhl setzte sich in Bewegung.

Das zweite Level

Einstein starrte regungslos auf den Bildschirm. Ben hatte nach Julia gerufen, nicht nach ihr. Das hieß, er traf im nächsten Level auf Julia und nicht auf ihre Figur, wie sie es eigentlich geplant hatte. Also konnte sie ihm nicht helfen. Und wieso hatte er überhaupt nach dieser blöden, arroganten Ziege gerufen? Einstein riss sich zusammen, sie musste sich konzentrieren. Sie musste so schnell wie möglich einen anderen Weg finden, um Kontakt mit Ben aufzunehmen. Angestrengt fixierte sie den Bildschirm, als könnte sie zwischen den Pixeln eine Lösung entdecken.

***

Ben schwankte zwischen Erleichterung und Angst. Was würde ihn im nächsten Stockwerk erwarten? Wieder leere Räume oder eine schwierige Mission? Könnte er die nächste Aufgabe lösen? Der Fahrstuhl ruckelte leicht und blieb stehen. Die Türen öffneten sich und gaben den Blick frei auf einen gewöhnlichen Flur. Es könnte ein Schulflur sein. Ben zögerte, hinauszugehen. Zu groß war seine Angst, wieder in einem leeren Level zu stecken, in dem er niemandem begegnete und nichts zu essen bekam. Sein Regenerationsbalken war fast leer. Vorsichtshalber probierte er die anderen Knöpfe am Tableau. Die 3, die 7, doch der Fahrstuhl reagierte nicht. Also ging es wohl nur Stockwerk für Stockwerk voran. Wie einzelne Level. Er kam immer erst ein Level weiter, wenn er das vorherige bestanden hatte. Dann musste er das letzte Level wohl bestanden haben, wenn ihm auch nicht klar war, wieso. Vorsichtig setzte er einen Schritt hinaus. Dann den zweiten, hielt die Hand an der Tür, damit sie sich nicht schließen konnte. Ein Surren, die Türen gingen langsam zu, Ben schlug mit der Hand dagegen, doch es gab keinen Kontaktsensor. Die Türen schlossen sich immer weiter. Ihm blieb nichts anderes übrig, als die Hand im letzten Moment zurückzuziehen und den Fahrstuhl fahren zu lassen.

Er schulterte seinen Rucksack und ging schwer seufzend zur nächstgelegenen Tür. Als er sie aufstieß, stand er in der Schulturnhalle. Mehrere Schulkameraden spielten Fußball, mittendrin auch Julia. Bens Herz hüpfte vor Freude und Erleichterung. „Julia!“ Alle drehten sich zu ihm um. Ein paar zeigten lachend mit dem Finger auf ihn. Julia blickte ihn kurz an, dann drehte sie sich gelangweilt weg. Roger flüsterte ihr etwas zu und sie kicherte. Sie knuffte ihn in die Seite, und beide spielten weiter. Ben erstarrte. Scham und Unsicherheit krochen in ihm hoch. Er konnte sich nicht mehr rühren. Er spürte nur, wie das Blut in seinen Ohren rauschte, sich sammelte, und sein Gesicht knallrot werden ließ. Jetzt war Julia endlich da, er war nicht mehr allein in diesem Spiel, und doch war sie unerreichbar. Inmitten der lauten Stimmen, die sich Befehle zuriefen und sich gegenseitig anfeuerten, fühlte er sich noch einsamer als im letzten Stockwerk. Er konnte keinen Kontakt zu ihr kriegen. Er würde nicht noch einmal nach ihr rufen. Noch einmal wollte er ihnen keine Gelegenheit geben, über ihn zu lachen. Langsam ging er rückwärts, versuchte, so unauffällig wie möglich den Raum zu verlassen. Als er die Tür hinter sich schloss, atmete er erleichtert auf.

Verzweifelt lachte er auf. Endlich hatte er Julia gefunden, doch sie war genauso abweisend wie im wirklichen Leben. Er hatte sie sich ins Spiel gewünscht, damit es anders zwischen ihnen wäre. Wie dumm von ihm. Es war genauso bescheuert wie im wirklichen Leben. Auf ihre Unterstützung konnte er nicht hoffen. Er musste die Aufgaben allein lösen.

Also ging er zur nächsten Tür. Hoffentlich waren dahinter nicht auch wieder Kinder, die über ihn lachten. Er öffnete sie und sah in die leere Schul-Kantine. Er war tatsächlich in der Schule. Einstein musste hier irgendwo sein! Seine Laune besserte sich schlagartig und er beschloss, das Labor zu suchen, in dem Einstein sich oft aufhielt. Hoffnungsvoll ging er zur nächsten Tür. Doch dahinter verbarg sich nur sein Klassenzimmer. Es war völlig leer. Von Einstein keine Spur. Es blieb nur noch eine Tür übrig, doch Bens

Hoffnung schwand, als er sie öffnete. Denn auch dahinter war nur ein leeres Schulzimmer. Das Labor gab es in diesem Stockwerk nicht. Hieß das, es gab auch Einstein in diesem Level nicht? Wann konnte er sie jemals treffen? Bens Magen knurrte und erinnerte ihn daran, dass es Zeit war, etwas zu essen. Also ging er in die Kantine zurück. Die war wie ausgestorben. Sie sah aus wie nachmittags, wenn der Unterricht zu Ende war und nur noch Projekte liefen - wie die Fußball-AG. Die Kantine wirkte unbenutzt, klinisch rein und frei von jedem Essenskrümel. Na klar, er war ja auch in einem künstlich angelegten Computerspiel und nicht in der Wirklichkeit. In Gedanken machte er sich für Einstein Notizen, dass sie ein wenig Chaos und Unordnung in die Räume programmieren müsste. Er durchsuchte alle Schränke nach etwas Essbarem, doch nur wenige ließen sich öffnen und die restlichen waren leer. Im Kühlschrank wurde er endlich fündig. Dort standen drei sauber aufgereihte Papiertüten. Er nahm eine heraus und öffnete sie. Es waren ein paar belegte Brote und ein Apfel darin. Ben nahm alle Tüten und setzte sich an den Tisch. Mit Heißhunger verschlang er den Inhalt aus dem ersten Päckchen. Es befriedigte ihn nicht, denn es schmeckte nach wie vor nach nichts. Er wollte sich schon über das zweite Päckchen hermachen, als ihm einfiel, dass er vielleicht noch Proviant für unterwegs brauchte. Er warf einen Blick auf seinen Regenerationsbalken. Der war voll. Also verkniff sich Ben, weiter zu essen. Lieber nichts vergeuden. Stattdessen packte er die Tüten in seinen

Rucksack.

Und nun? Was war die Aufgabe in diesem Level? Was sollte er tun? Am sinnvollsten schien es Ben, so vorzugehen wie in seinen Computerspielen. Systematisch alles zu durchsuchen, um keine Hilfestellung, kein Rätsel, kein Item zu übersehen. Also zog er los.

Nachdem er viele Wände abgeklopft und verschlossene Schubladen zu öffnen versucht hatte, musste er sich eingestehen, dass es vergeblich war. Er fand nichts. Die Lösung dieses Levels musste in der Sporthalle zu finden sein. Ihm wurde mulmig, als er daran dachte, dorthin zurückzumüssen. Er wollte sich nicht noch einmal dem Spott der anderen aussetzen. Also beschloss er, erst reinzugehen, wenn er einen Plan hatte, was er dort tun wollte. Er überlegte, welchem System die Lösung der bisherigen Aufgaben folgte. Die erste Lösung war, wirklich zu lernen und die Hausaufgaben ohne zu schummeln zu erledigen. Die zweite war … Da war er sich nicht sicher. Er hatte nach Julia gerufen, und dann hatte sich der Fahrstuhl geöffnet. Aber warum? Vielleicht, weil er sich getraut hatte, nach ihr zu rufen. Im wirklichen Leben hätte er das nie getan. Also hatte er beide Male etwas getan, was andere Menschen sehr wohl tun, wovor er sich aber drückte. Könnte das die Lösung sein? Er drückte sich schon sein Leben lang davor, Sport zu machen und im Besonderen, Fußball zu spielen. Wenn Fußball im Sportunterricht dran war, meldete er sich krank. Weil er es leid war, von seinen Mitschülern ausgelacht zu werden, wenn er nicht traf. War die Lösung dieses Levels, Fußballspielen zu lernen? Oder ein Tor zu schießen? Je länger er darüber nachgrübelte, desto wahrscheinlicher schien es ihm. Bisher war keine Aufgabe unlösbar gewesen. Also war Fußballspielen und Tore schießen vielleicht viel einfacher, als er dachte. Und wenn er ein Tor schießen würde - er lachte auf bei dem Gedanken - wenn er ein Tor schoss, würde er plötzlich im Mittelpunkt stehen. Alle würden ihm auf die Schulter klopfen. Die Zuschauer würden jubeln vor Begeisterung. Und Julia ... Julia würde ihn toll finden.

Ben grinste von einem Ohr zum anderen. Es war ganz einfach. Optimistisch ging er zur Sporthalle. Er öffnete die Tür, stellte seinen Rucksack gleich am Eingang ab und krempelte die Ärmel hoch. Nun musste er nur noch einen geeigneten Moment abpassen, wo er ins Spiel einsteigen konnte. Dann würde er den Ball übernehmen, mit ihm zum Tor rennen und ihn hineinschießen. Das klang einfach. Zum Glück hatten die anderen ihn noch nicht bemerkt. Der Ball flog hin und her. Die Spieler rannten und riefen sich Anweisungen zu. Er erkannte Jannik und Roger, Julia natürlich und noch ein Mädchen aus der Parallelklasse, dessen Namen er nicht wusste. Der Ball rollte langsam in Richtung Aus, genau auf ihn zu. Sein Zeitpunkt schien gekommen. Er machte sich bereit. Keines der Kinder folgte dem Ball, sie nutzten die Gelegenheit, um Luft zu schnappen. Kurz bevor der Ball die Aus-Linie erreichte, sprintete Ben los, auf den Ball zu. Er holte mit dem rechten Bein Schwung, wollte gegen den Ball treten, verfehlte ihn, trat stattdessen auf ihn, flog in hohem Bogen in die Luft und landete unsanft auf seinem Hintern. Während er Sterne sah, hörte er wie durch Wattewolken hindurch schallendes Gelächter. Das Mädchen ohne Namen half ihm hoch, nahm den Ball und das Spiel ging weiter. Ben rappelte sich auf und lehnte sich an die Wand, um nach Luft zu schnappen. Er schämte sich. Sein Plan war in der Theorie gut. In der Praxis miserabel. Wahrscheinlich war es wie mit den Hausaufgaben. Auch da wollte er die Antworten abschreiben und musste schließlich mühsam den Stoff lernen, bevor er das Level gewann. Das hieß, dass er Fußballspielen lernen musste, um zu gewinnen. Es klang sehr mühsam, aber ihm blieb nichts anderes übrig. Glücklicherweise lag am Rand der Turnhalle ein Ersatzball. Den holte er sich unauffällig, nahm seinen Rucksack und verzog sich auf den Flur. Dort übte er fleißig, schoss den Ball hierhin und dorthin, trainierte, ihn beim Laufen am Fuß zu halten. Und stolperte und stürzte immer wieder und rannte im Eifer des Gefechts gegen die Wand.

***

Einstein klickte sich durch das Programmiermenü auf der Suche nach einer Möglichkeit, mit Ben Kontakt aufzunehmen. Im Fenster daneben sah sie Ben, der unermüdlich Fußballspielen trainierte. Er war tatsächlich inzwischen besser geworden. Als der Ball gegen die Fahrstuhltür knallte, kam Einstein eine Idee. Der Fahrstuhl hatte doch ein Display. Sie klickte ins Innere und besah sich das Display ganz genau. Wie viele Ziffern hatten darauf Platz? 20. Das müsste für kurze Nachrichten reichen. Während Ben im Spiel auf den Ball eintrat, suchte Einstein die Einstellungen für den Fahrstuhl. Sie wurde fündig. Schnell schrieb sie ein Miniprogramm.

***

Ben trat und trat auf den Ball ein. Schweiß stand ihm auf der Stirn und seine Beine wurden immer lahmer, aber tatsächlich war sein Spiel inzwischen besser geworden. Wenn er realistisch war, brauchte er sicher ein paar Wochen Training, ehe er gegen andere Spieler antreten konnte, aber er hatte ja anscheinend unendlich viel Zeit.

***

Einstein hatte das Programm fertig geschrieben und benannte es INSERT. Jetzt konnte sie immer, wenn sie etwas ins Display schreiben wollte, auf das Icon klicken und eine kurze Nachricht in ein Dialogfenster tippen. Nun musste Ben nur noch in den Fahrstuhl kommen. Einstein änderte die Grundeinstellung des Fahrstuhls von CLOSE auf OPEN.

***

Endlich traf Ben! Sein erstes Tor! Ben jubilierte. Plötzlich hörte er „Pling!“. Er drehte sich um. Und tatsächlich, der Fahrstuhl öffnete seine Türen. Das war es schon? So einfach war das Level zu lösen gewesen? Er nahm seinen Rucksack, ging in den Fahrstuhl und drückte die 3. Doch nichts passierte. Er probierte alle Knöpfe durch. Nichts.

***

Einstein war zufrieden. Ben konnte nun jederzeit in den Fahrstuhl gehen. Sie tippte eine Nachricht an ihn ein und sendete sie zum Fahrstuhldisplay: *Ich bin da, Einstein*

Sie lehnte sich zufrieden zurück. „Jetzt musst du nur noch hochsehen.“

Doch Ben dachte gar nicht daran. Stattdessen ließ er den Rucksack genervt fallen und verließ den Fahrstuhl wieder.

„Was machst du da?“, rief Einstein. Ihre Worte verhallten in Bens Zimmer ungehört, er konnte sie nicht hören und ließ seinen Frust am Ball aus.

„Geh wieder rein und lies den Text, du Idiot!“, rief Einstein, doch sie wusste, es war zwecklos. Sie konnte nur warten, bis er von selbst wieder hineinging.

***

Ben trat ein letztes Mal heftig auf den Ball ein. Er hatte es satt. Jetzt war der Fahrstuhl endlich offen, doch die Knöpfe gingen nicht. Jetzt kam es nicht mehr darauf an. Er hatte keine Lust mehr, mit sich allein zu spielen. Ihm war egal, ob ihn jemand auslachte oder sich über ihn lustig machte. Also ging er in die Halle und sah den anderen beim Spielen zu. „Ich mach mit!“, rief er laut und lief aufs Spielfeld. Doch sofort protestierten alle.

„Nein, nicht der Looser!“

„Geh zu Mama.“

„Bei uns nicht.“

„Steh nicht im Weg rum.“

Sie spielten um ihn herum, ließen ihn nicht an den Ball kommen und ignorierten ihn. Er versuchte eine Weile hilflos, den Ball zu kriegen. Dann gab er auf. Ihm blieb nichts anderes übrig, als sich wieder an den Rand zu stellen und zuzusehen. Es ärgerte ihn, dass die anderen Spaß hatten. Wenn er nicht mitspielen durfte, sollten die anderen auch nicht spielen, dachte er, als der Ball an den Rand rollte. Er fing ihn ab, klemmte ihn sich unter den Arm und rannte so schnell er konnte hinaus. In den Flur, in den Fahrstuhl. Er hörte sie hinter sich schimpfen und brüllen, doch das freute ihn nur. Erst als er im Fahrstuhl stand, fiel ihm ein, dass er in der Falle saß. Julia kam angesprintet und versuchte, Ben den Ball abzunehmen.

„Gib her! Was soll das?“

„Lass das!“

Es gab eine Rangelei, Ben kam gegen das Tableau, drückte dabei versehentlich die 3. und der Fahrstuhl schloss die Tür. Julia ließ erschrocken den Ball los und versuchte, die Tür wieder zu öffnen, indem sie auf „Türen auf“ und sämtliche andere Stockwerke drückte. Doch darauf reagierte der Fahrstuhl nicht, sondern er fuhr beharrlich in den 3. Stock.

Das dritte Level

Ben grinste breit. Julia starrte ihn wütend an.

„Was gibt's denn da zu grinsen?"

Ben hatte keine Ahnung, warum er das Level gewonnen hatte, er war einfach nur wahnsinnig erleichtert, dass er es geschafft hatte, weiterzukommen. Und vor allem, dass Julia mitgekommen war. Nun würden sie gemeinsam Level für Level lösen. Er war nicht mehr allein.

Der Fahrstuhl kam zum Stehen und die Tür öffnete sich. Julia schimpfte: „Ich will wieder runter!" Sie drückte alle Knöpfe. Doch nichts tat sich.

„Jetzt ist er auch noch kaputt!", rief sie ärgerlich.

„Nee, wir kommen erst weiter, wenn wir das Level gelöst haben", erklärte Ben. Fast im gleichen Moment fiel ihm ein, dass Julia nichts vom Spiel wusste und ihn für komplett durchgeknallt halten würde.

„Was für ein Level?"

„Äh … na ja … das hier ist ein Computerspiel und wir müssen versuchen, zu gewinnen. Und der Fahrstuhl ist der Levelanzeiger."

Bens Stimme wurde immer leiser, denn er war

sicher, dass Julia ihm kein Wort glauben würde. Sie starrte ihn an, als wäre er gerade aus dem Hochsicherheitstrakt der Psychiatrie geflohen und wandte sich dann kopfschüttelnd ab. „Es wird hier ja wohl ein Treppenhaus geben." Julia eilte hinaus und sah sich um.

„Warte!"

Ben erschrak. Wenn es hier wirklich Treppen gab, wäre Julia so schnell wieder weg, wie sie bei ihm gelandet war.

„Julia!" Ben rannte ihr so schnell er konnte hinterher. Sie verschwand hinter einer Tür und Ben keuchte flehend: „Nicht weggehen, bitte nicht."

Schwer atmend blieb er vor der Tür stehen.

„Mein Rucksack?"

Ben sah sich um. Er hatte ihn im Fahrstuhl vergessen. Panik überkam ihn. Der Proviant! Er rannte in den Fahrstuhl zurück, griff den Rucksack und setzte ihn sich auf. Dabei fiel sein Blick zufällig aufs Display. *Ich bin da, Einstein*

Ben stockte und versuchte die Botschaft zu deuten. Er sah sich um.

„Einstein?" rief er ins Nichts. Er wartete und starrte auf das Display. „Hast du das geschrieben?"

Plötzlich verschwand die Zeile und stattdessen erschien ein *Ja*. Ben sah sich um, konnte Einstein aber natürlich nicht entdecken. „Wo bist du denn?"

Statt einer Antwort kam die Frage: *Wie bist du rein?*

„Wie ich in das Spiel reingekommen bin? Meinst du das? Bist du draußen? Bist du in meinem Zimmer? Kannst du mich sehen?“

Ben wurde immer aufgeregter. Einstein war da und er konnte mit ihr reden. Sie würde ihm helfen, da war er sicher.

Ja. Ja und Ja. Antwortete das Display.

„Oh Einstein, ich bin so froh, dass du da bist.“

Wie bist du rein? erschien die Anfangs-Frage noch einmal.

„Das weiß ich gar nicht so genau. Ich war noch ganz am Anfang, im ersten Level.“ Ben überlegte. „Und dann ... ja genau!“ Ihm fiel alles wieder ein. Die beiden Mütter, die gleichzeitig nach ihm gerufen hatten, das Schwindelgefühl. Doch bevor er Einstein davon erzählen konnte, kam Julia zurück.

„Hier gibt's gar kein Treppenhaus. Bring mich gefälligst wieder runter!“, forderte sie.

„Wir können mit Einstein reden. Sie kann uns helfen“, sagte Ben aufgeregt. Doch Julia verdrehte nur die Augen.

„Oder wir fragen deine Eltern“, sagte sie ironisch. „Die sitzen gerade im Lehrerzimmer und sprechen mit Frau Franke.“

„Was?“, entfuhr es Ben. „Was machen die denn hier? Warum sind sie nicht im Erdgeschoss?“

Er eilte hinaus, um zu sehen, ob Julia die Wahrheit sagte. Julia trottete genervt hinterher.

***

„Verdammt!“, rief Einstein wütend und enttäuscht. Wie konnte er genau in diesem Moment davonlaufen? Jetzt, da sie sich endlich mit ihm unterhalten konnte. Fast hätte sie erfahren, was passiert war. Jetzt war sie wieder zur Untätigkeit verdammt. Sie konnte Ben nicht rausholen, wenn sie nicht wusste, wie er reingekommen war. Wenigstens hatte er das Level bestanden. Wenn auch ganz anders, als sie es sich vorgestellt hatte.

***

Julia öffnete die Tür des Lehrerzimmers und stieß Ben in den Raum. Drei Augenpaare richteten sich anklagend auf ihn. Bens Eltern und seine Lehrerin fixierten ihn. Ruckartig blieb er stehen und hauchte ein schüchternes „Hallo“ in den Raum.

„Gut, dass du da bist“, fauchte seine Lehrerin und wies ihn an, sich zu setzen. Ben ließ sich auf der Kante eines Stuhls nieder und wartete mit eingezogenen Schultern.

„Er macht seine Hausaufgaben fast nie, träumt im Unterricht und sondert sich von seinen Mitschülern ab“, erklärte Frau Franke seinen Eltern. Die sahen ihn anklagend an. Seine Mutter jammerte: „Wir reden ununterbrochen auf ihn ein. Aber es hilft nichts.“ Sein Vater lamentierte: „Sie sollten ihn erst mal zu Hause erleben. Er hockt nur in seinem Zimmer und ist den ganzen Tag zu nichts zu gebrauchen. Auf nichts hat er

Lust. Wir wissen auch nicht weiter."

Frau Franke und seine Eltern begannen nun, all seine Missetaten aufzuzählen und sich darüber zu beklagen, dass nichts aus ihm werden würde. Wenn er so weitermachte, würde er als Obdachloser auf der Straße landen, höchstens zum Hilfsarbeiter auf dem Bau konnte er es schaffen.

Ben wurde immer resignierter, je länger er zuhörte. Er wandte sich zu Julia um, die neben der Tür stand und schadenfroh grinste. Von ihr war keine Hilfe zu erwarten. Er dachte an Einstein und ihm fiel ein, dass sie die einzige Möglichkeit war, hier herauszukommen. Er sollte zum Aufzug zurückgehen und sich mit ihr unterhalten. Er musste raus hier. Doch als er sich erheben wollte, durchbohrten ihn die Blicke der Erwachsenen so streng, dass er sich wieder auf den Stuhl sinken ließ. Die Vorhaltungen und Klagen gingen weiter und Ben überlegte fieberhaft, wie er wegkommen konnte. Er könnte doch sagen, dass er auf die Toilette muss. Dann müssten sie ihn gehen lassen. Brav meldete er sich. Doch das war ein Fehler. Augenblicklich richtete sich alle Aufmerksamkeit auf ihn. Frau Franke fixierte ihn.

„Ah, der Herr möchte auch etwas dazu sagen."

„Äh …"

Die Blicke seiner Eltern durchbohrten ihn. Er vergaß, warum er sich gemeldet hatte.

„Ich … äh …", stotterte er.

„Bitte?", donnerte die Stimme der Lehrerin.

Irgendetwas musste er sagen. Nur was? In seinem

Gehirn befand sich ein schwarzes Loch, das sich ausbreitete und langsam immer größer wurde. Alle Gedanken und Körperwahrnehmungen versanken in diesem Loch, alles wurde gelöscht. Er konnte fast nichts mehr sehen und hören. Der einzige Gedanke, den er noch fassen konnte, war: ich muss etwas sagen. Irgendwas. Sag was. Sag einfach irgendwas.

Doch nichts. Sein Hirn war eingefroren und sein Sprachzentrum auf Urlaute aus der Steinzeit umprogrammiert. „Hrumpf", war das einzige, das ihm einfiel, und das wagte er nicht laut auszusprechen.

„Da, schon wieder. Immer wenn man etwas fragt, schweigt er. Sowas bockiges habe ich noch nie erlebt", beklagte Frau Franke.

Ben senkte den Blick beschämt und saß mit hochgezogenen Schultern da. Die Erwachsenen wandten ihre Aufmerksamkeit von ihm ab und unterhielten sich weiter über ihn und seine schlechten Eigenschaften und Verhaltensweisen. Bens Denkvermögen kehrte langsam zurück. Er wusste, er musste raus hier, einfach nur raus und zu Einstein. Doch wusste er nicht, wie er dem Szenario entkommen sollte.

In eine kurze Gesprächspause mischte Julia sich plötzlich ein.

„Wo geht's zur Turnhalle?", fragte sie. Doch keiner reagierte. Ben sah erstaunt auf, doch das Gespräch nahm seinen Verlauf, als hätte niemand dazwischengefragt. Er blickte zu Julia und wieder zu den anderen. Sahen sie sie gar nicht? Sie versuchte es erneut: „Können Sie mir bitte sagen, wo es hier zur Turnhalle geht?“, fragte sie nun wesentlich energischer. Doch wieder keine Reaktion. Warum? Als wäre sie unsichtbar. Oder konnten sie Julia nicht wahrnehmen, weil sie vielleicht nicht in dieses Level gehörte? Oder sie wurde nicht gebraucht, um diese Quest zu lösen. War sie deswegen für die anderen Spielfiguren nicht wahrnehmbar? Ben wurde schlagartig bewusst, dass er sich in einem Computerspiel befand. Die drei Personen vor ihm waren nicht echt. Also konnte er einfach aufstehen und gehen. Mit vorsichtigen Seitenblicken auf die Erwachsenen stand er möglichst unauffällig auf. Sie kümmerten sich nicht um ihn. Er schob sich zur Tür und schlich sich hinaus. Entkommen.

Auf dem Weg zum Fahrstuhl versuchte Ben, Julia zu erklären, dass sie sich in einem Computerspiel befanden, das Einstein entwickelt hatte. Dass also auch nur Einstein sie da wieder herausholen konnte. Und dass Julia zu einem Level gehörte, in dem Fußball gespielt wurde.

Julia sagte genervt: „Du redest völligen Quatsch! Ich weiß genau, dass ich existiere.“

„Wie lange spielst du denn schon Fußball?“, konterte Ben.

„Schon immer“, antwortete Julia.

„Und wann warst du das letzte Mal im Unterricht?“, wollte Ben wissen.

Julia stutzte, daran konnte sie sich nicht erinnern. Sie wusste aber, dass es Unterricht gab und kannte den Unterrichtsstoff. Als Ben weiter auf dem Thema beharrte, reichte es Julia. „Jetzt zeig mir endlich den Weg runter.“

„Nein“, sagte Ben entschieden, „ich muss erst mit Einstein reden.“

Julia sah ihn überrascht an. Den entschlossenen Ton kannte sie an ihm nicht. Ben ging in den Fahrstuhl und ließ Julia draußen stehen. Er blickte zum Display hoch. Dort stand in mahnenden Lettern: *Wichtig!!!* „Ja, ich bin jetzt ja hier. Einstein?“, sprach er zum Display.

***

Einstein saß auf glühenden Kohlen. Endlich war Ben in den Fahrstuhl zurückgekommen. Endlich konnte sie mit ihm kommunizieren. Sie tippte ihre Frage ein:

***

Wie bist du rein?, las Ben. Er nickte und begann seinen Bericht. Er versuchte, sich so genau wie möglich zu erinnern, was passiert war. Wie seine Mutter ihn zum Essen gerufen hatte, wie er aufstand, um runterzugehen und wie sich dann plötzlich alles anders anfühlte. Dass alle Türen und Schränke abgeschlossen waren und er nur dann weiterkam, wenn er eine Aufgabe gelöst hatte. Während er berichtete, hörte Ben immer wieder das dumpfe Knallen vom Fußball, den Julia im Flur genervt gegen die Wand schoss.

Als Ben mit seinem Bericht fertig war, wartete er auf eine Reaktion von Einstein. Doch es kam keine. Nur das dumpfe Knallen des Fußballs war zu hören. Ben wurde unsicher. „Einstein?“, fragte er vorsichtig. Keine Reaktion. „Bist du da?“ Nichts. „Schreib mal irgendwas“ Doch noch immer kam keine Reaktion von Einstein. Er hatte jetzt alles erzählt und erhielt keine Nachricht. Was war passiert? Wo war sie hin? Hatte sie seinen Bericht noch gehört oder war sie vorher verschwunden? War es überhaupt Einstein, die mit ihm Kontakt aufgenommen hatte oder hatte sich jemand nur als sie ausgegeben? Gehörte das alles zum Spiel und er hatte gar keinen Kontakt mit der wirklichen Welt da draußen? Ihm wurde gleichzeitig heiß und kalt. Kam er hier nie wieder raus? Konnte ihm niemand helfen? Musste er sein Leben lang in diesem Spiel bleiben?

Julia steckte den Kopf herein: „Was ist? Weißt du jetzt, wie ich wieder runterkomme?“ Ben schüttelte ratlos den Kopf. „Einstein antwortet nicht mehr.“ Er zeigte zum Display und Julia sah hoch: 3. ETAGE stand dort. Frustriert drückte sie die 2 am Tableau, doch nichts passierte. Ben seufzte tief und traurig. Das war das Ende seiner Hoffnung. Einstein war nicht mehr da. Er war wieder allein. Fast. Immerhin hatte er jetzt Julia an seiner Seite. Er wandte sich zu ihr um und sagte mit brüchiger Stimme: „Danke, dass du bei mir bist.“

Julia verdrehte genervt die Augen. „Danke, dass ich jetzt hier festsitze.“

„Das tut mir leid.“ Ben Stimme versagte fast und ihm traten Tränen in die Augen. Er fühlte sich so hoffnungslos. Hätte er doch sofort auf Einstein reagiert. Vielleicht wäre sie dann noch dagewesen. Jetzt musste er wieder allein herausfinden, was er tun sollte. Er sackte zusammen und ließ sich an der Fahrstuhlwand herunterrutschen, vergrub seinen Kopf in seinen Armen.

Julia seufzte. „Was ist denn jetzt?“, fragte sie Ben.

Der zuckte die Schultern: „Keine Ahnung.“

Julia setzte sich neben ihn. Gelangweilt warf sie den Ball an die Wand. Tok. Tok. Tok.

„Kannst du mal damit aufhören?“, schrie er sie an.

Julia zuckte zusammen, gehorchte aber.

Nachdem sie eine Weile so gesessen hatten, fragte sie: „Denkst du?“

„Was?“ Ben sah sie irritiert an.

„Überlegst du einen Plan?“

„Nein.“

Dann schwiegen sie wieder.

Schließlich stand Ben auf. „Es gab in jedem Stockwerk eine Aufgabe, die ich lösen musste. Erst dann kam ich weiter. Also gibt es hier auch eine Aufgabe.“ Er ging hinaus.

Julia folgte ihm. „Und welche?“

„Keine Ahnung. Das müssen wir herausfinden.“

„Wieso wir?“

„Weil du sonst nicht von hier wegkommst.“

„Na, super.“

Doch Ben ließ sich von Julias schlechter Laune

nicht aufhalten. Er musste herausfinden, was die Aufgabe war. Und da die einzigen Figuren in dieser Etage seine Eltern und seine Klassenlehrerin waren, musste die Lösung mit ihnen zu tun haben.

Der Code

Einstein hatte Ben so gebannt zugehört, dass sie nicht gehört hatte, wie Schritte die Treppe hochkamen, den Flur entlang gingen und vor ihrer Tür Halt machten. Als es klopfte, erstarrte sie, machte reflexartig den Bildschirm aus und starrte panisch zur Tür.

„Ja?“, fragte sie schließlich mit zitternder Stimme. Die Klinke ging runter und die Tür schob sich auf. Einstein erwartete, entweder die Eltern von Ben zu sehen oder einen Einbrecher. Sie wusste nicht, was ihr lieber war. Stattdessen lugte ein freundlich dreinblickendes Gesicht durch den Türspalt, das Einstein noch nie gesehen hatte. Die Überraschung war beidseitig.

„Hallo?“

„Hallo.“

„Ist Ben nicht da?“

Einstein schüttelte den Kopf. Nun schob sich eine Frau in den Raum, ungefähr im Alter von Einsteins Eltern, die freundlich auf sie zukam und ihre Hand ausstreckte.

„Ich bin Stefanie. Eine Freundin von Bens Mutter. Und du bist …?“

„Einstein", antwortete Einstein und stand auf. „Sie sind sicher die Nachbarin, die nach Ben sehen soll."

Stefanie war überrascht. „Du weißt ja gut Bescheid. Gesine hat mir gar nicht erzählt, dass du auch hier bist."

Einstein vergewisserte sich mit einem kurzen Blick, dass der Bildschirm wirklich aus war. „Ja, das ergab sich ganz plötzlich. Wir müssen eine Projektarbeit machen, über Vererbungslehre."

„Ach, interessant."

„Und Ben ist gerade unterwegs, weil er was besorgen muss."

Stefanie sah Einstein interessiert an und machte keine Anstalten, den Raum zu verlassen. Einstein suchte fieberhaft nach einer Ausrede. „Folie. Für den Overhead-Projektor. Wir wollen eine Powerpoint-Präsentation machen. Aber wir wissen gar nicht, ob die Schule dafür ausgestattet ist, also machen wir parallel Folien."

„Darf ich mal sehen?" Stefanie beugte sich vor zum Bildschirm. Einstein stellte sich ihr in den Weg. „Es gibt noch nichts zu sehen. Wir sind ganz am Anfang." Um Stefanie abzulenken, ging Einstein aus dem Raum. „Ben müsste jeden Moment zurück sein. Ich guck mal, wo er bleibt."

Stefanie folgte und Einstein atmete auf. Die Gefahr, dass sie Ben auf dem Bildschirm sehen konnte, war gebannt. Warum war diese Frau gerade reingekommen, als Ben ihr erzählen wollte, was passiert war? Einstein brodelte innerlich vor Ungeduld. Stefanie folgte ihr den Flur hinunter. Einstein hoffte, dass sie einfach gehen würde, wenn sie unten waren. Am Eingang standen mehrere Taschen, Stefanie griff nach ihnen, und Einstein hielt ihr höflich die Haustür auf. Stefanie lachte. „Die Küchentür."

Einstein starrte sie ungläubig an.

„Ich koche uns etwas."

Uns? Stefanie wartete und Einstein hielt ihr notgedrungen die Küchentür auf. Stefanie packte ihre Taschen aus, und dem Inhalt nach zu urteilen, wollte sie wochenlang hierbleiben.

„Gesine hat mich gebeten, für Ben zu kochen, solange sie verreist sind."

„Wie nett", quälte sich Einstein heraus.

„Das Essen reicht locker für Drei."

„Toll."

„Es freut mich, dass Ben eine Freundin gefunden hat."

Einstein riss vor Schreck die Augen weit auf. „Wir machen nur das Schulprojekt zusammen."

„Du hast einen guten Einfluss auf ihn. Dass Ben freiwillig was für die Schule tut, habe ich noch nie erlebt. Unternehmt ihr viel zusammen?"

„Nein! Äh, ich meine, wir machen nur mal was für die Schule oder so." Einstein war, als könne die Frau in ihr Innerstes blicken und würde sehen, dass etwas nicht stimmte. Sie musste dringend hier weg. Doch genau in dem Moment reichte Stefanie ihr ein Messer. „Hilfst du mir?"

Einstein wollte ganz sicher nicht helfen. Sie wollte

nur weg und an den Computer, doch diese Frage war keine Frage, sondern eher ein Befehl. Stefanie sah sie auffordernd an und Einstein fügte sich. Sie ließ sich auf den Stuhl plumpsen und nahm das Messer und eine Möhre. „Das ist total nett, dass Sie eingekauft haben.“ Einstein startete noch einen Versuch, Stefanie loszuwerden. „Aber kochen kann ich allein. Sie brauchen nicht extra zu warten bis Ben zurück ist.“

„Das kommt nicht in Frage. Was ich versprochen habe, halte ich auch.“ Stefanie wandte sich dem Herd zu und Einstein blieb nichts anderes übrig, als den Berg Gemüse klein zu schnippeln. Währenddessen dachte sie darüber nach, wie Ben in das Spiel hineingeraten war. Theoretisch konnten viele Parallelwelten nebeneinander existieren. Viele Wissenschaftler glaubten daran, nur hatte bisher noch keiner einen Weg von einer Welt in die andere gefunden. Es musste eine Art Portal von einer zur anderen geben. Doch sie hatte zu wenig Informationen. Sie wusste nur, dass Ben in seinem Zimmer gewesen war und seine Mutter ihn gerufen hatte. War in seinem Zimmer das Portal zu finden? Oder auf dem Weg zur Küche? Aber was war es? Der Computer war es schon mal nicht, den gab es im Spiel nicht. Oder war es das Rufen der Mutter, das ihm das Tor geöffnet hatte? Wie in alten Mythen und Märchen, wo es den Ruf zum Abenteuer für den Helden gab. Aber ließ sich das mit der Quantenphysik erklären? Vielleicht musste Ben nur das Spiel gewinnen, um zurückkehren zu können? War der Anfang des Spiels das Tor hinein und das Ende das Tor hinaus? Einstein seufzte. Der einzige Weg, es zu finden, war, ihn durch das ganze Spiel zu leiten, irgendwo musste es ja wieder rausgehen. Und mit ihrer Unterstützung konnte er die Level viel schneller schaffen. Dann wäre es möglich, ihn an einem Wochenende das Spiel durchspielen und gewinnen zu lassen. Und da Ben nun mal Julia an seiner Seite hatte, würde sie versuchen, die Sprachsteuerung auf Julias Figur zu legen, um ihm Tipps zu geben. Ihr Entschluss stand fest. So konnte es funktionieren. Sie stand schnell auf, bevor Stefanie ihr weitere Aufgaben übertrug.

„Entschuldigung“, erklärte sie, „wir sind echt ganz am Anfang mit unserem Projekt. Ich muss mich ranhalten.“ Damit eilte sie schnell hinaus, ehe Stefanie widersprechen konnte.

„Ich ruf euch, wenn ich fertig bin!“, rief Stefanie ihr verdutzt hinterher.

Einstein eilte in Bens Zimmer und schaltete den Bildschirm wieder an. Das Bild des Fahrstuhls tauchte auf, aber Ben war natürlich weg. Sie klickte durch die Räume und fand ihn schließlich im Lehrerzimmer. Er hatte den Ort gefunden, an dem er die nächste Aufgabe lösen musste. Jetzt hatte sie Zeit zum Programmieren. Sie musste versuchen, die Sprachsteuerung auf Julias Figur zu legen. Das war knifflig. Wenn eine Figur bereits gestartet war, war es eigentlich nicht möglich, noch etwas an ihr zu verändern. Grübelnd starrte sie das Programm an.

***

Ben stand wieder im Lehrerzimmer und hörte sich von seinen Eltern und der Lehrerin die Vorwürfe an, die er schon alle kannte. Er versuchte, ein Muster zu erkennen. Irgendetwas, das ihm einen Hinweis auf die Lösung dieses Levels gab. Er versuchte, reiner Beobachter zu sein, um einen klaren Kopf zu behalten. Welche versteckten Hinweise gab es in ihren Worten oder Bewegungen? Er hörte genau zu, um zwischen den Zeilen zu lesen. Das war ein Fehler, denn jetzt nahm er die Vorwürfe und Vorhaltungen genau wahr und sie kränkten ihn. Eine kurze Weile versuchte er, sich bewusst zu machen, dass alles irreal war. Die Personen waren nicht echt, die Situation ausgedacht. Trotzdem konnte er sich dem nur ein paar Minuten entziehen, dann steckte er in den Gefühlen von Schuld und Scham fest, die er so gut kannte. Sein klares Denken war ausgeschaltet. Er wollte das alles nicht mehr hören, ertrug es nicht mehr. Fluchtartig verließ er den Raum. Schwer atmend blieb er vor der Tür stehen. Julia, die draußen gewartet hatte, sah ihn ungeduldig an.

„Und?"

Ben schüttelte nur den Kopf. Julia reichte es. „Das darf doch nicht wahr sein! Du taugst zu gar nichts! Erst muss ich mit dir mitfahren! Dann faselst du die ganze Zeit durchgeknalltes Zeug. Und jetzt kümmerst du dich nicht darum, dass ich wieder zurückkomme.

Du kannst noch nicht einmal einen Fahrstuhl bedienen. Du bist ein absoluter Loser!“

Ben versuchte, sich zu verteidigen, doch ihre Vorwürfe wurden nur lauter und heftiger. Er hatte die Nase voll von diesem Computerspiel. Er wollte nur noch weg. Als auch noch sein Vater die Tür öffnete und Ben befahl, sofort wieder reinzukommen, reichte es ihm. Er wollte auf keinen Fall zurück in dieses schreckliche Zimmer. Bevor er selbst wusste, was er tat, rannte er den Gang hinunter. Nur weg von hier. Er stieß die nächste Tür auf und rannte einen langen Flur entlang. Am Ende gab es eine weitere Tür, er stieß sie auf und stürmte in den Raum. Kurz lauschte er, ob die anderen ihm folgten, doch er hörte nichts. Er wollte raus aus diesem blöden Spiel. Tränen rannen ihm die Wangen herunter, während er wild entschlossen die Wände abklopfte und versuchte, die trüben Fenster zu öffnen. Zu, zu, zu. Als er an dem letzten Fenster rüttelte, gab es plötzlich nach und öffnete sich. Ben blieb der Mund offen stehen vor Überraschung. Er machte den Fensterflügel weit auf und spähte hinaus. Nebel, undurchdringlich. Nichts war zu sehen. Ben tastete mit der Hand hinein. Und spürte nichts. Ben dachte, wenn es einen Ausgang aus diesem Spiel geben sollte, dann müsste er so aussehen. Sollte er es wagen? Konnte er hier rausspringen und würde im echten Leben ankommen? Musste er es versuchen? Er zögerte. Plötzlich hörte er Stimmen aus dem Flur näherkommen. Sein Vater und Julia. Ohne weiter nachzudenken, stieg Ben auf das Fensterbrett, stieß sich ab und sprang in den Nebel hinein. Er fiel. Oder doch nicht? Es fühlte sich im ersten Moment so an, als ob er fiel, doch tatsächlich bewegte er sich nicht nach unten. Auch nicht nach vorne oder hinten oder zur Seite. Irgendwie schwebte er. Er hatte keine Richtung, wusste nicht, wo oben und unten war. Um ihn herum war nur dieser undurchdringliche Nebel. Vorsichtig bewegte er die Arme, versuchte Schwimmbewegungen, weil das die einzige Fortbewegung im Schwebezustand war, die er kannte. Er wusste nicht, ob er damit vorwärtskam oder ob er auf der Stelle schwamm. Er hatte keine Orientierung. Er versuchte, sich zu drehen, doch wie bei jeder Bewegung wusste er bei dieser auch nicht, ob sie etwas bewirkte. Es gab kein Oben oder Unten. Er fühlte sich, als wäre er schwerelos im All. Er versuchte, sich umzusehen, etwas zu erkennen außer diesem Nebel. Tatsächlich! Aus der Ferne kam ein kleiner grüner Punkt auf ihn zu. Ben blinzelte. Der Punkt kam näher, wurde größer, nahm Form an. Sah aus wie ein großes C. War das ein Buchstabe? Nur mit Mühe konnte Ben den Kopf wenden, sah sich nach weiteren Buchstaben um. Dann sah er deutlich vor sich ein DEL. Er blickte sich weiter um. COPY, MD TEST. Langsam kam ihm ein Verdacht. Waren das DOS-Befehle? Einstein hatte mit solchen Befehlen programmiert. War er auf der DOS-Betriebsebene gelandet? War hinter der Spielwelt die Programmierwelt und immer noch nicht das richtige Leben? Aber was, wenn es ihm gelänge, durch die Programmierwelt hindurch zu kommen? Dahinter könnte doch sein Zimmer zuhause sein? Sollte er es nicht versuchen? Er machte wieder Schwimmbewegungen. Vielleicht bewegte er sich ja, auch wenn er es nicht spürte. Es war eine kleine Hoffnung. Und wenn er weit genug schwamm, käme er durch diesen Nebel in die Wirklichkeit zurück. Er schwamm und schwamm. Weitere Buchstaben erschienen, wurden schneller, kamen auf ihn zu. Er versuchte, auszuweichen, ein Z traf ihn am Bein.

„Au!"

Immer mehr Buchstaben kamen auf ihn zugeflogen. Ein CD attackierte ihn, er konnte geradeso den Kopf wegbiegen. COMP, EDIT, PATH kamen von allen Seiten auf ihn zu. Er musste weg hier, zurück. Doch wohin war zurück? Nur Nebel um ihn herum. Er wollte hier raus. Weg.

Plötzlich packte ihn eine Hand und riss ihn mit sich. Ben schrie vor Panik auf und schlug mit einem Knall hart auf dem Fußboden auf. Benommen sah er das Linoleum direkt vor seinem Auge. Er konnte wieder klar sehen. Kein Nebel mehr. Hatte Einstein ihn gerettet? War er zurück in seinem Zimmer in der Wirklichkeit? Zwei Stimmen, die sich stritten, drangen an sein Ohr. Er blickte hoch. Über ihm standen sein Vater und Julia. „Jetzt kommt er wieder zurück ins Lehrerzimmer, und zwar sofort!", befahl sein Vater, doch Julia widersprach. „Erst zeigt er mir, wie ich in den zweiten Stock runterkomme. Das habe ich schon mal gesagt."

„Du hast gar nichts zu sagen. Du bist eine Schülerin."

„Danke, dass ihr mich gerettet habt", mischte sich Ben in das Gespräch ein.

Beide blickten ihn an und Ben versuchte ein dankbares Lächeln. Doch statt zurückzulächeln, fielen plötzlich beide zusammen schimpfend über ihn her. „Wie kommst du dazu, aus dem Fenster zu steigen. Das ist gegen die Spielregeln!", schimpfte der Vater. „Wir kommen mit diesem Level überhaupt nicht weiter, weil du immer wegläufst. Jetzt komm endlich zurück ins Lehrerzimmer!"

Julia schimpfte: „Ich gehöre hier gar nicht her. Ich gehör in den zweiten Stock! Bring mich sofort dahin zurück."

„Nein, erst wird dieses Level zu Ende gespielt! Wie lange sollen wir noch in dem Zimmer rumsitzen?"

***

Einstein beugte sich interessiert vor. Warum lief Bens Vater außerhalb des Lehrerzimmers herum? Und wieso stritten die Figuren miteinander? War das Lernprogramm dafür verantwortlich? Hatte die KI die Figurenführung geändert und das Spiel auf Bens Reaktionen angepasst? Was war mit diesem Spiel los?

***

Ben klingelten die Ohren, er konnte das Gebrüll der beiden nicht mehr aushalten. Er wollte weder in diesem blöden Spiel sein noch sich die Vorwürfe anhören und so flüchtete er. Die anderen kamen ihm nach. Er begann zu laufen. Der Flur endete in einer Sackgasse. Nein, da hinten war eine halbverrottete Tür, davor ein Warnschild: Baustelle, betreten verboten. Ben sah sich um. Sein Vater und Julia kamen ihm nach.

Sein Vater brüllte: „Halt! Da darfst du nicht rein!"

„Das ist gefährlich!", fügte Julia hinzu.

Ben erinnerte sich, dass Einstein ihm auch gesagt hatte, dass er Baustellen nicht betreten durfte. Aber was sollte schon passieren? Das war ein beknacktes Computerspiel. Vielleicht war hinter dieser Tür wieder die Programmierebene. Oder er kam raus. Und wenn die anderen solch eine Angst vor dieser Tür hatten, dann würden sie ihm wenigstens nicht folgen. Ben ruckelte an der Holztür.

***

„Nein! Geh da nicht rein! Du bist noch nicht so weit!", schrie Einstein in Bens Zimmer den Bildschirm an. Doch Ben konnte sie nicht hören. Und so musste Einstein hilflos mit ansehen, wie Ben die Tür öffnete und in den verbotenen Raum stürmte.

Der Kampf mit dem Drachen

Ben schmiss die Tür hinter sich ins Schloss. Dann blickte er auf … in ein fußballgroßes grünes Auge, das ihn wütend anfunkelte. Ben erstarrte. Vorsichtig setzte er einen Fuß hinter den nächsten, schob sich zurück zur Tür. Er konnte nicht erkennen, was ihn da so zornig ansah. Dieses Auge schien zu einem sehr, sehr großen Tier zu gehören, das ein sehr, sehr großes Maul besaß. War es ein Drache? Ein Krokodil? Ein Dinosaurier? Auf alle Fälle war es wütend, und wenn er Pech hatte, auch hungrig. Ben stieß mit dem Rücken an die Tür, tastete nach der Türklinke. Doch er spürte nur glattes Holz. Keine Klinke! Ben erstarrte vor Angst. Er war gefangen. Gefangen in einer Höhle mit einem Ungeheuer. Ihm stockte der Atem. Das Auge blinzelte.

„Äh … hallo“, krächzte er so freundlich wie möglich. Doch entweder konnte das Wesen nicht sprechen, oder es wollte nicht. Das Auge wurde schmal zwischen zusammengekniffenen Lidern.

Ben ließ seinen Blick von rechts nach links schnellen, auf der Suche nach Flucht- und Versteckmöglichkeiten. Rechts in der Ecke sah er so etwas wie einen

Verschlag. Er zögerte, wartete auf eine gute Gelegenheit, um loszulaufen. Plötzlich riss dieses Tier das Maul auf und stieß ein markerschütterndes Brüllen aus. Ben rannte so schnell er konnte zu dem Verschlag. Er schmiss sich hinein und landete unsanft auf dem Geröll. Ächzend kauerte er sich zusammen und blieb ängstlich hocken. Als er wieder zu Atem kam, lauschte er. Kein Ton kam vom Ungeheuer. Was war los? Was hatte es vor? Vorsichtig wagte er einen Blick um die Ecke. Das Tier starrte ihn an und Ben wusste, was es dachte. Es überlegte, ob es Ben in einem Stück verschlingen sollte oder ihn lieber in Häppchen zerteilen und für später aufheben sollte. Ben zog schnell seinen Kopf zurück. Sein Verschlag war klein und eng. Das Geröll, auf dem er hockte, drückte. Er versuchte eine bequemere Sitzposition und zog eine alte zerlöcherte Decke unter seinem Po hervor. Dabei fiel eine rostige Konservendose um und ein Knochen kullerte heraus. Ein Quieksen drang aus Bens Kehle. War das ein Menschenknochen? Vom letzten Opfer dieses Monsters da draußen? Ben musste hier weg. Weg von diesem Ungeheuer. In diesem Verschlag war er nicht sicher. Die paar Bretter würde das Monster mit einem Atemzug umhauchen. Das Gebrüll des Monsters, das ihm durch Mark und Bein fuhr und den Verschlag zum Wackeln brachte, bestätigte ihm: Flucht! Er nahm den Knochen, warf ihn in Richtung Tür. Und tatsächlich, als der Knochen gegen die Tür prallte, war der Drache abgelenkt und blickte hinüber. Ben sprintete an ihm vorbei in die entgegengesetzte Richtung. Ins Innere der Höhle hinein. Der Drache bemerkte ihn und wurde nun noch wütender. Röhrend richtete er sich auf, holte mit seiner riesigen Tatze aus und schlug nach ihm. Ben stürzte, rappelte sich auf und rannte weiter. Er hatte einen kleinen Hohlraum gesehen, dorthinein ließ er sich fallen. Das Monster brüllte, doch wusste es im ersten Moment nicht, wohin Ben sich geflüchtet hatte. Ben kam langsam wieder zu Atem und besah sich sein Bein. Es hatte eine tiefe Risswunde und das Fleisch war bis auf die Knochen geteilt. Ben starrte schockiert darauf. Er müsste höllische Schmerzen haben bei dieser tiefen Wunde. Doch nichts. Nicht der geringste Schmerz. Probehalber fuhr er mit dem Finger in die Wunde. Blut floss in Strömen heraus, aber kein Schmerz. Er atmete erleichtert auf, doch dann fiel sein Blick auf seinen Unterarm. Der Lebensbalken, der eben noch gut gefüllt war, leerte sich langsam. Er musste etwas unternehmen. Die Wunde schien ihm die Lebensenergie zu rauben. Ihm fiel ein, dass er noch immer den Rucksack auf dem Rücken trug. Schnell nahm er ihn ab und öffnete ihn. Er brauchte irgendwas, um die Wunde zu verbinden. Aber natürlich waren nur die wenigen Dinge im Rucksack, die er bisher gesammelt hatte: Zwei Proviantbeutel, ein kleines Messer und – der Heiltrank! Ben öffnete das kleine Fläschchen, roch vorsichtig daran. Natürlich roch es nach nichts, wie alles in diesem Spiel. Also setzte er das Fläschchen beherzt an seine Lippen und leerte es in einem Zug. Ein seltsames Kribbeln ging durch seinen Körper, so wie sich ein eingeschlafenes Bein anfühlte, wenn die Taubheit wegging. Ben blickte zu seinem Bein hinunter und riss vor Erstaunen die Augen auf. Es floss kein Blut mehr, das Fleisch wuchs langsam zusammen und die Wunde verschloss sich. Innerhalb kürzester Zeit war sein Bein geheilt. Ben bewegte es hin und her. Es fühlte sich normal an und war genauso beweglich wie vorher. Er warf einen Blick auf seinen Lebensbalken. Der war bis oben gefüllt. Erleichtert atmete er auf.

„Roarr!!!“, donnerte mit einem Mal die Stimme des Untiers irgendwo im Raum. Es schien ihn zu suchen und war wütend, dass es ihn nicht finden konnte. Ben wusste, er hatte nur eine kurze Gnadenfrist in seinem Versteck. Ihm rann der Angstschweiß herunter. Er wischte seine schweißnasse Hand am nächstgelegenen Felsen ab. Der war rau und Ben spürte einen Spalt. Ein Spalt? Er fuhr mit dem Finger tiefer hinein, tastete ihn ab, berührte etwas, das nachgab, wie ein Knopf.

Plötzlich schob sich ein Stein nach vorne und darin lag, wie in einer Schublade, ein Schwert. Ben riss vor Erstaunen die Augen auf. Ein Schwert. Sollte er gegen den Drachen kämpfen? Er wusste, dass er nur eine lächerlich geringe Chance gegen dieses große Tier hatte. Erstens war er ungeübt im Schwertkampf, zweitens war das Tier viel zu groß, als dass Ben es mit dem Schwert bezwingen konnte. Doch bevor er sich eine Taktik überlegen konnte, fauchte das Ungeheuer wieder und schnaubte.

Panisch packte Ben das Schwert fest mit beiden Händen. Wie ein Mantra sagte er zu sich selbst: Es ist nur ein Spiel. Es ist nur ein Spiel. Plötzlich kam ihm ein rettender Gedanke. Wenn er den Kampf verlieren würde, würde er als Avatar aus dem Spiel ausscheiden. Das hieße, er würde vielleicht wieder zurück ins Leben katapultiert werden. Also, was hatte er zu verlieren? Vielleicht konnte er so sein altes Leben zurückgewinnen. Der Gedanke machte ihm Mut. Mit einem Kampfschrei sprang Ben aus seinem Versteck und raste auf den Drachen zu. Der war im ersten Moment so verdutzt, dass er nicht reagierte und den ersten Schwerthieb, den Ben mit großem Schwung vollführte, am Bein abbekam. Es blutete leicht. Ben, angestachelt von seinem Punktsieg, schwang das Schwert weiter und weiter gegen den Panzer des Tieres. Das brüllte und wurde nun wirklich wild. Es fauchte, schlug mit seinem Schwanz um sich, traf Ben. Der wurde durch die Luft geschleudert, sein Schwert flog ihm aus der Hand und er kam unsanft auf dem Boden auf. Das Monster stapfte auf ihn zu. Einen kurzen Moment dachte Ben, bleib ruhig liegen, gleich ist es vorbei, gleich bist du aus dem Spiel raus. Ein Hieb noch von dem Drachen und du hast es geschafft und sitzt vor deinem Computer und betrachtest dieses beknackte Spiel von außen. Doch als er den Atem des Drachen spürte, packte ihn die Panik und sein natürlicher Lebenswille erwachte. Er sprang auf, rannte zu dem Schwert, hob es auf, und die Pranke des Monsters traf ihn am Arm. Ben nahm das Schwert in die andere Hand und schlug in Richtung des Kopfes des Monsters. Es entwickelte sich ein erbitterter Kampf. Ben sprang herum, schlug wild um sich, zitterte am ganzen Körper vor Anstrengung, doch er wollte nicht aufgeben. Er kämpfte um Leben und Tod. Doch mit jedem Schwerthieb wurden seine Arme müder und das Monster schien zu wachsen und traf ihn jedes Mal. Ben war blutüberströmt und wurde schwächer. Er blickte auf seinen Arm: Der Lebensbalken war fast leer. War es das Ende? Er schwankte kraftlos, seine Knie gaben nach und er sank bewusstlos zu Boden.

Reset

„Hast du deine Hausaufgaben schon gemacht?“

Ben blinzelte. Blinzelte noch mal und konnte es kaum glauben. Er saß am Küchentisch, seinen Eltern gegenüber. Er hatte es geschafft. Er war aus dem Spiel raus. Mit einem Jubelschrei sprang er auf, rannte zu seinen Eltern und umarmte sie stürmisch.

„Ich bin so froh, euch zu sehen.“ Er strahlte seine Eltern an, die blickten unbeteiligt zurück.

„Du musst immer fleißig lernen, damit du es zu etwas bringst im Leben.“, sagte sein Vater.

Ben stutzte. Er war doch raus aus dem Spiel. Der Küchentisch war echt, das waren seine Eltern. Und dort, genau an derselben Stelle wie immer, stand der Salzstreuer. Ben griff nach ihm, doch er ließ sich nicht vom Tisch lösen. Er war wie festgenagelt. Ben rann kalter Schweiß von der Stirn. Er nahm den Arm seiner Mutter und drehte ihn um. Ein blauer Lebensbalken, prall gefüllt. Ben schwankte, das konnte nicht wahr sein. Wieso? Er ließ sich auf den Stuhl fallen, während seine Eltern immer wieder die gleichen Sätze sagten.

„Hast du deine Hausaufgaben schon gemacht? Du musst immer fleißig lernen, damit du es zu etwas bringst im Leben.“

Ben ahnte, was passiert war. Als er im Kampf sein Leben verloren hatte, war er nicht aus dem Spiel herausgeworfen worden, sondern hatte einfach nur das Level verloren. Er war als Avatar wieder im ersten Level gelandet und musste, wenn er Pech hatte, das Spiel erneut Level für Level durchspielen. Er sackte in sich zusammen. Alles noch mal von vorne? Jedes Level? Wie mühselig. Aber vielleicht musste er nur das letzte Level wiederholen. Ben stand auf und ging kurz entschlossen zur Ausgangstür, doch die war verschlossen, wie am Anfang des ersten Levels. Er seufzte, also alles von vorne. Er ging zurück zu seinen Eltern, die ihn ausdrucklos ansahen.

„Bekomme ich Abendessen?“, fragte er einfach mal so zum Test.

„Das bekommst du erst, wenn du deine Hausaufgaben gemacht hast.“

Ben seufzte, er musste wirklich alles wiederholen. Jetzt waren die Hausaufgaben dran. Dann der erste Stock und so weiter. Er ging wie betäubt in sein Zimmer. Der Computer fehlte. Stattdessen lag auf dem Schreibtisch der Hausaufgabenzettel. Ben setzte sich resigniert davor, wollte die Fragen mechanisch ausfüllen. Doch schon bei der ersten Frage stutzte er. Wie war die Antwort noch mal? Er hatte alles aus dem Buch abgeschrieben – aber anscheinend nicht behalten. Er ging zum Regal und holte das Sachkundebuch heraus. Immerhin wusste er noch, in welchem Kapitel die Antworten jeweils zu finden waren. Seufzend machte er sich an die Arbeit. Mühsam arbeitete er sich Frage um Frage vor. Als er endlich alles gelöst hatte, ging er in die Küche zurück, um die Belohnung, sein Abendessen abzuholen. Danach ging er ins Bett und fiel erschöpft in einen tiefen Schlaf.

***

Einstein hatte wie gebannt auf den Bildschirm gestarrt.

Sie war erleichtert, dass Ben wieder im ersten Level angekommen war. Sie hatte das Spiel zwar für den Avatar so programmiert, doch wusste sie nicht, ob diese Regel für den echten Ben auch galt. Ihre schlimmste Befürchtung war, dass er für immer im Nichts verschwand.

Ben hatte jetzt viel Zeit verloren, weil er alles von vorne durchspielen musste. Und sie hatte nur dieses Wochenende, um ihn herauszubekommen. Denn am Montag würden seine Eltern zurückkehren.

Einstein machte sich daran, die Sprachsteuerung für die Julia-Figur weiter zu programmieren, doch dann hielt sie inne. Stopp! Ben musste doch das zweite Level wiederholen, in dem er Julia um Hilfe gebeten hatte. Wenn er jetzt stattdessen nach Einstein rief, käme sie ins Spiel und könnte ihm mithilfe ihrer Spielfigur helfen.

Sie musste ihm eine Nachricht ins Display schreiben.

Während sie überlegte, wie sie es mit 20 Zeichen

am treffendsten formulieren konnte, bewegte sich die Spielzeituhr im Zeitraffer, solange Ben schlief. Er wachte auf.

Einstein lächelte ihm zu: „Guten Morgen!“

Sie wollte gerade ins Display schreiben: *ruf mich, nicht Julia*, da klopfte es und fast gleichzeitig kam Stefanie herein.

„Ist Ben immer noch nicht zurück?“, fragte sie.

Einstein sprang auf und kam ihr entgegen, damit sie nicht auf den Bildschirm sehen konnte. „Nein, noch nicht.“

„Das Essen ist fertig.“

„Am besten wir warten noch ein bisschen. Er kommt sicher jeden Moment.“

„Hilf mir kurz den Tisch decken, dann kannst du mir erklären, was hier wirklich los ist.“

Einstein erstarrte. Hatte Stefanie Verdacht geschöpft? Was sollte sie tun? Sie musste dringend die Nachricht schreiben, sie musste aber auch ganz dringend Stefanie wieder ruhigstellen. „Gleich, ich muss nur noch kurz …“

Stefanie ging auf den Bildschirm zu. „Was machst du eigentlich die ganze Zeit?“

Einstein lief schnell zur Tür. „Gehen wir den Tisch decken.“

Und schon rannte sie nach unten, in der Hoffnung, Stefanie würde ihr folgen, ohne auf den Bildschirm zu sehen. Stefanie zögerte kurz, dann kam sie Einstein hinterher. Einstein pustete die aufgestaute Luft aus. Jetzt musste ihr nur noch eine Ausrede für Bens Verschwinden einfallen.

***

Am nächsten Morgen, beim faden Frühstück mit seinen Eltern, achtete Ben darauf, möglichst viel Proviant mitzunehmen. Als er seinen Rucksack öffnete, um die Brotbeutel zu verstauen, bemerkte er, dass der Heiltrank verschwunden war. Verbraucht. Also war das Spiel so programmiert, dass man beim Neuanfang nicht mit denselben Ausrüstungsgegenständen begann, sondern mit denen, mit denen man zuletzt aufgehört hatte. Eigentlich war das nicht schlecht, dann konnte er Dinge, die er fand, behalten. Pech nur, dass er jetzt ohne Heiltrank starten musste. Er hoffte, er würde ihn nicht brauchen. Denn er hatte nicht vor, die Drachenhöhle noch einmal zu betreten.

Im Hausflur winkte er seinen Spieleltern zum Abschied zu und ging in den Fahrstuhl.

Alles auf Anfang

Sein Blick fiel hoffnungsvoll auf das Display. Es zeigte nur die 0. Einstein war nicht da. Würde sie je wiederkommen? Ben seufzte und drückte probehalber die 3. Natürlich funktionierte es nicht. Also Stockwerk für Stockwerk, Level für Level. Er drückte die 1. Sofort schloss sich die Fahrstuhltür und er fuhr in den ersten Stock. Er war genauso leer wie beim letzten Mal. Kurz überlegte er, ob er erneut nach Items suchen sollte, doch er glaubte, schon alles durchsucht zu haben. Also rief er sofort nach Julia. Nichts tat sich. Ben stutzte, war es nicht das, was er getan hatte?

„Julia?“, rief er erneut. Und drückte wieder auf den Fahrstuhlknopf. Nichts.

War das nicht die Lösung dieses Levels gewesen? Er ging in den Flur zurück, sah sich um. Hatte er etwas übersehen? Oder die Lösung falsch interpretiert? Er versuchte, sich zu erinnern, was in dem Level geschehen war. Er hatte seinen Rucksack ausgepackt, war verzweifelt gewesen und hatte sich wahnsinnig allein gefühlt.

***

Einstein deckte mit Inbrunst den Tisch. Stefanie stand mit verschränkten Armen vor ihr.

„Also. Was ist los? Wo ist Ben? Warum bist du hier und Ben nicht?“

„Hab ich doch gesagt. Er holt Folien.“

„Dafür braucht er viel zu lange. Warum bist du nicht Folien kaufen gegangen? Es ist sein Zuhause.“

„Ich kenn das Programm besser.“

„Warum hat er sein Handy nicht mitgenommen?“

„Vergessen.“

„Warum braucht er so lange?“

„Vielleicht gibt’s keine Folien mehr. Heutzutage wird alles digital gemacht. Wer braucht schon noch Folie für einen Overheadprojektor. – Außer unsere Schule.“

„Warum kommt er nicht zurück?“

„Vielleicht versucht er es im nächsten Schreibwarenladen.“

Währenddessen griff sie wieder zu den Bestecken, die sie gerade gedeckt hatte, und sortierte sie um. „Kommt die Gabel links oder rechts. Ich meine, ich weiß ja gar nicht, was es gibt. Gemüse gibt es, aber ist es ein Eintopf oder ein Auflauf?“

Doch Stefanie hielt Einsteins Hand fest und sah ihr in die Augen. „Wo ist Ben?“

Einstein schwieg.

„Wenn du nicht weißt, wo er ist, müssen wir seine Eltern anrufen.“

Einstein zögerte „Ich weiß es ja.“

„Gut.“ Stefanie nahm ihre Jacke von Stuhl und zog sie an. „Dann holen wir ihn jetzt.“

„Nein! Das geht nicht!“

„Warum nicht?“

„Ich brauche Zeit. Ich bin dabei, ihn zu holen. Es geht nur nicht so schnell.“

„Sag mir, was los ist.“

Einstein schwieg.

Stefanie sah sie streng an. „Du kriegst eine Stunde. Wenn er bis dahin nicht hier ist, rufe ich Gesine an.“

Einstein wusste, es war unmöglich, Ben innerhalb von nur einer Stunde zurückzuholen, aber sie konnte Stefanie unmöglich erklären, wo er geblieben war. Wenn sie Erwachsene einbezog, konnte sie ihn vielleicht nie mehr zurückholen. Die würden ihr nicht glauben und stattdessen den Computer wegnehmen oder sonst was Unmögliches tun. „Okay, eine Stunde.“ Stefanie setzte sich. „Ich bleibe hier sitzen und warte.“ Sie stellte den Küchenwecker. „Eine Stunde, nicht mehr.“

Einstein nickte und flitzte die Treppe hoch. Eine Stunde war besser als nichts. Hoffentlich erwischte sie Ben noch im 1. Stockwerk.

***

Ben saß vor dem Fahrstuhl und grübelte. Vielleicht ging es gar nicht darum, was er gerufen hatte, sondern um das Gefühl, das er dabei hatte. Er versuchte, sich in die Situation zurückzuversetzen. Das war schwierig, denn jetzt wusste er, dass es mehrere Stockwerke gab und dass er schon im nächsten Julia treffen würde. Er wusste, dass es weiterging. Er hatte also viel weniger Angst. Auch war er dieses Mal nicht scharf darauf, Julia zu rufen. Jetzt wusste er, wie sie zu ihm sein würde. Distanziert und abweisend. Er sah der Begegnung mit gemischten Gefühlen entgegen. Einerseits freute er sich, nicht mehr allein zu sein, andererseits wusste er, dass sie ihn immer nur kritisieren würde. Trotzdem musste er sich in das Gefühl hineinversetzen, sie ernsthaft um Hilfe zu rufen. Er versuchte, die Verzweiflung und Hilflosigkeit von vorher noch einmal zu spüren.

***

Einstein kam ins Zimmer und sah in den Computer. Ben hatte noch nicht nach Julia gerufen. Es war noch Zeit für ihren Plan. Schnell tippte sie ins Display: *Ruf mich, nicht Julia* Nun musste sie warten, bis Ben in den Fahrstuhl ging und ihre Nachricht lesen würde.

***

Es gelang Ben nicht recht, das Gefühl aufkommen zu lassen, stattdessen erinnerte er sich daran, dass er nicht nur ihren Namen gerufen hatte, er hatte sie um Hilfe gerufen.

„Hilfe! Julia, bitte, bitte hilf mir!“

Er ging in den Fahrstuhl zurück und drückte die 2,

die Türen schlossen sich. Es hatte geklappt! Dann fiel sein Blick auf das Display.

Ruf mich, nicht Julia

Ben sah überrascht darauf.

„Einstein?“

Ben wartete.

„Einstein, bist du wieder da? Und was heißt das? Hätte ich dich rufen sollen und nicht Julia? Wärst du dann gekommen?“

Ja, kam die Antwort.

Ben zögerte nicht lange: „Einstein! Hilfe!“

Zu spät, kam die Antwort.

Die Unterstützung

Ben blickte fassungslos auf das Display. Eine 2 bildete sich dort ab. Er war in Julias Level angekommen und konnte jetzt nichts mehr dagegen tun.

Die Türen öffneten sich und Ben sah die Tür, die zur Turnhalle führte. Links davon die zum Flur, von dem die Kantine abging. Ben hatte eine trockene Kehle, als er fragte: „Was wäre passiert, wenn ich dich gerufen hätte?"

Wärst mir begegnet, kam die Antwort über das Display. Und dann: *Wir könnten reden*

„Und jetzt?"

Stefanie hat Verdach

„Was? Stefanie? Wieso?"

Wir haben 1 Std

„Wofür? Um mich rauszuholen?"

Ja. Erzähl

„Was soll ich erzählen?"

Wie bist du rein?

„Das hast du nicht gehört? Okay, also nochmal."

Er versuchte, sich zu erinnern. Und er versuchte, sich kurz zu fassen. Eine Stunde war viel zu schnell um. Sie mussten sich beeilen.

Einstein saß wie auf glühenden Kohlen. Sie starrte den Bildschirm an, als könnte sie ihn einsaugen und lauschte konzentriert Bens Bericht.

„Ich war mitten im Spiel, als meine Mutter mich zum Essen gerufen hat. Ich bin aufgestanden und rausgegangen. Der Flur kam mir viel enger vor als sonst. Als ich in der Küche war, waren meine Eltern irgendwie seltsam. Dann habe ich die Balken auf ihrem Unterarm gesehen."

Die Erkenntnis traf Einstein wie ein Schlag. Der Flur! Mit dem Flur war etwas nicht in Ordnung. Der Flur musste das Portal sein. Und zwar nur der Eingang, denn Ben war im Spiel schon mehrfach den Flur entlanggegangen, ohne dass etwas passiert war. Also war es nur der Eingang, und der Ausgang musste woanders zu finden sein. Der Eingang war am Anfang des Spiels, also könnte sich der Ausgang am Ende des Spiels befinden. Sie musste Ben durchs Spiel dirigieren. Mithilfe des Fahrstuhl-Displays. So schnell wie möglich.

***

Flur Eingang.

„Was? Flur? Eingang wofür?"

Spiel

„Der Flur war der Eingang? Dann komme ich da wieder raus? Soll ich da hin?"

Da warst du schon

„Ja und? Was heißt das?“

Hat nicht geklappt

„Du meinst, er funktioniert nur in eine Richtung?“

Ausgang woanders

„Aber wo?“

Such

„Wo denn?“

Gewinne das Spiel

„Ich muss das Spiel durchspielen, um den Ausgang zu suchen?“

Ja

„Wie erkenne ich ihn?“

Achte auf alles

„Na toll.“

was merkwürdig ist

„Eigentlich ist alles merkwürdig hier.“

Viel Glück

„Komm ich dadurch wieder nach Hause?“

Vielleicht, kam die frustrierende Antwort.

„Aber du bleibst jetzt bei mir und hilfst mir?“, fragte Ben.

Natürlich

Ben war erleichtert und sah noch ein letztes *Beeil dich*, bevor er den Fahrstuhl verließ.

Also gab es vielleicht die Hoffnung, dass er zurück nach Hause kam, wenn er das Spiel durchspielte. Dann wollte er es versuchen. Er machte sich auf den Weg, um Julia zum Mitkommen zu bewegen. Ohne Umwege über die Kantine ging er in die Turnhalle. Er lächelte Julia vorsichtig an, doch sie ignorierte ihn wie üblich. Ben machte das nichts aus, da er wusste, wie er sie dazu bringen konnte, mit ihm mitzugehen. Er stellte sich an den Spielfeldrand und wartete. Es tat gut, seine Mitschüler zu sehen. Und es tat verdammt gut, dass er wusste, wie er in diesem Level weiterkommen würde. Er musste nur Julia überlisten, in den Fahrstuhl zu steigen und mit ihm mitzufahren. Er hätte überhaupt nicht Fußballspielen trainieren müssen. Wenn doch das nächste Level auch so einfach wäre. Aber vielleicht war es das, nur, dass er die Lösung noch nicht wusste. Endlich kam der Ball auf ihn zugerollt. Er schnappte ihn und rannte damit zum Aufzug. Julia brüllte vor Wut, dann rannte sie ihm hinterher. Er flitzte in den Aufzug, Julia hinterher und blitzschnell drückte Ben den Knopf für die 3. Die Türen schlossen sich und Ben war wieder einmal mit der tobenden Julia konfrontiert, die sauer war, dass er sie in den Fahrstuhl eingesperrt hatte.

***

Einstein war frustriert. Es war schwierig, sich richtig zu unterhalten, wenn man immer nur 20 Zeichen zur Verfügung hatte. Jetzt musste Ben so schnell es ging ins sechste Level kommen, um dort auf die Einstein-Figur zu treffen. Wie sie es von Anfang an geplant hatte. Dann könnte sie endlich richtig mit ihm reden. Immerhin war sie jetzt einen Schritt weiter. Der Flur schien eine wichtige Rolle beim Übergang zu spielen. Wie funktionierte er? Und wie war er zum Eingang geworden? Wenn sie das wusste, könnte sie einen Ausgang programmieren. Denn sie war sich absolut nicht sicher, ob es bereits einen gab oder sie ihn erst erschaffen musste.

Angestrengt durchsuchte sie das Programm. Was war bei der Programmierung des Flurs anders als bei den anderen Räumen?

Der Sieg

Es dauerte eine ganze Weile, bis Ben Julia endlich erklärt hatte, dass sie sich in einem Computerspiel befanden und versuchen mussten, das Level zu lösen. Natürlich glaubte sie ihm wieder nicht. Aber er hatte jetzt keine Zeit, sie zu überzeugen. Er hatte Wichtigeres zu tun. Ihm stand die Aufgabe bevor, an der er gescheitert war. Er musste ins Lehrerzimmer und sich die Vorhaltungen seiner Lehrerin und seiner Eltern anhören. Irgendwo dort lag die Lösung dieses vertrackten Levels. Fest entschlossen, dieses Mal zu gewinnen, ging er ins Lehrerzimmer. Dort begegnete er erneut seiner Klassenlehrerin und seinen Eltern und musste sich anhören, wie faul und widerspenstig er war und was er alles nicht konnte. Und er spürte wieder, wie all seine Entschlossenheit und sein Kampfgeist von ihm wich und nur noch ein gähnendes Nichts in seinem Inneren zu finden war. Auch dieses Mal hielt er es nicht aus und rannte davon, zurück zum Fahrstuhl, in den er sich erschöpft und müde setzte. Julia kam ihm nach und setzte sich dazu.

„Ich kriege es einfach nicht hin!“, schimpfte Ben frustriert. „Die haben Recht. Ich bin zu nichts zu gebrauchen."

Julia zuckte nur die Achseln. Ben sah das als Bestätigung. So saßen sie eine Weile schweigend zusammen, bis Bens Magen knurrte. Ein kurzer Blick auf den Regenerationsbalken bestätigte ihm, dass es Zeit war, etwas von dem faden geschmacklosen Proviant zu essen. Er packte die Brottüten aus und teilte sich das Brot mit Julia. Lecker war es nicht, aber trotzdem fühlte er sich hinterher ein wenig besser.

„Also", überlegte er, „was könnte die Lösung sein? Sie muss im Lehrerzimmer liegen, ansonsten habe ich alle Räume durchsucht."

Erwartungsvoll sah er Julia an, doch die zuckte wieder einmal nur die Achseln. Ben seufzte und dachte laut darüber nach, was er alles schon ausprobiert hatte, um das Level zu gewinnen und was er noch alles tun könnte. Dabei sah er Julia immer wieder erwartungsvoll an, als könne sie sein Problem lösen. Schließlich reichte es Julia. „Du denkst einfach zu viel nach!"

Ben sah sie überrascht an.

„Geh rein und mach irgendwas. Häng nicht immer nur so blöd rum und grüble. Tu was!"

Mit diesen Worten ging sie hinaus. Ben blieb ratlos zurück. Tu was. Aber was? Das Einzige, was er machen konnte, war, in diesen Raum zu gehen und abzuwarten, was passierte, wenn er nicht hinauslief. Er seufzte aus tiefstem Herzen, stand auf und ging zum Lehrerzimmer. Als er vor der Tür stand, holte er tief Luft, als hätte er einen schweren Tauchgang vor sich. Er ging hinein. Drinnen war es genauso wie zuvor: Vorwürfe – Bens Gehirn leerte sich, er fühlte sich furchtbar. Und alles in ihm drängte zur Flucht. Egal wohin, Hauptsache er entkam dieser Situation. Aber er durfte nicht weg, er musste bleiben, bis er die Lösung gefunden hatte. Seine Gedanken schweiften ab, er dachte an eine Wiese, auf der er immer gelegen hatte, wenn ... Nein! Unterbrach er seine Träumereien. Er musste sich konzentrieren. Sonst brachte das hier alles nichts. Er zwang sich, zuzuhören. All die Vorwürfe, Anklagen. Es waren eine Menge. Und seltsamerweise kamen kaum Wiederholungen. Einstein hatte anscheinend ihren ganzen Ehrgeiz hineingelegt. Er hörte die Sätze und fühlte sich immer furchtbarer und furchtbarer. Er hätte so gerne etwas dagegen gesagt, aber immer, wenn er einen Vorwurf entkräften wollte, hörte es sich wie eine lahme Rechtfertigung an und trieb die Erwachsenen zu noch mehr Details an. Als er mit den Nerven am Ende war, ging die Tür auf und Julia kam herein. Ohne auf die Eltern zu achten, ging sie auf Ben los und beschwerte sich, dass er diese blöde Aufgabe nicht lösen konnte und sie so lange warten musste und ewig nicht in ihr Level zurückkam. Ben schwirrte der Kopf. Die leiernden vorwurfsvollen Stimmen der Eltern mischten sich mit dem gereizten Geschimpfe von Julia. Ben konnte es nicht mehr ertragen. Er sprang auf und bellte Julia an. „Könnt ihr nicht endlich alle mal die Klappe halten?“

Julia verstummte erstaunt, und auch die Eltern und die Lehrerin hielten inne und sahen Ben überrascht an.

Ben war einen Moment irritiert, dass alle schwiegen und ihn erwartungsvoll ansahen.

Dann nutzte er die Gelegenheit und ließ seinen Frust raus: „Ich will nicht immer nur euer Genöle hören. Ich versuche doch, was ich kann, aber ihr seid nie zufrieden. In euren Augen mache ich immer nur alles falsch und dann mache ich eben gar nichts mehr."

Ben stockte. Alle sahen ihn erstaunt an. Er zögerte, dann fügte er ganz leise hinzu: „Ihr könnt mich doch auch mal loben."

Dann hielt er es nicht mehr aus, dass alle Blicke auf ihn gerichtet waren, und quetschte sich durch einen kleinen Türspalt nach draußen. Dort wischte er sich verstohlen die Nase und tapste zum Fahrstuhl. Aus lauter Gewohnheit setzte er sich hinein. Nach einer ganzen Weile kam Julia dazu. Mit verschränkten Armen stellte sie sich in eine Ecke. Sie schien noch sauer zu sein.

„Das hat doch auch nichts gebracht!", sagte sie und drückte trotzig den Knopf für das 2. Stockwerk. Nichts passierte. Wütend schlug sie auf das Tableau, auf alle Knöpfe. Als sie die 4 traf, ruckelte es leicht, die Türen schlossen sich und der Fahrstuhl setzte sich in Bewegung. Ben und Julia sahen sich perplex an. Ben strahlte: „Ich habe das Level gewonnen!"

Die Feinde

„Und wohin geht es jetzt?“, wollte Julia quengelig wissen, doch natürlich war Ben genauso ratlos wie sie. „Abwarten.“

„Pling!“ Die Tür öffnete sich. Beide starrten erwartungsvoll hinaus. Ein winzig kleiner Flur tat sich vor ihnen auf, kaum drei Schritte lang. Am Ende eine Tür. Ben sah fragend zu Julia, doch die war offensichtlich genauso ratlos wie er. Er öffnete die Tür. Vor ihm lag der Pausenhof. Groß, leer und – unfassbar: draußen. Er ging ein paar Schritte vor. Julia kam ihm nach. Erst war sie so überrascht, dass sie sich verwirrt umsah, doch dann strahlte sie. Sie lief ein Stück auf den Pausenhof, fand eine leere Coladose und dribbelte mit ihr zu einem imaginären Tor. Ben musste unweigerlich grinsen. Er freute sich, an der frischen Luft zu sein, breitete die Arme aus und atmete tief ein. Hm. Eigentlich war es die gleiche Luft wie drinnen. Er steckte den Finger in den Mund und hielt ihn hoch. Absolute Windstille. Er sah hoch zum Himmel, dort sah es so grau und neblig aus, wie in dem Draußen, in dem seine Spielfigur aufgebrochen war. Losgezogen zum Abenteuer im Schloss. Also war das hier wohl so ein

„Drinnen-Draußen". Im vierten Stock des Schlosses angesiedelt. Ben fand es von Einstein etwas seltsam programmiert. Den Pausenhof in den vierten Stock zu legen. Aber jetzt war es erst einmal schön, die Weite um sich zu haben. Er ging in die Mitte des Pausenhofs und sah sich um. Auf der einen Seite war die große Glastür, der Eingang zur Schule. Auf der anderen der Zaun um den Pausenhof. Dahinter konnte man den Fahrradständer erkennen, dahinter – schon viel unschärfer – den Lehrerparkplatz. Am Rand des Schulhofs war eine kleine Mauer. Meist saßen hier Roger und Jannik und seine Clique. Ben drückte sich in der Pause oft irgendwo am anderen Ende herum. Damit er den beiden nicht auffiel und in Ruhe gelassen wurde. Einstein war fast nie auf dem Schulhof. Sie verbrachte die Pause meist im Labor, wo sie irgendetwas forschte. Jetzt, da der Hof leer war, ging Ben entschlossen zur Mauer und machte es sich darauf bequem. Er stellte seinen Rucksack ab und sah hinein. Es waren noch vier Proviantpakete übrig. Also öffnete er eines und teilte das Brot in zwei Hälften. Julia kam zu ihm, und sie saßen nebeneinander und aßen. Es war richtig entspannt zwischen ihnen, und Ben genoss die Pause von Streitereien und Rätsellösen. Wenn jetzt noch die Sonne scheinen würde, wäre der Moment perfekt. Ein paar Vögel zwitscherten. Man hörte Wind in den Blättern der Bäume rauschen, den man nicht spüren konnte. Julia saß neben ihm. Es war, als gehörten sie zusammen.

Die Schulglocke schellte zur Pause und riss ihn aus

der Idylle. Ben sah alarmiert zu Julia, doch die blickte erwartungsvoll zur Schultür. Beide Flügel wurden mit Schwung auseinandergerissen und eine Horde Schüler aller Altersgruppen stürmte in Sekundenschnelle auf den Schulhof. Schon war der Hof voller Lärm und Hektik und die friedliche Ruhe von eben dahin. Ben wusste nicht so recht, was er tun sollte, also wartete er ab. Es konnte sein, dass jetzt die nächste Aufgabe auf ihn zukam. Doch zunächst kamen erst mal Jannik und Roger. Unbehaglich wand er sich auf seinem eben noch so bequemen Sitzplatz. Sollte er sofort aufspringen und den beiden den Platz überlassen? Oder erst mal abwarten? Er blickte fragend zu Julia. Doch die beachtete ihn nicht, sondern grinste Roger glücklich an. „Hi, Roger."

Roger grinste zurück. „Hi, Juli."

Juli? Wie konnte ein normal denkender Mensch Julia Juli nennen? Das klang völlig bescheuert. Ben sah zu Julia. Die kicherte geschmeichelt. Ben fasste es nicht. Stand sie etwa auf diesen hirnlosen Fleischberg?

„Warum bist du denn nicht beim Fußball?", fragte Julia.

„Ist doch erst heut Nachmittag. Gleich haben wir Mathe. Kommst du mit?"

Ben erschrak. Würde Julia ihn allein lassen? Doch die schüttelte genervt den Kopf.

„Nee, ich will kicken. Wo geht's denn zur Turnhalle?", fragte sie so betont belanglos wie möglich. Doch Roger sah sie an, als hätte sie nicht alle Tassen im Schrank. „Na, da hinten.“ Er zeigte in eine unbestimmte Richtung, schräg hinter der Schule. Genau dorthin, wo im wirklichen Leben auch die Turnhalle stand. Gab es sie zweimal? Im 2. und im 4. Level, fragte sich Ben. Warum nicht. Roger und Jannik tauchten ja auch in zwei verschiedenen Leveln auf.

Jannik kam auf Ben zu und warf einen Blick zu Roger. „Was macht die Kröte hier auf unserem Stammplatz?“

Ben wäre normalerweise schon längst aufgestanden und weggegangen, aber inzwischen war ja einiges in seinem Leben passiert. Er hatte sich gegen seine Lehrerin und seine Eltern behauptet, hatte gegen einen Drachen gekämpft, war gestorben und wiederauferstanden. Er fand, es war an der Zeit, dass er etwas änderte in seinem Leben – beziehungsweise in diesem Spiel. Also blieb er sitzen und behauptete trotzig: „Da stand kein Schild dran.“

Roger schnaubte wütend auf. „Frech wird er auch noch. Was ist das denn hier?“ Damit riss er Ben sein Pausenbrot aus der Hand und biss selbst hinein. „Ach, mein Regenerationsbalken ist ja schon voll.“

Er spuckte das Brot wieder aus. Bevor Ben protestieren konnte, nahm Jannik Bens Rucksack hoch und machte den Reißverschluss auf. Ben versuchte, ihn zurückzukriegen, doch Jannik hielt Bens Hand mit eisernem Griff fest. Dann schüttelte er den Rucksack, und alles fiel heraus. Eine Schachtel Streichhölzer, ein kleines Messer und die restlichen drei Proviantbeutel. Roger lachte höhnisch und hob das Messer hoch.

„Was haben wir denn da? Das darf man in die Schule gar nicht mitbringen. Na, besser, ich verwahre es.“ Und damit steckte er das Messer ein.

Ben wollte protestieren, doch dann sah er, dass sie die Brotbeutel auch nehmen wollten. „Nicht die!“

Roger sah ihn überrascht an und sagte: „Die scheinen dir ja wichtig zu sein.“ Er hielt Ben den Beutel hin, doch als der nach ihm greifen wollte, warf er ihn Jannik zu. Ben versuchte, Jannik den Beutel abzunehmen, doch der warf ihn zu Roger. Und so ging es hin und her, bis der Beutel im Dreck landete. Als Ben ihn aufheben wollte, trat Jannik darauf und zerquetschte die Tüte und den Inhalt darin. Ben sah hilflos zu.

Als die beiden sich die letzten beiden Beutel gegenseitig zuwarfen, war es sogar Julia zu viel. „Hey, Jungs, lasst ihm doch das Zeug.“

Doch Roger und Jannik dachten nicht daran, grinsten, leerten den Inhalt auf den Boden und traten genüsslich darauf.

„Nicht, dass du noch dicker wirst, Pummelchen“, fügte Roger noch hinzu. Glücklicherweise ertönte der Pausengong und alle Schüler mussten wieder in die Schule. Roger und Jannik warfen ihnen noch einen hämischen Blick zu und verzogen sich.

Ben wagte es nicht, zu Julia zu sehen. Zu sehr hatte er Angst, dass auch sie sich über ihn lustig machen könnte.

Doch stattdessen setzte sie sich neben ihn. „Wir können doch in der Kantine essen gehen.“

Ben grinste schief. Julia hatte Recht. Er musste nur in die Kantine gehen und sich etwas holen, schließlich hatte er das schon mal gemacht. Außerdem hatte er eine Aufgabe zu lösen, damit er im Spiel weiterkam. Er stand auf. „Okay, auf zur Kantine."

Julia und er folgten den anderen Kindern. Die letzten gingen gerade hinein. Ben war es recht. Dann waren die Flure leer, und er konnte in Ruhe nach Proviant suchen. Er griff zur Tür, die sich gerade vor ihm geschlossen hatte. Da war kein Griff. Er stemmte sich gegen die Tür, erfolglos. Versuchte, sie aufzuziehen. Nichts, nur glatte Fläche, kein Ritz, keine Möglichkeit, sie zu öffnen. Er drehte sich ratlos zu Julia um. „Kriegst du sie auf?"

Schließlich war sie schon länger im Spiel und eine der Spielfiguren, vielleicht öffnete sich die Tür für sie, genauso wie für die anderen. Julia probierte es ohne rechte Überzeugung. Auch ihr gelang es nicht, die Tür zu öffnen. Schulterzuckend drehte sie sich wieder zu Ben um. „Lass uns zur Turnhalle gehen", schlug sie vor.

Obwohl Ben wusste, dass sie nur zum Fußballspielen zurückwollte, schloss er sich ihr an. Was blieb ihm auch anderes übrig. Sie gingen über den Schulhof, rechts am Schulgebäude vorbei. Plötzlich prallte Ben zurück. Er war gegen etwas gestoßen. Aber hier war nichts. Er ging wieder vor. Und prallte wieder irgendwo dagegen. Es fühlte sich an wie … Ben wusste nicht wie. Vorsichtig tastete er mit den Händen ins Nichts. Da war etwas, unsichtbar. Es fühlte sich an wie eine Gummiwand.

„Hier muss was Unsichtbares sein", sagte er zu Julia, die ebenfalls gerade gegen die Wand geprallt war und nun auf dem Boden hockte. Sie rappelte sich auf. Ben streckte seine Hände nach vorne, um das unsichtbare Ding abzutasten. Es fühlte sich an wie die Matten in der Turnhalle. Es gab ein klein wenig nach, doch war es fest und undurchdringlich. Ben ging an der ominösen Wand entlang und klopfte immer wieder dagegen. Er klopfte und klopfte, doch sie nahm kein Ende. Oben und unten kam man auch nicht daran vorbei. Es war tatsächlich eine Wand. Durchsichtig und undurchdringlich. So fühlte es sich also an, wenn die Spielwelt zu Ende war. Als Ben sich umdrehte, sah er, dass Julia sich ins Nichts lehnte. Einen Moment erschrak er, doch dann wurde ihm klar, dass sie sich gegen die unsichtbare Wand lehnte.

„Und jetzt?", fragte er, doch Julia zuckte nur die Schultern.

„Na ja, auf alle Fälle müssen wir etwas zu essen finden. Sonst sieht es schlecht aus mit unserem Regenerationsbalken."

Julia zuckte erneut mit den Schultern. Inzwischen schien sie sich damit abgefunden zu haben, dass sie nicht zu ihrem Fußballspiel zurückkam.

„Los!", forderte Ben sie auf. Beide gingen los, tasteten sich an der unsichtbaren Wand entlang, auf der Suche nach dem Ende. So gingen sie über den ganzen Schulhof, bis zum Zaun. Der war real. Was immer man in einer digitalen Welt real nennen konnte. Er war fest, fühlte sich an, als wäre er aus Edelstahl, war hoch und oben mit Stahlstacheln gesichert, damit niemand drüber klettern konnte. Ben und Julia gingen den Zaun entlang, bis zur Pforte. Natürlich war die verschlossen.

„Irgendwas muss es hier geben. Die Aufgabe kann nicht sein, dass wir zwei Stunden im leeren Hof rumstehen und warten, bis die anderen wieder Pause haben", meinte Ben. „Lass uns nach Hebeln oder Geheimtüren suchen."

Sie gingen am Zaun entlang und hielten Ausschau nach irgendetwas, das ungewöhnlich aussah. Ben tastete alles ab und untersuchte den Zaun und die Umgebung bis ins Kleinste. Julia hingegen langweilte sich schnell und gab die Suche auf. Sie hob vom Boden ein Stöckchen auf und ratterte damit den Zaun entlang. Ben drehte sich genervt um und wollte gerade etwas dagegen sagen, als mit einem Mal ein Stab des Zauns nachgab und wie ein Hebel nach vorne klappte.

Kampf der Giganten

Ben probierte vorsichtig, den Hebel zu bewegen. Als er ihn zur Seite drehte, quietschte es und ein Stück des Zauns klappte auf. Ben klatschte vor Freude in die Hände. Julia jauchzte.

„Yeah! Wir sind gut!"

Grinsend sahen sie sich an und schlüpften nacheinander durch das Loch. Dunkelheit umgab sie. Ben blinzelte, seine Augen gewöhnten sich nur langsam daran und er erkannte, dass fahles Licht in einzelnen Streifen von oben hereindrang. Er blinzelte noch einmal und konnte erkennen, dass sie sich in einem dichten Wald befanden. Von oben quälte sich das Licht durch dichtes Blätterwerk herein.

Als Ben sich zu Julia umdrehte, sah er, dass sie bereits durch den Wald stapfte und nach etwas suchte. „Was machst du da?"

„Nach Beeren und Pilzen suchen. Du wolltest doch was zu essen finden."

Ben ging ihr nach. Schon hatte Julia einen Strauch mit unbekannten roten Beeren gefunden und pflückte sie ab.

„Bist du sicher, dass die nicht giftig sind?"

„Na klar!“

„Und woher weißt du sowas? Du hast doch bisher nur Fußball gespielt.“

„Keine Ahnung. Ich weiß es eben. Gib mal deinen Rucksack her.“

Ben reichte ihn ihr und sie füllte ihn mit einer Handvoll roter Beeren. Sie rollten ordentlich in eins der Fächer im Rucksack.

Julia zeigte auf eine kleine Pilzkolonie in der Nähe. „Die da sind auch nicht giftig.“

Und so verbrachten sie einige Zeit damit, den Rucksack mit Proviant zu füllen. Als Ben sich wieder einmal nach einem Pilz bückte, sah er etwas Silbernes durchs Laub funkeln. Er schob mit den Händen das Laub beiseite und ein kleines Quadrat mit einem Griff daran kam zum Vorschein.

„Julia!“

„Was hast du da?“

„Kennst du sowas? Ist das eine Falle oder können wir dran ziehen?“

„Keine Ahnung“, sagte Julia und zog daran. Ben zuckte zusammen. In seinen Computerspielen war es gefährlich, unbekannte Dinge zu berühren. Sie konnten explodieren oder Fallen auslösen. Doch es explodierte nichts, stattdessen schob sich gleich neben dem Griff der Erdboden auseinander und offenbarte eine Grube. Gerade mal eine Armlänge tief. Ben sah hinein.

„Eine Schatzkiste!“, rief er erstaunt.

Mit viel Mühe zogen sie die Kiste heraus. Sie war

nur mit einem kleinen einfachen Schloss gesichert, und Julia konnte es mit einem Stock leicht aufbrechen. Ben wagte es, vorsichtig den Deckel hochzuheben. Vor ihnen lag tatsächlich ein Schatz. Ein paar Goldmünzen, Pfeil und Bogen, ein kleines Messer, Streichhölzer und ein Heiltrank.

Ben nahm eine der Münzen und hielt sie hoch. „Was können wir denn damit anfangen? Ist das eure Währung hier im Spiel?“

„Quatsch! Wir leben doch nicht im Mittelalter.“

Ben zuckte die Achseln und packte die Münzen vorsichtshalber in seinen Rucksack. Den Bogen nahm er mit Ehrfurcht heraus und betrachtete ihn genauer. Er war aus einfachem Holz, doch lag er gut in der Hand. Ben konnte natürlich nicht Bogenschießen, jedenfalls nicht im richtigen Leben. In seinen Computerspielen hatte er oft seine Avatare mit Pfeil und Bogen ausgerüstet. Er liebte es, Feinde aus der Distanz abzuschießen. Beim Nahkampf konnte man zu schnell verwundet oder sogar getötet werden. Das hatte er ja selbst erlebt, bei seinem Kampf gegen den Drachen. Ben ahnte, wenn Waffen zu finden waren, waren womöglich auch Monster in der Nähe. Also reichte er Julia das Messer. „Hier, nimm du das. Falls was ist.“

„Und warum kriege ich nicht den Bogen?“

Ben zögerte. „Weil du sportlicher bist?“

„Wer besser schießen kann, kriegt den Bogen, der andere das Messer.“

Ben musste notgedrungen auf den Deal eingehen. Es schien nur gerecht zu sein. Auch wenn er jetzt schon wusste, dass er dann den Bogen verlieren würde. Julia konnte bestimmt genauso gut schießen, wie sie Fußball spielen konnte. Julia zeigte auf einen Baum, den sie als Ziel bestimmte.

***

Einstein sah genervt zu. Das ging alles viel zu langsam. Sie konnte Ben nicht helfen, durch das Spiel zu kommen, wenn er nicht in den Fahrstuhl ging. Und die 20 Zeichen, die sie zur Verfügung hatte, waren oft zu wenig für ihre Ausführungen. Ohne sie würde Ben ewig brauchen, um das Spiel zu gewinnen. Vielleicht musste sie doch versuchen, ihn über Julias Figur zu instruieren. Doch konnte sie die Sprachsteuerung starten ohne einen Bug zu verursachen?

***

Ben und Julia schossen abwechselnd alle Pfeile ab und sammelten sie wieder ein, um sie erneut abzuschießen. Doch leider trafen sie nie den Baum. „Wie wäre es mit einem neuen Ziel? Den Baumstumpf dort?“

Julia grinste, der war viel näher. Doch trotzdem trafen sie nicht so recht. Aus Unsinn bestimmten sie ständig andere Ziele, bis sie lachend dazu übergingen, immer das als Ziel zu bestimmen, was sie gerade aus Versehen getroffen hatten.

„Wir werden immer besser“, scherzte Ben.

„Jeder Schuss ein Treffer. Wenn die Ungeheuer

unseren Pfeilen genau in den Weg laufen, haben wir nichts zu fürchten."

Julia lachte und überließ Ben großzügig den Bogen.

„Du gibst also zu, dass ich der bessere Schütze bin?"

„Ehrlich gesagt, fühle ich mich sicherer, wenn ich das Messer als Waffe habe."

Sie grinsten sich an. Ben schulterte den Bogen.

„Und jetzt?", fragte Julia. „Gehen wir zurück auf den Schulhof?"

Ben zögerte. Er hatte keine große Lust, Roger und Jannik erneut zu begegnen. Und es war schön, hier mit Julia allein zu sein. Inzwischen verstanden sie sich richtig gut. Den Moment wollte er auskosten. „Oder wir essen was und ruhen uns ein bisschen aus."

Julia war einverstanden. Sie holten einige der Pilze und Beeren aus dem Rucksack und ordneten sie hübsch auf großen Blättern an. Ben zeigte auf die Pilze. „Kann man die roh essen?"

„Lass uns ein Feuer machen." Und schon sammelte Julia trockene Zweige und stapelte sie auf einen Haufen. Ben holte die Streichhölzer aus der Schatzkiste und zündete den Haufen an. Sofort wurde es warm und gemütlich. Sie setzten sich auf zwei Steine am Feuer und spießten die Pilze auf kleine Stöckchen auf, die sie über das Feuer hielten.

Ben fand es sehr schön, so einhellig beieinander zu sitzen. Er warf immer wieder verstohlene Blicke zu Julia, die in dem Feuerschein besonders schön aussah. Als sie seinen Blick bemerkte, sah er schnell weg.

„Was, meinst du, könnte meine nächste Aufgabe sein?“, fragte er zur Ablenkung.

„Keine Ahnung. Irgendwas mit Roger und Jannik?“, vermutete Julia.

„Meinst du, ich muss mich auch gegen sie wehren? So wie ich es im Lehrerzimmer gemacht habe?“

Julia zuckte nur mit den Schultern.

„Ihnen mal ordentlich die Meinung sagen?“

„Kannst es ja mal versuchen“, antwortete sie ohne rechte Überzeugung.

Ben schwieg nun auch wieder, grübelte über seine Aufgabe nach. Doch der Gedanke an Julia und wie sie mit Roger gesprochen hatte, drängte sich immer wieder dazwischen. „Wie findest du eigentlich Roger?“

Wieder zuckte Julia mit den Schultern. „Eigentlich ganz cool, aber manchmal ist er ein Arsch.“

Ben grinste erleichtert. „Finde ich auch – das mit dem Arsch.“

Beide grinsten und Ben freute sich, dass Julia nun auf seiner Seite war. Sie sahen wieder ins Feuer. Und jeder hing seinen Gedanken nach. Falls Figuren in einem Computerspiel Gedanken haben können, dachte Ben. Kritisch sah er Julia an.

„Was denkst du?“

„Nichts. Wieso?“

Nun zuckte Ben mit den Schultern. Er war nicht sicher, ob ihm das seine Frage beantwortet hatte. Er wollte auch nicht mehr darüber nachdenken, sondern einfach genießen, dass sie dort saßen und ihre Pilze aßen. Der Rauch kringelte nach oben und bahnte sich seinen Weg durch die Blätter.

Plötzlich ließ ein lautes Knacken hinter ihnen sie auffahren. Ben drehte sich um und sah Roger und Jannik, die durch das Gebüsch auf sie zukamen.

„Da ist ja das süße Pärchen!“, höhnte Roger, und Jannik kicherte böse.

Julia sprang auf. Ben erhob sich langsam in Habacht-Stellung.

„Und sie essen schon wieder“, stänkerte Jannik. „Hast du immer noch nicht kapiert, dass das dick macht?“

Roger nahm Ben den Spieß ab und warf ihn weg. „Und das hier …“ Er zeigte auf das Feuer. „Das ist im Wald viel zu gefährlich.“

Roger machte einen großen Schritt und trat das Feuer aus.

„Mensch, du Idiot! Lass das!“, motzte Julia und sah Ben erwartungsvoll an.

Er sollte etwas tun, sich zur Wehr setzen, ihnen die Meinung sagen. Also nahm er all seinen Mut zusammen und holte tief Luft. Das Erste, was ihm einfiel, wollte er ihnen an den Kopf werfen. „Ihr seid doch blöde Dinosaurier!“, schrie er wütend.

Und sogleich zog er den Kopf ein, weil er ihr höhnisches Gelächter erwartete. Doch stattdessen sah er, wie sich ihre Gestalt verformte und immer größer wurde. Mit offenem Mund starrte Ben sie an. Julia neben ihm war genauso verblüfft. Roger und Jannik wurden immer größer und größer. Ihre Bäuche wurden dicker, die Hälse länger, die Beine wuchsen. Und nun erkannte Ben: Sie waren zu Dinosauriern geworden. Julia und Ben starrten sich entsetzt an. Die Dinosaurier ihrerseits konnten auch kaum fassen, was mit ihnen geschehen war. Und man konnte sehen, wie sich in den dumpfen Sauriergesichtern die Erkenntnis in Wut verwandelte. Sie sahen erst sich an, dann Ben und Julia. Ben griff schnell nach seinem Rucksack und nach Julia. „Nix wie weg hier!"

Sie rannten so schnell sie konnten in Richtung Schulhof davon. Hinter sich hörten sie stampfende Schritte, die Bäume und Büsche achtlos zertraten.

„Durch den Zaun!", brüllte Julia, „Das Loch ist zu klein für sie."

Sie rannten zum Zaun, kletterten durch das Loch, liefen in die Mitte des Schulhofes, blieben nach Luft schnappend stehen und sahen sich um. Hinterm Zaun sahen sie einzelne Bäume umknicken, dann erschienen die zwei Saurierköpfe.

„Hoffentlich hält er. *Ben, hörst du mich*?"

Ben starrte Julia an. Das war doch nicht Julias Stimme gewesen.

„*Du darfst ihnen nicht* …- Gleich sind sie durch!", rief Julia mit zwei verschiedenen Stimmen.

„Einstein?", fragte Ben, „Ist das deine Stimme?"

„*Ja, ich bins, du darfst* … - Der Zaun!", brüllte Julia.

Ben sah zum Zaun, der gerade von einem der Saurier zertreten wurde wie eine Streichholzschachtel. Die Saurier kamen auf sie zu. Ben nahm den Bogen von der Schulter, legte einen Pfeil ein und zielte. Julia sah hilflos auf das kleine Messer, das sie inzwischen in der Hand hielt.

„Meinst du, das ist eine gute Idee?“, fragte sie Ben.

Der schoss den Pfeil ab und traf! Das erste Mal in seinem Leben. Der Dinosaurier bekam den Pfeil in den Oberschenkel. Er wirkte, als hätte er bloß ein klitzekleines Ziepen gespürt, das in nur noch wütender machte. Die Saurier kamen auf Ben und Julia zugestürmt.

„Haken schlagen!“, rief Julia Ben zu und flitzte im Zickzack davon. Ben wusste nicht wohin, die Saurier rannten Julia hinterher und Ben nutzte die Chance, um in die Gegenrichtung wegzurennen. Er drehte sich um und sah, dass Julia in größter Gefahr war. Beide Saurier hatten sie fast eingeholt und würden sie in Kürze zertreten, wenn er nicht etwas unternahm. Also schrie und winkte er ihnen zu. Er nahm erneut den Bogen und schoss einen Pfeil ab. Er traf! Schon wieder! Fast wäre er in Jubel ausgebrochen, wenn der getroffene Saurier nicht wutentbrannt in seine Richtung blicken würde und fast im gleichen Moment auf ihn zugestürmt kam. Während Ben rannte, was das Zeug hielt, hörte er Einsteins Stimme rufen:

„Ihr müsst zum Fahrstuhl!“ Plötzlich schien es ihm, als würden sich Einsteins und Julias Stimmen abwechseln, überlagern, es gab ein Rauschen und Fieptöne. Doch das hielt den Saurier nicht davon ab, ihn weiter zu verfolgen. Ben schlug Haken, doch der Saurier kam immer näher. Ein heftiger Tritt verfehlte Ben nur

knapp. Er strauchelte, geriet ins Stolpern und stürzte. Im gleichen Moment hob der Saurier einen Fuß und zielte damit auf Ben. Der riesige Fuß kam auf ihn zu und würde ihn gleich zerquetschen.

Ben schrie verzweifelt auf. Das war sein Ende. Doch plötzlich gab es einen Pfeifton, der abrupt endete. Gleichzeitig blieb der erhobene Fuß in der Luft stehen. Der ganze Saurier war plötzlich mitten in der Bewegung eingefroren und regte sich nicht mehr. Ben rappelte sich mühsam vom Boden auf und sah sich den Saurier ungläubig an. Der war versteinert. Das Maul weit aufgerissen, ein Fuß schwebte in der Luft. Ben atmete erleichtert auf und begann zu jubeln.

„Julia, hast du das gesehen?“, rief er in Julias Richtung.

Doch im gleichen Moment, in dem er sich zu ihr umdrehte, sah er es auch schon. Ihm stockte der Atem und der Jubel blieb ihm im Hals stecken. Der Dinosaurier, der Julia verfolgt hatte, war auch eingefroren. Doch zu spät. Sein Fuß war am Boden, sein ganzer Körper hatte den Schwerpunkt auf diesen Fuß verlagert und unter dem Fuß … Ben wurde weiß. Unter diesem Fuß guckte Julias Kopf heraus. Sie starrte mit leeren Augen ins Nichts. Es war zu spät. Sie war tot.

Ben wusste nicht, wie lange er dort gesessen hatte. In diesem erstarrten Computerspiel, in dem sich nichts mehr bewegte außer er selbst. Es waren auch keine Geräusche mehr zu hören, weder die digitalen Vogelklänge noch das leise Rauschen eines Windes, den es nicht gab. Und was war mit Einsteins Stimme passiert? War sie mit Julia gestorben oder hatte er sich die nur eingebildet? Schließlich stand er auf. Er wusste nicht, was er jetzt tun sollte. War das Spiel kaputt gegangen? Oder gehörte das zu einer seiner Aufgaben, die er lösen musste? Jetzt wieder allein. Wieder ohne Julia. Dann sah er sich um. Keine Schüler, nur die zwei in der Bewegung eingefrorenen Dinosaurier. Und dort hinten die Tür, die zum Fahrstuhl führte. „Einstein", dachte er plötzlich. Vielleicht funktionierte der Fahrstuhl noch und vielleicht konnte er mit Einstein über das Display Kontakt aufnehmen. Wie benommen ging er dort hin. Die Fahrstuhltüren standen offen. Er ging hinein und sah aufs Display.

Spiel abgestürzt, las er dort. Das erklärte, warum alles wie eingefroren war. Ab und zu passierte es mit Spielen. Wenn es einen Bug gab, dann fror alles ein und man konnte nur weiterspielen, wenn man den Computer herunterfuhr und neu startete. Dann musste man wieder dort anfangen, wo man zuletzt gespeichert hatte.

„Also wieder von vorne?", meinte Ben.

Du kommst weiter, war die Antwort. Und gleich anschließend: *Drück die 5*

Ben starrte das Display an.

„Ich komm weiter? Ich habe gewonnen?" Er hatte wieder mal eine Aufgabe hinter sich gebracht. Zwar nicht gelöst, aber da das Spiel abgestürzt war, hatte er sozusagen versehentlich gewonnen. Er drückte die 5. Die Fahrstuhltüren schlossen sich.

Rückkehr des Helden

„Treff ich Julia im nächsten Level wieder?“, fragte er das Display. Doch das Display schwieg eine Weile. So lange, bis der Fahrstuhl im 5. Stock ankam. Schon etwas unsicherer geworden fragte er erneut: „Was ist mit Julia? Treff ich sie wieder?“

Julia ist tot, kam die ernüchternde Antwort.

„Aber das muss sie doch nicht bleiben. Wenn ich wieder von vorne anfange, treffe ich sie im 2. Stock, und dann passen wir besser auf im Kampf gegen die Saurier. Dann gewinnen wir gegen sie und dann kann sie weiter mitspielen.“

Keine Zeit, war die Antwort.

„Keine Zeit, sie wieder lebendig zu machen? Natürlich haben wir Zeit. Ich habe ewig Zeit. So lange wie ich hier im Spiel feststecke.“

Du musst gewinnen

„Aber du weißt gar nicht, ob ich dann aus dem Spiel rauskomme. Vielleicht! Hast du gesagt. Vielleicht! Und was ist, wenn nicht? Dann bin ich hier ganz allein!“

Ben war verzweifelt. Endlich hatte er sich mit Julia angefreundet, endlich waren sie ein Team und er hatte sich nicht mehr so allein gefühlt, und jetzt sollte er das ganze restliche Spiel wieder allein sein?

Sie ist eine Figur

„Das ist mir egal. Sie fühlt sich echt an."

Nicht Wirklichkeit

„Das ist die einzige Wirklichkeit, die ich habe. Und vielleicht habe ich nie wieder eine andere."

***

Einstein schluckte. Sie fühlte sich schuldig. Schließlich hatte sie Ben in diese Situation gebracht, weil sie ihre Stimme auf Julias Figur programmiert hatte. Das hatte das Programm abstürzen lassen. Einstein wusste nicht mehr weiter. Sie startete einen letzten Versuch und schrieb ins Display:

Du musst weiter

Spiel gewinnen

***

Doch Ben wusste jetzt, was er tun wollte. „Ich suche das nächste Monster und lasse mich töten, damit ich wieder von vorne anfangen kann."

Nein! erschien auf dem Display.

Entschlossen schulterte Ben seinen Rucksack.

***

Einstein hörte, wie der kleine Ben auf dem Bildschirm

mit fester Stimme sagte:

„Wenn wir Zeitdruck haben, dann verrat mir doch, wo das nächste Monster ist, damit ich nicht sinnlos Zeit verschwende, es zu suchen."

Ihr fiel keine Möglichkeit mehr ein, Ben umzustimmen. Schließlich tippte sie ins Display: *2. Tür links*

Hilflos musste sie mit ansehen, wie Ben entschlossen auf den Raum zuging, an dem ein Baustellenschild angebracht war: Betreten verboten

In dem Moment kam Stefanie in den Raum. „Die Stunde ist um", sagte sie entschieden, „Hast du Kontakt zu Ben gekriegt?"

Einstein sah sie hilflos an. Zögernd sagte sie: „Ja, habe ich."

Stefanie sah sie erwartungsvoll an. Doch Einstein druckste herum. Sollte sie Stefanie alles sagen? Was blieb ihr anderes übrig? Ben würde ewig brauchen, wenn er wieder von vorne anfing. „Es klingt sicher komisch. Sie werden es nicht glauben …"

„Was nicht glauben?"

„Ich habe ein Computerspiel entwickelt. Ben sollte es testen, aber irgendwie ist was schiefgegangen …"

„Ich höre?"

„Er ist jetzt in dem Spiel und kommt nicht mehr raus."

Stefanie verstand nicht. „Wie? In dem Spiel? Wo ist er denn jetzt?"

Einstein drehte den Bildschirm zu Stefanie. Dort lief Ben gerade in den Raum mit dem Monster. Er nahm den Bogen von der Schulter und legte einen

Pfeil an.

Stefanie starrte auf den Bildschirm. „Habt ihr ein Video gedreht?“

„Nein, es ist wirklich Ben. Er ist in dem Spiel.“

„Was heißt das? Sitzt er in irgendeinem Internetcafé und spielt von da aus?“

„Nein, er muss in ein Paralleluniversum gekommen sein und spielt jetzt leibhaftig mit. Als er selbst.“

„Sehr witzig.“ Stefanie holte ihr Handy heraus. „Ich ruf jetzt Gesine an.“

Einstein sprang auf. „Nein!“ Einstein war ganz aufgelöst. „Dann schalten sie die Polizei ein, die nimmt den Computer mit und ich habe keine Chance mehr, Ben da wieder rauszuholen. Bitte, bitte nicht!“, flehte sie. Stefanie zögerte.

„Wir haben noch das ganze Wochenende Zeit. Lassen Sie es mich versuchen.“

Stefanie war unschlüssig. Sie sah zum Bildschirm und beobachtete eine Weile Ben, der in der Höhle herumlief und etwas zu suchen schien. Plötzlich kam ein Drache von hinten auf ihn zu. Stefanie erschrak und rief: „Pass auf!“

Doch Ben reagierte nicht.

„Er kann uns nicht hören. Ich kann nur über das Fahrstuhl- Display mit ihm kommunizieren.“

Ben drehte sich um, sah den Drachen auf sich zukommen und ließ den Bogen sinken.

„Wehr dich doch!“, versuchte Stefanie, ihm beizustehen. „Was macht er denn da?“, fragte sie erschrocken, als Ben den Bogen in den Rucksack packte und völlig unbewaffnet auf den Drachen zuging.

Einstein sah Stefanie traurig an. „Er will sich töten lassen, um wieder von vorne anfangen zu können."

„Was? Warum?"

„Dann kann er Julia wieder an seiner Seite haben."

Stefanie verstand nicht, doch Einstein winkte ab. „Das ist eine längere Geschichte."

Ben ging unerschrocken auf den Drachen zu. Der spie einen Feuerstrahl gegen ihn. Ben wich zurück, sammelte sich, ging weiter. Der Drache breitete seine Flügel aus, schlug mit ihnen und traf Ben wuchtig. Ben flog durch den Raum, war verwundet, konnte kaum aufstehen, um sich erneut dem Drachen entgegenzustellen.

Stefanie hielt es kaum aus. „Tu doch was!"

„Ihm passiert nichts. Wenn er getötet wird, muss er wieder von vorne anfangen. Und wir verlieren unheimlich viel Zeit."

Ben trat einen Schritt vor, und endlich traf ihn eine Pranke des Drachen so stark, dass er blutend zu Boden ging und ohnmächtig wurde. Einstein sah, dass der Lebensbalken zur Neige ging. Blass vor Wut sah sie ihm dabei zu, wie sein Körper langsam durchschimmernd wurde. Dann war er weg.

„Wo ist er?", fragte Stefanie fassungslos.

„Im Erdgeschoss. Dort beginnt das Spiel von vorne."

Sie klickte durch das Menü, öffnete das Erdgeschoss und fuhr mit dem Mauszeiger bis in die Küche.

Dort saß Ben am Küchentisch und sprach mit seinen

Eltern.

Stefanie musste zweimal hinsehen. „Aber du willst jetzt nicht behaupten, dass Gesine und Olaf auch im Spiel sind."

„Das sind nur Spielfiguren. Man kann es am Rendering erkennen. Die Figuren sind pixeliger als Ben."

Doch Stefanie war zu verwirrt, um große Unterschiede zwischen Bens Eltern und ihm zu erkennen. Sie wählte Gesines Nummer.

Einstein starrte sie erschrocken an.

„Gesine, hallo, hier ist Stefanie. Wo bist du gerade?"

Sie lauschte gespannt in den Hörer und Einstein starrte sie gebannt an. „Im Einkaufszentrum, ach so. Nein, alles bestens hier. Uns geht es gut. Einstein ist auch hier."

Und nach ein bisschen Smalltalk legte sie auf. Lange sah sie Einstein an. „Ich habe keine Ahnung, was das hier ist. Aber du kriegst das Wochenende. Beende das so schnell wie möglich."

Einstein nickte erleichtert. Dann sprudelte es nur so aus ihr heraus. „Eine Möglichkeit, ihn wieder rauszuholen, ist vielleicht, ihn das Spiel gewinnen zu lassen. Die andere, genau herauszufinden, wie er reingekommen ist, und ihn auf dem gleichen Weg wieder herauszuholen. Also helfe ich ihm erst mal durch und versuche parallel dazu, die Schleuse zu finden."

Stefanie verstand offenbar nicht viel von dem, was Einstein sagte, aber sie nickte. „Gut, mach das."

Sie beobachteten Ben, der erneut den Fahrstuhl

bestieg, um Level für Level durch das Spiel zu kommen.

Einstein beschriftete das Display: *Stefanie ist hier*

Einstein konnte sehen, wie Ben plötzlich die Augen aufriss und reflexartig um sich sah. „Stefanie? Hi, was machst du da?“

Stefanie sah Einstein fassungslos an.

„Glaubst du mir jetzt?“

Stefanie nickte nur sprachlos.

Sie hilft uns, schrieb Einstein aufs Display.

„Welcher Tag ist da draußen?“

Samstag Nachmittag

Ben nickte. „Es kam mir viel länger vor.“

Wir haben das WE, war Einsteins nächste Notiz für ihn. *Kriegen dich raus*

Ben bekam Tränen in die Augen, sah zu ihnen und sagte: „Danke.“

Stefanie griff zur Tastatur und gab für Ben ein: *Keine Sorge!*

Ben lächelte schief, als er es las und warf einen letzten Blick zu ihnen. „Dann werd ich mal.“

Er fasste sich und stieg im ersten Stockwerk aus, um sich seiner Aufgabe zu stellen.

Einstein wandte sich Stefanie zu. „Jetzt spielt er die Aufgaben bis zum 4. Level durch. Die kennt er schon. Da wird er schnell durchkommen. Danach muss ich ihm helfen. Aber so lange haben wir Zeit, zu überlegen, wie wir ihn wieder rauskriegen. Er ist durch einen Eingang reingekommen. Jetzt muss er den Ausgang finden. Notfalls muss er das ganze Spiel bis zum

Ende durchspielen.“

Stefanie blickte Einstein überfordert an.

„Vielleicht ist es der Flur. Irgendwas war komisch damit. Ich muss nur herausfinden, wie der zum Eingang geworden ist.“

Die Unterstützung

Ben ging in den leeren 1. Stock. Er war sehr froh, wieder von Einstein gehört zu haben. Er wunderte sich darüber, wie sie Stefanie ins Boot holen konnte, aber es war gut zu wissen, dass da draußen jemand war, der ihm helfen wollte. Nun wollte er sich beeilen, so schnell wie möglich aus dem Spiel herauszukommen. Er rief: „Julia! Hilfe!“, ging in den Fahrstuhl und drückte den 2. Stock. Der Fahrstuhl fuhr an. Ben kribbelte es im Bauch.

Aufgeregt fragte er sich, ob Julia wirklich da sein würde. Ob sie wieder genauso lebendig war wie vorher, bevor sie von dem grässlichen Dinosaurier zerquetscht wurde. Im zweiten Stock ging er schnell zur Turnhalle. Sein Herz klopfte und er bekam kaum Luft, so groß war die Angst, dass sie für immer verschwunden oder tot sein könnte. Mit klammen Fingern öffnete er die Tür und sah hinein. Mehrere Kinder liefen durch die Halle und schossen sich gegenseitig den Ball zu. Wo war Julia? Eisige Angst stieg in ihm hoch. Doch dann sah er sie. Da lief sie! Julia. Sie kam gerade aus der hinteren Ecke hervorgeschossen und kämpfte Roger einen Ball ab. Ben strahlte erleichtert. Als Julia den Ball verlor, lief er zu ihr und nahm sie in den Arm. Er drückte sie fest und sagte: „Ich bin so froh, dass du lebst."

Julia wand sich unangenehm berührt aus seiner Umklammerung. Roger eilte ihr sofort zu Hilfe und zog Ben weg. Ben störte das nicht. Er war einfach nur froh, dass Julia lebte und dass er sie wiedersehen durfte.

„Kommst du mit?", fragte er und dachte nicht mehr daran, dass sie ihn am Anfang gar nicht mochte.

„Hast du einen Knall?", war die prompte Antwort. Sie rannte weg und beteiligte sich wieder am Spiel. Roger warf Ben einen drohenden Blick zu und verzog sich dann auch. Ben stand geduldig am Spielfeldrand und wartete auf den Ball. Als er schließlich angekullert kam, nahm er ihn und rannte damit weg.

An der Tür sah er sich um, ob Julia ihm folgte, doch die war offenbar erleichtert, den anhänglichen Jungen los zu sein, und gab Roger zu verstehen, dass er ihn laufen lassen sollte. Sie holte einen Handball und spielte damit weiter. Ben stand unschlüssig da mit dem Fußball. Es funktionierte nicht mehr? Natürlich. Er hatte anders reagiert als bei den ersten beiden Malen. Da war er vorsichtig gewesen, stand unauffällig rum. Jetzt hatte er sie genervt. Und nun? Er könnte sie so lange provozieren, bis sie ihm nachrannte. Wenn er Pech hatte, würde aber Roger ihn verfolgen, und *den* wollte er ganz sicher nicht ins nächste Level nehmen. Ben stand unschlüssig herum, öffnete seinen Rucksack und sah hinein. Vielleicht kam ihm eine Idee. Sein Bogen war noch da. Er legte ihn an und spannte die Sehne, zielte ins Nichts. Zen-Bogenschießen nannte man das doch. Es sollte beim Nachdenken helfen. Er kniff ein Auge zu und suchte mit dem anderen ein Ziel. Da bemerkte er, dass Julia neugierig zu ihm hinübersah. Er stutzte kurz und guckte schnell woanders hin. Er wollte sie nicht gleich wieder verscheuchen. Also blieb er stehen, wie er war und wartete.

Schließlich kam Julia auf ihn zu. „Darf ich auch mal?"

Ben zögerte, tat so, als würde er überlegen. „Hm, der ist echt wertvoll. Wenn der kaputtgeht …"

„Ich pass auf."

Ben reichte Julia den Bogen und freute sich innerlich. Julia legte an, zielte und schoss einen imaginären Pfeil ab.

„Möchtest du es mal in echt versuchen?"

„Klar."

Ben dachte sich, nur nicht zu sehr freuen, nur nicht grinsen, dann will sie nicht mehr. Betont cool ging er nach draußen, ohne darauf zu achten, ob sie ihm folgte. Er stellte sich in eine Ecke des Flures und holte einen Pfeil heraus. Ganz in sich versunken, spannte er den Bogen und zielte. Julia kam vorsichtig näher. Ben jubelte innerlich, versuchte, sich nichts anmerken zu lassen. Zielte einfach weiter. Ganz langsam löste er die Spannung der Sehne und ließ den Bogen sinken. Julia kam zu ihm. Ben reichte ihr schweigend den

Bogen. Julia nahm ihn und zielte.

„Versuch mal, den Aufzug zu treffen“, sagte Ben mit so desinteressierter Stimme wie möglich. Julia konzentrierte sich und nahm den Aufzug ins Visier. Sie schoss. Der Pfeil flog in leichtem Bogen und landete treffsicher im Fahrstuhl. Ben lächelte erleichtert. Als Julia ihn fragend ansah, verbarg er es sofort und sagte: „Ganz gut. Kannst es ja nochmal versuchen.“

Julia grinste breit und ging zum Aufzug, um den Pfeil zu holen. Ben folgte ihr. Kaum war sie im Fahrstuhl, gab ihr Ben einen Schubs und drückte die 3. Julia fiel zu Boden.

„Bist du bescheuert?“, protestierte sie und stand auf, doch die Türen schlossen sich bereits, und sie war gefangen.

Puh, geschafft! Ben war erleichtert. Doch jetzt kam wieder die leidige Aufgabe auf ihn zu, Julia über das Computerspiel aufzuklären. Sie zu überreden, ihm zu helfen. Auszuhalten, dass sie ihn zunächst überhaupt nicht leiden konnte. Und zu hoffen, dass sie wirklich irgendwann mit ihm zusammenarbeitete. Wie er eben gemerkt hatte, konnte jedes neue Verhalten den Fortgang der Geschichte sofort völlig verändern. Und womöglich würde es ihm diesmal nicht mehr gelingen, dass sie ihn mochte. Er wusste auch gar nicht, wie es letztes Mal dazu gekommen war. Ihm blieb also nichts anderes übrig, als einfach das Spiel zu spielen und Level für Level durchzukommen.

Die Erfahrung

Sie hielten im dritten Stock, und Julia versuchte wieder, in den zweiten Stock zurückzukommen. Wie die letzten beiden Male. Währenddessen beschimpfte sie ihn und regte sich darüber auf, dass er sie geschubst hatte. Ben versuchte, sich davon nicht ablenken zu lassen. Er erklärte ihr geduldig, dass sie sich in einem Computerspiel befanden, ohne zu erwarten, dass sie ihm glauben würde. Dann ging er ins Lehrerzimmer und stellte sich seiner Aufgabe. Auch beim dritten Mal überfielen ihn wieder all die schrecklichen Gefühle, als seine Eltern und seine Lehrerin ihm seine Faulheit und Dummheit und Nutzlosigkeit vorwarfen. Er wusste, er musste sich dagegen wehren. Doch er kam kaum gegen das Gefühl von Resignation an, das ihn wie eine feste Mauer umgab. Er schaffte es nicht, sie zu durchstoßen. Drei Mal startete er den Versuch, etwas zu sagen, und drei Mal versagte ihm die Stimme, blieb ihm die Luft weg und fehlten ihm die Worte. Erst beim vierten Mal, als er nichts mehr sagen wollte, sondern nur noch schreien, gelang es ihm. Er schrie! Er brüllte vor Wut und Verzweiflung. Und endlich, endlich waren alle anderen still.

„Hört auf! Ich kann das nicht mehr hören! Ich will das auch nicht mehr! Lasst mich endlich in Ruhe!“

Damit stürmte er aus dem Raum, den gerade Julia betreten wollte, weil sie sein Schreien gehört hatte. Sie sah ihn mit großen Augen an, war überrascht von seinem unerwarteten Verhalten. Da fiel ihm etwas ein. Er hatte etwas vergessen, was er letztes Mal noch getan hatte. Und vielleicht war es ja das, was ihn ein Level weitergebracht hatte. Er ging noch einmal in den Raum, in dem die Lehrerin und seine Eltern langsam die Fassung wiederfanden.

„Und eins noch!“, rief er. „Lobt mich bitte auch mal, verstanden?“

Damit ging er schnell wieder hinaus. Vielleicht hatte er es im falschen Tonfall gesagt, vielleicht half es nicht, weil ihm dieses Mal dabei nicht die Tränen gekommen waren, sondern er immer noch wütend war. Er wusste es nicht, aber für den ersten Versuch war es ihm egal. Er wollte nur weg und ins nächste Level weiterkommen. Im Fahrstuhl drückte er die 4 Das Surren kündigte das Schließen der Türen an. Er hob den Blick und sah, dass Julia nicht mit in den Fahrstuhl eingestiegen war. Sie stand unentschlossen davor.

„Nein!“, schrie Ben und griff blitzschnell nach ihrem Arm. Er zog sie hinein, im letzten Moment, bevor sich die Türen endgültig schlossen. Ben atmete erleichtert auf, doch Julia war nun noch wütender auf ihn, weil er sie zum zweiten Mal gezwungen hatte, mitzugehen.

Das Team

Während sie schimpfte und zeterte, war Ben erleichtert, dass er sie nicht schon wieder verloren hatte. Nachdem sie sich ein wenig beruhigt hatte, erklärte er ihr, was sie im vierten Level erwarten würde. Sie würden auf dem Schulhof rauskommen, Roger und Jannik treffen und dann im Wald einen Schatz finden. Doch Julia interessierte nur, dass sie Roger und Jannik treffen würde. Bevor Ben erklären konnte, dass sie es unbedingt vermeiden mussten, Roger und Jannik als Dinosaurier zu beschimpfen, weil Julia dann sterben würde, hielt der Fahrstuhl, und Julia stürmte hinaus. Ben folgte ihr, ahnte aber schon, dass es schwer werden würde, erneut ihre Freundschaft zu gewinnen. Letztes Mal hatten sie mehr zusammen erlebt. Sie war die ganze Zeit dabei gewesen, als er einen Weg gesucht hatte, sich gegen seine Eltern und die Lehrerin zu wehren. Und hatte miterlebt, wie fies Roger zu ihm war und hatte sich gegen Roger und Jannik gestellt. Vielleicht hatte sie das bereits etwas nähergebracht. Und außerdem hatte sie ihm langsam geglaubt, dass sie sich in einem Spiel befanden. Nun blieb Ben nichts anderes übrig, als Julia zu folgen und zu hoffen, dass er ihr die wichtigsten Details noch erzählen konnte.

Als Ben auf den Schulhof trat, sah er Julia bereits gegen eine Dose kicken und sie zu einem imaginären Tor dribbeln. Er überlegte, ob er sich wie beim letzten Mal auf die Mauer von Roger und Jannik setzen sollte. Doch er zögerte. Sollte er die Begegnung mit den beiden vermeiden oder sollte er Streit mit ihnen suchen? Wie war dieses Level zu gewinnen? Sie zu beschimpfen war auf jeden Fall falsch gewesen. Aber was hätte er sonst tun können? Ihnen ausweichen und sich möglichst unsichtbar machen, wie er es im wirklichen Leben auch tat? Das sicher nicht. Bisher war die Lösung immer, es anders als sonst zu tun. Was war anders? Sie zu beschimpfen war ganz anders gewesen. Das hatte er sich noch nie getraut. Vielleicht war beschimpfen auch die Lösung? Vielleicht verwandelten sie sich in das, als was er sie beschimpfte. Bens Augen leuchteten. Aber erst wollte er versuchen, Julias Freundschaft zu gewinnen.

Der Pausengong schlug und in kürzester Zeit füllte sich der Schulhof mit Kindern. Ben hatte Julia aus den Augen verloren, aber dann fiel sein Blick zu der Mauer. Und tatsächlich hatten sich Roger und Jannik darauf niedergelassen und Julia war zu ihnen geschlendert. Ben ging vorsichtig heran. Sie unterhielten sich gerade über Fußball. Ben überlegte, ob er dafür sorgen musste, dass sie fies zu ihm wurden, damit Julia für ihn Partei ergriff. Er war aber nicht sicher, ob es funktionieren würde. Aber nichts tun schien ihm auch falsch. So schlenderte er zu ihnen hin und fragte: „Na, wie geht's?“

Roger sah ihn verächtlich an. „Was will denn der kleine Furzknoten hier?“

Julia lachte. Bens Magen verkrampfte sich.

„Verzieh dich“, pöbelte Jannik, „du verdunkelst die Sonne.“

„Weil du so fett bist, Dickie“, fügte Roger fies grinsend hinzu.

Ben kränkten die Bemerkungen, aber er versuchte, sich nichts anmerken zu lassen. Er musste den Kontakt zu Julia halten. Also trat er einen Schritt zurück, blieb aber in der Nähe. Da ertönte der Gong, der das Ende der Pause ankündigte. Alle Schüler strömten in die Schule zurück. Roger und Jannik erhoben sich widerwillig.

„Noch eine Stunde Mathe. Kommst du mit?“, wandte Roger sich an Julia.

„Klar“, sagte die.

Ben wurde panisch. Sie ging mit den anderen mit? Was, wenn sie jetzt ins Schulgebäude reinkam? War sie dann weg und er wieder ganz allein? Dann war alles umsonst gewesen. Wofür hatte er sich töten lassen? Aber er konnte nichts tun. Julia stand auf und folgte den anderen. Hilflos sah Ben ihnen nach. Die Schüler strömten durch den Eingang hinein, einer nach dem anderen. Dann Roger und Jannik, und Julia folgte ihnen. Als sie an der Tür angekommen war, geschah etwas Seltsames: Julia ging und ging, doch sie kam nicht vorwärts. Sie ging auf der Stelle, wie eine Computerfigur, die man in eine Richtung laufen lässt, in der es nicht weitergeht. Sie kam nicht durch die Tür. Ben schluckte, klar, sie war eine animierte Spielfigur, kein echter Mensch. Er musste den Gedanken wegschieben, denn ohne die Freundschaft zu Julia war er ganz allein in diesem Spiel. Als alle Kinder im Gebäude verschwunden waren, ging Ben zu ihr.

„Sollen wir zur Turnhalle gehen?“, fragte er. Glücklicherweise stoppte das ihren irrsinnigen Lauf. Sie sah ihn an. „Gute Idee.“

Als wenn nichts gewesen wäre, folgte sie ihm über den Schulhof. Wie erwartet stießen sie nach kurzer Zeit gegen die unsichtbare Mauer. Julia war enttäuscht, dass sie nicht zur Turnhalle konnten. Und erneut versuchte Ben ihr zu erklären, dass sie in einem Computerspiel waren. Und dass er diesen Weg schon einmal gegangen war und er ihr eine schöne Stelle zeigen konnte, an der sie Bogenschießen üben konnten. Julia war damit einverstanden. Wenn sie schon nicht Fußball spielen konnte, war Bogenschießen eine gute Alternative. So gingen sie zum Zaun, Ben zeigte ihr, wo Julia letztes Mal den Hebel gefunden hatte, und sie öffneten das Loch im Zaun und kletterten hindurch. Vor ihnen war der dunkle Wald.

Ben drehte sich zu Julia um. „Na, ist das nicht schön hier?“

Julia nickte. „Gib mir den Bogen“, befahl sie.

Sie schien immer noch auf ihn sauer zu sein. Ben hoffte, dass sich das geben würde, wenn sie eine Weile tun konnte, was ihr Spaß machte. Er ließ sie schießen und holte ihr die Pfeile zurück. Dabei warf er immer wieder verstohlene Blicke auf ihren Unterarm, um zu sehen, ob ihr Regenerationsbalken schon niedrig genug war, um sie zu überreden, was Essbares zu suchen und ein Feuer zu machen. Er wollte unbedingt die schöne Situation von vorher wiederherstellen. Am Feuer hatten sie sich angenähert. Er hoffte so sehr, dass sie wieder ein Team werden würden. Aber er war nicht sicher, ob das funktionierte. Schließlich hatten sie letztes Mal vorher etwas anderes miteinander erlebt.

***

Einstein stand im Flur und grübelte. „Warum ist der Flur im Spiel kleiner als in der Wirklichkeit?“

Stefanie las das Maßband ab: „4,80 mal 2,20.“

„Ich muss das Programm checken. Wie habe ich den Flur konfiguriert, dass er zu einem Eingang in die Spielwelt werden konnte?“

Stefanie zweifelte. „Ich versteh das alles nicht. Sowas geht doch eigentlich nicht.“

Einstein seufzte. „Anscheinend doch. Und ich muss herauskriegen, wie.“

Gedankenversunken ging sie in Bens Zimmer zurück und rief die Programmierebene auf. Stefanie folgte ihr.

„Wo sind die Dateien für die Räume? Küche, Bens Zimmer, Flur. 4,80 mal 1,20.“

„1,20?“, rief Stefanie überrascht aus.

„Mist!“, sagte Einstein. „Ich habe die falschen Maße eingegeben.“

„Das heißt?“

„Weil ich die falschen Maße eingegeben habe, ist der Flur im Spiel enger. Nicht, weil er das Portal ist.“

„Und wie ist Ben ins Spiel gekommen?“

„Keine Ahnung. Wir wissen jetzt nur, dass Ben bereits im Spiel war, als er im Flur war. Wie er in die Wirklichkeit zurückkommen kann, muss ich noch rauskriegen.“

***

Endlich war es so weit. Bens und Julias Regenerationsbalken waren fast leer.

„Wird Zeit, was zu essen zu suchen“, schlug Ben vor und zeigte Julia seinen Unterarm.

Julia warf einen Blick auf ihren eigenen Arm und nickte. Sie streiften durch das Waldstück, und wie beim letzten Mal sammelte Julia zielsicher Pilze und Beeren. Ben sammelte währenddessen etwas Holz und stapelte es auf einen Haufen. Er holte die Streichhölzer aus seinem Rucksack und zündete das Holz an.

„Wozu das denn? Das kostet nur Zeit“, maulte Julia.

„Wir haben nichts anderes vor. In die Turnhalle kommst du eh nicht“, konterte Ben. Julia ging ihm langsam auf den Zeiger mit ihrer Art, immer alles schlecht zu machen, was er tat. „Also können wir die Zeit nutzen, bis Roger und Jannik kommen. Warmes Essen ist irgendwie besser.“

Julia ließ sich darauf ein. „Du tust immer so, als ob du in die Zukunft sehen könntest“, maulte sie.

„Das kann ich, weil ich das alles hier schon mal erlebt habe. Habe ich dir doch gesagt. Wenn wir hier gemütlich am Lagerfeuer sitzen, kommen Roger und Jannik und pöbeln rum. Dann treten sie das Feuer aus. Wir protestieren dagegen, sie werden immer fieser und ich habe sie dann als Dinosaurier beschimpft. Daraufhin haben sie sich in Dinosaurier verwandelt und wir sind weggelaufen. Aber sie haben uns eingeholt und dich getötet.“

„Und warum haben sie dich nicht getötet?“

„Weil das Spiel abgestürzt ist und sie eingefroren hat, bevor sie mich zertreten konnten.“

„Und das wiederholt sich jetzt alles? Dann werde ich wieder sterben?“

„Jetzt müssen wir es eben anders machen. Wir dürfen sie auf keinen Fall beschimpfen.“

„*Du* darfst sie nicht beschimpfen. Ich finde Roger klasse.“

„Ja, ich weiß“, gab Ben zu und wandte sich getroffen dem Feuer zu. Er stocherte mit einem Stock darin herum, und Funken stiegen auf.

„Und woher weiß ich, dass du mir nicht totalen Quatsch erzählst?“

„Das kannst du nicht wissen. Es ist aber auch egal, weil du ohne mich nicht von hier wegkommst.“

„Na toll.“

Sie schwiegen eine Weile. Ben begann, die Pilze auf kleine Stöckchen aufzufädeln und reichte einen davon

Julia. Sie hielten sie ins Feuer.

Plötzlich fiel Ben etwas ein. „Da hinten ist übrigens eine Schatzkiste verbuddelt.“ Er zeigte in die Richtung. „Da liegen alte Münzen drin, ein Bogen und ein kleines Messer.“

Ben holte die Münzen, die er noch aus der letzten Schatztruhe hatte, hervor und zeigte sie Julia. „Vielleicht überzeugt dich das ja, dass ich keinen Quatsch erzähle.“

„Ein Bogen?“ Julias Interesse erwachte.

„So wie meiner.“

„Wo denn?“

Ben sah sie hoffnungsvoll an. Begann sie etwa, ihm zu glauben? Er stand auf und ging zu der Stelle, an der er letztes Mal die Truhe gefunden hatte. Julia folgte ihm neugierig. Ben fand den Hebel, zog daran, das Loch tat sich auf und er griff hinein. Sie öffneten die Truhe, und tatsächlich war dasselbe darin wie beim letzten Mal. Die Münzen, die Streichhölzer, das Messer und der wunderschöne Bogen. Ben reichte ihn Julia. Sie nahm ihn ehrfürchtig entgegen.

Ben sagte: „Behalt ihn. Dann hat jeder von uns einen. Falls wir kämpfen müssen.“

Sie gingen zum Feuer zurück und begannen, ihre Pilze am Spieß zu essen. Julia warf immer wieder einen Blick zu ihrem Bogen. Dann sah sie plötzlich Ben an.

„Und warum bist du dann nicht weiter gegangen? Nachdem alles abgestürzt war außer dir.“

Ben schwieg eine Weile. „Ich hätte ins nächste

Level wechseln können. Aber ich wollte nicht ohne dich", gab er zu.

„Wieso das denn?"

„Wir hatten uns angefreundet und ich wollte nicht allein sein. Es war schön mit dir."

Ben schielte zu ihr rüber und bemerkte, dass sie skeptisch eine Augenbraue hob. Er wusste nicht, wie sie aufnahm, was er gesagt hatte und traute sich auch nicht, nachzufragen. Also schwiegen beide und blickten ins Feuer. Plötzlich hörten sie Äste knacken. Bens Nackenhaare richteten sich auf und er drehte sich um. Roger und Jannik standen vor ihnen. Diesmal sprang Julia nicht erfreut auf, um sie zu begrüßen, sondern sah sie abwartend an.

„Seit wann hängst du denn mit der Flachpfeife ab?", fragte Roger Julia.

„Ich komm hier nicht weg", antwortete Julia wahrheitsgemäß.

„Was soll das denn heißen?" Er nahm Ben den Spieß aus der Hand und biss einen Pilz ab.

„Hey!", protestierte Ben. Doch Roger scherte sich nicht darum.

„Es gibt keinen Weg zur Turnhalle", erklärte ihm Julia, „und in die Schule bin ich auch nicht reingekommen. Ben meint, ich gehör nicht in dieses Level, also kann ich hier auch nicht normal mitspielen."

„Ist sie durchgeknallt? Wovon redet die?", mischte sich Jannik ein.

„Dickie heißt Ben?", höhnte Roger. „Sag doch einfach Dickie zu ihm, ist einfacher." Er blickte Ben von oben bis unten an. „Und passender." Damit warf er den Spieß ins Feuer. Ben sprang auf.

„Hey, lass das, du …"

Er konnte sich gerade noch so unterbrechen, bevor er begann, Roger zu beschimpfen. Nur nichts Falsches sagen.

„Was, ich? Häh? Was willst du, kleines Hängebauchschwein."

Julia, die eben noch Roger angehimmelt hatte, verzog nun die Augenbrauen. Anscheinend fand sie ihn doch etwas zu fies. „Lass ihn in Ruhe."

Roger grinste Julia spöttisch an. „Warum? Ist doch lustig. Hängebauchwarzenschwein. Fettarschgesicht. Schwabbelbirnengelee."

In Ben brodelte es. Mit jedem Schimpfwort, das Roger sich für ihn ausdachte, kochte die Wut mehr in ihm hoch und er musste sich wahnsinnig darauf konzentrieren, nicht herauszuplatzen. Sag nichts, dachte er sich, hör einfach nicht hin. Doch Roger machte immer weiter. „Du Miniaturriesenrhinozeros, du dummes Strohhirn."

„Und du", platze es aus Ben jetzt heraus, „bist nur ein armseliges kleines Würstchen!"

Jannik lachte lauthals über die hilflose Beschimpfung. Doch Roger ging bedrohlich auf Ben zu, nahm ihn am Kragen und schob ihn immer weiter in Richtung Lagerfeuer. „Was hast du gerade zu mir gesagt?"

Ben wurde bleich. Es funktionierte nicht. Gleich würde Roger ihn ins Feuer stoßen. Plötzlich ließ die

Hand los, Rogers Umrisse verzerrten sich zu Schemen, er krümmte sich und schrumpfte und schrumpfte. Bis vor Ben am Boden nur ein kleines Wiener Würstchen lag. Janniks Lachen erstarb, er starrte das Würstchen fassungslos an. Ben riss die Augen auf, konnte es kaum glauben. Sein Blick fiel auf Jannik, der ihn anstarrte und auf ihn losgehen wollte. Ben musste sich beeilen, ihn auch zu beschimpfen, doch ihm fiel überhaupt nichts ein. Plötzlich hörte er Julias Stimme, die laut sagte: „Und du bist ein kleiner Kackhaufen, Jannik."

Jannik starrte Julia an, die ihn grimmig anblickte. „Was fällt dir ein, du …" Mit erhobener Hand ging er auf sie zu, doch dann sackte er plötzlich zusammen. Er fiel zu Boden, schrumpfte und schrumpfte, bis nur noch ein kleiner Kackhaufen von ihm übrigblieb.

Ben und Julia starrten sich ungläubig an. Julia begann zu kichern und Ben fiel mit ein. Sie gluckten und prusteten. Die ganze Anspannung entlud sich in einem lauten Gelächter.

Ben fing sich als erster. „Komm, lass uns abhauen. Wer weiß, wie lange das anhält." Er hielt ihr die Hand hin, sie schlug ein und gemeinsam rannten sie zum Schulhof davon.

Das Spiegelbild

Kichernd vor Aufregung kamen sie im Aufzug an. Langsam erholten sie sich wieder. Julia grinste zu Ben rüber. „Hast du Rogers Gesicht gesehen? Der hat vielleicht belämmert geguckt."

„Sein Gesicht? Meinst du das rechte oder das linke Wurstende?"

Ben prustete wieder los, lehnte sich dann glücklich und erleichtert gegen die Wand. Sein Blick fiel zum Display und er las: *Gut gemacht!*

Ben grinste Julia an. „Einstein ist da. Anscheinend war das die Lösung des Levels."

Ben strahlte und drückte die 5. Die Türen schlossen sich und der Fahrstuhl fuhr ruckelnd an.

Julia war verwirrt. „Einstein?"

„Sie ist auf der anderen Seite, im wirklichen Leben. Sie hilft uns durchs Spiel, damit ich gewinne."

Im 6. Level, erschien auf dem Display.

„Was ist im 6. Level?"

triffst du mich

Ben strahlte. „Endlich! Dann kannst du mir richtig helfen und dann komm ich raus, ja?"

Das Display schwieg eine Weile, dann ein ernüchterndes: *Vielleicht*

Ben schluckte seine Enttäuschung runter. „Wenigstens können wir dann miteinander reden. Was ist denn die Aufgabe bei diesem Level?“

motivier den Jungen

„Welchen Jungen?“

geh los

„Sollen wir irgendeinen Jungen suchen?“

Ja

Ben sah zu Julia. „Also gut. Suchen wir einen Jungen.“

Viel Glück!

Julia fragte: „Wie? Hier weißt du nicht vorher, wo wir was finden?“

„In diesem Level war ich bisher nur in der Drachenhöhle.“

Julias Augen begannen zu leuchten. „Es gibt einen Drachen?“

Ben schluckte. „Es gibt einen Raum mit einem Monster, das viel zu stark ist, um es besiegen zu können. Von dem habe ich mich töten lassen und dann konnte ich wieder von vorne angefangen.“

Julia sah ihn mit großen Augen an. „Das will ich auch!“.

„Du willst dich töten lassen?“, fragte Ben fassungslos.

„Ich will wissen, wie das ist.“

„Es ist nichts Besonderes. Man merkt gar nichts. Man landet einfach im 1. Level und muss wieder von vorne anfangen.“

„Das ist doch lustig."

„Eher nervig. Außerdem klappt das nur bei mir. Du würdest tot bleiben."

„Das weißt du doch gar nicht."

„Doch. Du wurdest von dem Dinosaurier Roger getötet und bist tot geblieben."

„Ich kann mich nicht daran erinnern."

„Und du wirst dich wieder nicht daran erinnern können. Du hast dich kein einziges Mal erinnert, was alles passiert war. Für dich ist es wie neu. Ich habe dich schon dreimal vom Fußballfeld weggelockt, damit du mit mir mitkommst."

„Echt?"

„Lass uns losgehen."

Ben ging raus und Julia folgte.

„Zeig mir zuerst den Raum mit dem Drachen."

„Nein!"

Julia blieb stehen. „Sonst komme ich nicht mit."

Ben sah sie unschlüssig an. „Wir haben keine Zeit dafür."

„Vielleicht ist der Junge in der Drachenhöhle."

„Das glaube ich kaum."

„Wir sollten nachsehen."

„Nicht bevor wir alle anderen Räume durchsucht haben."

Entschlossen ging Ben vor. Julia folgte ihm widerstrebend. Sie gingen den Flur entlang. Ben sah mit Unbehagen zu dem Baustellenschild, das vor der Tür zur Drachenhöhle stand. Eilig wollte er daran vorbeigehen, doch Julia blieb stehen.

„Warum ist hier so ein Schild?“

„Lass uns weitergehen.“

„Warum fangen wir nicht hier mit der Suche nach dem Jungen an?“

Schon hatte sie den Türgriff in der Hand.

„Nein!“

Ben konnte sie nicht abhalten. Julia hatte die Tür bereits geöffnet und sah gebannt in die Höhle. „Wow! Ist das cool!“

Ben knallte die Tür wieder zu. „Bist du wahnsinnig? Das ist die Drachenhöhle.“

„Echt? Das will ich sehen.“

Ben stemmte sich mit dem Rücken gegen die Tür. „Auf keinen Fall! Wir müssen dieses Level gewinnen und dafür müssen wir den Jungen finden.“

„Ich würde so gerne einen echten Drachen sehen.“

„Nein, wir gehen den Jungen suchen.“

Julia gab sich geschlagen. „Na gut.“

Ben ging von der Tür weg und weiter den Flur hinunter. Julia flitzte blitzschnell in die Drachenhöhle.

„Julia! Komm zurück!“

So ein Mist! Ben konnte sie nicht mit dem Drachen allein lassen. Er zog seinen Bogen aus dem Rucksack und eilte Julia hinterher.

Diesmal achtete er darauf, die Tür einen Spalt offen zu lassen. Seine Augen konnten sich nur langsam an die Dunkelheit gewöhnen, die ihn umgab.

„Julia?“, flüsterte er leise.

Er sah sich um. Felsige Wände, von denen Wasser

tropfte. Ein paar Stalaktiten und Stalagmiten. Eine Tropfsteinhöhle? Das war ihm beim letzten Mal gar nicht aufgefallen. Oder war es da noch eine einfache Höhle gewesen? Fasziniert von den Gebilden am Boden und der Decke ging Ben langsam weiter. Plötzlich hörte er ein Knacken, gefolgt von einem Fluch. „Mist, verdammter!"

Ben erschrak.

Julia war gegen einen dünnen Stalaktiten gerannt und hatte ihn abgebrochen.

Ben eilte zu ihr. „Komm wieder raus hier. Bevor der Drache uns findet."

„Lass uns noch ein bisschen umsehen."

„Auf keinen Fall!" Ben griff Julias Arm und zerrte sie mit sich. „Wir verschwinden hier."

Im gleichen Moment huschte ein Schatten hinaus und die Tür fiel ins Schloss. Ben erstarrte.

„Was war das?"

„Der Drache?", hoffte Julia.

„Kann nicht sein. Der Drache war riesig."

Ben ging mit zitternden Knien langsam zur Tür. Wenn sie wieder keine Klinke hatte, was dann? Er hob die Hand, doch Julia eilte an ihm vorbei und stieß mit einem energischen Stoß die Tür auf. Sie schwang mit einem leichten Knarzen auf. Ben atmete erleichtert auf. Julia spähte hinaus und schüttelte den Kopf: „Nichts."

Jetzt wagte auch Ben, den Kopf hinauszustecken. Der Flur war leer.

„Der muss hier irgendwo sein. Los, wir suchen ihn",

sagte Julia.

Ben sah sich unbehaglich um. „Nein. Wir müssen den Jungen finden."

Julia fiel eine Tür ins Auge, die eben noch verschlossen war. Nun war sie nur angelehnt. „Da!" Sie schlich leise zu dem Raum. Ben zögerte. Julia holte ihr Messer heraus, stieß die Tür auf und sprang mit einem Schlachtruf in den Raum. Ben erschrak, eilte ihr aber schnell hinterher. Doch im Raum saß nur ein kleiner dicker Junge an einem Computer, der von ihrer Anwesenheit keine Notiz nahm.

„Das ist der Junge, den wir suchen sollten!" Ben war sicher, dass sie die Aufgabe gefunden hatten. Doch was war hier zu tun? Er sah sich um. Neben dem Jungen türmten sich leere Pizzakartons und Chipstüten. Vorne auf dem Schreibtisch lag ein Stapel Papiere. An einer Wand hing ein Basketballkorb, an der gegenüberliegenden waren Klettergriffe angebracht. Daneben eine Zielscheibe. Außerdem lagen Hanteln herum und ein paar Gesellschaftsspiele. Hier konnte man sich mehrere Tage beschäftigen, ohne sich zu langweilen.

„Okay, hier ist der Drache nicht. Also müssen wir weitersuchen."

„Aber der Junge ist doch hier."

„Der tut ja nichts. Ich will den Drachen finden", beschwerte sich Julia.

„Was ist mit unserer Aufgabe? Einstein hat gesagt, wir sollen den Jungen motivieren."

„Du sollst das. Ich kann machen, was ich will."

Damit verließ sie den Raum. Ben wollte ihr am liebsten nachgehen, doch er wusste, er hatte etwas zu erledigen. Er musste dieses Level gewinnen, damit er im nächsten Einstein traf und endlich einen Weg aus dem Computerspiel finden konnte.

Ben blickte zum Jungen. Der sah nicht so aus, als hätte er Bock darauf, etwas zu unternehmen. Er schien nur am Computer spielen und essen zu wollen. Was für eine bescheuerte Aufgabe. Ben seufzte und ging zu dem Jungen. „Hallo."

Der Junge sah nicht hoch und antwortete nur kurz. „Hi."

„Ich bin Ben", stellte Ben sich höflich vor. Doch der Junge antwortete nicht, er war zu sehr ins Spiel vertieft.

Ben ging um den Schreibtisch herum und warf einen Blick auf den Bildschirm. Dort lief ein Multi-Player-Rollenspiel. Ben starrte fasziniert hin. „Ist das ‚Dungeons und Dragons'?"

Keine Reaktion.

„War Craft?"

Keine Reaktion. Ben verfolgte das Spielgeschehen.

„Vorsicht! Da hinten kommt einer!"

Der Junge reagierte, doch zu langsam. Ben griff ungeduldig zum Joystick.

„Lass mich mal!"

Erschrocken über sich selbst ließ er den Joystick wieder fallen. „Nein, Quatsch! Hör auf zu spielen."

Der Junge nahm sich den Joystick zurück und spielte ungerührt weiter. Ben seufzte. Wie sollte er diese Aufgabe lösen? Er sah sich hilfesuchend um. Sein Blick fiel auf einen Haufen Papiere vorn auf dem Schreibtisch. Er blätterte sie durch. „Das sind doch Hausaufgaben.“ Er sah zum Jungen, der ihn nicht wahrzunehmen schien. „Hier, die müssen erledigt werden.“

„Kann ich nicht.“

„Soll ich dir dabei helfen?“

Der Junge sah ihn kurz an, schüttelte heftig den Kopf und widmete sich wieder seinem Spiel. Ben sah sich die Aufgaben genauer an. Es waren Mathe-Aufgaben der 5. Klasse. Kinderleicht. Er nahm die Papiere an sich, einen Stift dazu, und setzte sich mit den Aufgaben in eine Ecke. In wenigen Minuten hatte er alle gelöst. Er ging wieder zum Jungen.

„So, alles Lästige ist erledigt. Jetzt haben wir Zeit für was Nettes. Sollen wir was spielen?“

Der Junge sah ihn verwirrt an. „Ich spiel doch schon.“

„Ja, aber ich meine, zusammen.“ Ben deutete auf den Stapel Gesellschaftsspiele.

„Keinen Bock.“

Ben seufzte und versuchte es erneut. „Willst du mal versuchen, mit dem Bogen zu schießen? Das macht total Spaß.“

Der Junge schüttelte nur den Kopf, ohne aufzusehen.

„Los, wir machen Schnick, Schnack, Schnuck. Wer gewinnt, darf bestimmen, was wir machen.“

„Nö.“

Ben wurde ärgerlich. Er ging um den Schreibtisch herum und sah in den Computer, wo der Junge gerade in einen Kampf mit einem Alien verstrickt war. Ben nahm ihm den Joystick weg und klickte auf „Pause“.

„So, jetzt redest du erst mal mit mir.“

Der Junge sah gelangweilt zu Ben auf und nahm einen großen Schluck Cola.

„Steh auf. Wir unternehmen was zusammen.“

Der Junge sah ihn noch einen Moment unschlüssig an, dann griff er zum Joystick und beendete die Pause. Man hörte wieder die Ballergeräusche des Maschinengewehrfeuers.

Julia kam herein, den Arm voller Süßigkeiten. „Kein Drache weit und breit. Aber nebenan gibt's einen kostenlosen Kiosk mit unendlich vielen Süßigkeiten.“ Sie stopfte sich ein Bonbon in den Mund und ließ den Rest der Sachen auf den Tisch fallen.

Ben warf einen Blick auf die sehr lecker aussehenden Sachen und griff sich eine Praline, die er dem Jungen vor die Nase hielt. „Wenn du die haben willst, musst du nur vorher deine Hausaufgaben machen.“

Der Junge zog unbeeindruckt die Schreibtischschublade auf und holte eine Handvoll Gummibären heraus, die er sich in den Mund stopfte. „Kein Interesse“, sagte er mit vollem Mund.

Ben blickte sich hilfesuchend nach Julia um: „Hast du nicht ne Idee?“

Julia hing inzwischen an der Kletterwand knapp unter der Decke an winzigen Griffen. Ben konnte sich nicht erklären, wie sie es schaffte, sich dort festzuhalten, aber es wunderte ihn auch nicht. Er traute ihr einfach alles zu, was mit Sport zu tun hatte.

Resigniert setzte er sich auf den Boden und sah zum Jungen. Der holte noch mehr Süßigkeiten aus der Schublade. Mit einer Hand griff er den Joystick und mit der anderen schaufelte er Süßes in sich hinein, während er weiterspielte. Ben wurde sauer. Der Junge ging ihm unheimlich auf die Nerven. Nichts wollte er tun, außer essen und spielen, spielen und essen. Ben beobachtete ihn eine Weile, wie er dasaß, fast regungslos, nur die Augen weit aufgerissen, um ja nichts auf dem Bildschirm zu verpassen. Nur der Mund bewegte sich gleichmäßig. Er ging auf, Bonbons wurden reingeschoben, dann schnappte er wieder zu, kaute, schluckte. Dann wieder: auf, zu, kauen, schlucken. Auf, zu. Und so weiter. Mit einem Mal wurde es Ben klar: Der Junge war er selbst. Genau so musste er für andere aussehen, wenn er an seinen Computerspielen saß. Wie eine kleine, fette Made, die die Augen weit aufgerissen hatte und den Mund in regelmäßigen Abständen zum Essen aufsperrte. Und zu nichts anderem zu bewegen war, als ständig vor diesem Computer zu hocken. Ben starrte den Jungen erschrocken an. Das machte er den ganzen Tag, Woche für Woche, Monat für Monat. Nichts anderes als spielen und essen. Und rumsitzen. Jetzt verstand er, wie die anderen ihn sahen. Und er fand es furchtbar. Einfach unerträglich. Er hatte sofort den Impuls, sich etwas zu Essen zu holen und sich an den Computer zu setzen, um zu spielen und zu essen und sich nicht mehr so fühlen zu müssen, wie er sich gerade fühlte. Wie ein unnützes, lästiges Etwas, das nichts konnte und nichts wollte. In seiner Kehle stieg ein Würgen hoch, das nicht rauskam. Ihm wurde schlecht, seine Wangen brannten vor Scham. Er konnte es kaum aushalten und war doch unfähig, sich wegzubewegen, um nicht mehr seinem Spiegelbild gegenübersitzen und ansehen zu müssen, wie traurig er selbst aussah. Tränen stiegen auf, die nicht herauskamen, sein Mund wurde trocken, ein Keuchen kam aus seiner Kehle. Er vergrub seinen Kopf in den Händen.

Er wusste nicht, wie lange er so gesessen hatte, als eine Stimme an sein Ohr drang.

„Sollen wir noch mal gucken, ob wir den Drachen finden?“

Ben sah auf. Julia stand über ihm und sah ihn auffordernd an.

„Vielleicht ist er wieder in der Höhle. Wir könnten noch mal nach Geheimgängen suchen oder so.“

„Äh …“ Ben putzte sich die Nase ab und stand auf. Es war ihm peinlich, dass Julia ihn so gesehen hatte. Oder vielmehr zu wissen, wie sie ihn eigentlich sah. Als Loser, der nur am Computer saß und aß.

„Ja, könnten wir“, stotterte er. Doch dann fiel ihm die Aufgabe wieder ein. Und dass sie weiterkommen mussten, das Level beenden mussten und dass er zurück nach Hause musste. Musste? Seltsamerweise kam es ihm grad wie ein Müssen vor. Denn dort sahen ihn tatsächlich alle so wie diesen Jungen. Als einen kleinen, dicken Versager. Nur hier war er irgendwie anders. Manchmal.

„Wir müssen erst versuchen, diesen Jungen vom Computer wegzukriegen. Wir müssen weiter. Ins nächste Level“, sagte er mechanisch.

Julia zuckte gleichgültig die Achseln. „Mir gefällt‘s hier. Hier ist mehr los als in den anderen Stockwerken.“

„Echt? Mir nicht! Lass uns so schnell wie möglich weg von hier.“ Ben drehte sich schnell weg von dem Jungen, um ihn nicht mehr ansehen zu müssen.

„Na gut. Dann erledige die Aufgabe.“

Ben sah hilfesuchend zu Julia. „Hast du eine Idee, wie wir ihn motivieren können?“

Julia schnaubte genervt aus. „Den vom Computer loseisen? Keine Ahnung. Wenn du es nicht weiß, weiß ich es auch nicht.“

Ben sah sie getroffen an. „Ich? Meinst du, weil ich so bin wie er?“

„Hä? Du sitzt doch nicht am Computer und spielst.“

Ben sah sie überrascht an. Tatsächlich. Er war jetzt nicht mehr so wie dieser kleine Junge. Er war jetzt *im* Computer, statt davor zu sitzen. Aber das war ja eher ein Unfall gewesen. Oder hatte ihn irgendwas motiviert? Natürlich Einstein mit ihren Aufgaben, die er nach und nach gelöst hatte. Damit hatte er eigentlich Schritt für Schritt gelernt, sich um andere Dinge zu kümmern. Und dann natürlich Julia. Weil er mehr Lust darauf hatte, mit Julia etwas zu unternehmen, als vorm Computer zu hocken. Er sah sie an, dann wusste er die

Lösung. „*Du* musst dem Jungen was vorschlagen."

Julia sah ihn verständnislos an.

„Wenn *du* ihn fragst, ob er mit dir was unternimmt, wird er Ja sagen."

Julia zog die Augenbrauen hoch. „Wenn du meinst."

Locker ging sie zu dem Jungen und sprach ihn an. „Na, kommst du mit an die Kletterwand?"

Der Junge sah erschrocken auf, wurde rot und zögerte. Dann nickte er. Julia ging zur Wand. Der Junge stand unsicher auf und trottete langsam hinterher.

Klettern?" dachte Ben. *Ausgerechnet*. Er schnaubte empört. „Das kann der doch nie."

Julia war schon zwei Meter hochgeklettert, als der Junge an der Wand ankam. Er blickte mit immer noch hochrotem Gesicht dümmlich grinsend zu ihr hoch und fasste vorsichtig einen Klettergriff an. Julia sah zu ihm runter.

„Na los, komm."

Doch der Junge machte nicht die geringsten Anstalten, die Wand hochzusteigen. Ihm war wohl von vorneherein klar, dass es ihm nicht möglich war, seinen schweren Körper die Wand hochzuwuchten. Er grinste nur weiterhin und schien ziemlich glücklich darüber zu sein, dass Julia überhaupt mit ihm redete. Ben wurde übel. Sah er auch so aus, wenn er mit Julia sprach?

Julia sprang von der Wand. „Na, klettern ist wohl nicht so dein Ding."

Der Junge schüttelte verlegen den Kopf, und Julia

lachte ihn an. Ben versetzte es einen Stich.

„Bogenschießen?“, fragte sie.

„Noch nie versucht.“

Julia drückte dem Jungen den Bogen in die Hand und stellte sich hinter ihn, um ihm zu zeigen, wie man den Pfeil anlegt und spannt. Ben verkrampfte innerlich. So nett war sie zu ihm nie.

„Wir wollten doch den Drachen suchen“, brach es aus ihm heraus.

Julia sprach mit ihm, ohne ihre Lehrstunde zu unterbrechen. „Nachher.“

Sie half dem Jungen, den Bogen in die richtige Position zu bringen, spannte und schoss ab. Sie trafen ins Schwarze der Zielscheibe.

„Versuch es jetzt mal allein.“

Der Junge versuchte, die Position von eben einzunehmen.

Ben kam sich überflüssig vor. Er zögerte, die beiden noch einmal zu unterbrechen. Dann fiel es ihm auf. Der Junge saß nicht mehr am Computer. Er unternahm etwas mit jemandem. Mit Julia. Das müsste doch eigentlich heißen, dass die Aufgabe gelöst war. Aber wenn Julia jetzt mit Ben zusammen zum Aufzug ging, würde der Junge sich wieder hinsetzen und so weitermachen wie vorher. Das hieß … Ben schluckte. Er musste Julia zurücklassen und allein weiter gehen. Er betrachtete die beiden beim Bogenschießen. Der Junge hatte Spaß daran. Er schoss noch neben die Scheibe, doch seine Pfeile kamen immer näher ans Ziel. Jetzt schlug Julia ein Wettschießen vor und die beiden ereiferten sich immer mehr.

Ben zögerte. Er wusste, was er zu tun hatte, aber er wollte es nicht tun. War er dafür gestorben und hatte alle Level wieder und wieder durchgespielt? Dafür, dass er jetzt Julia zurücklassen musste und sie wieder verlieren sollte? Was für ein grausames Spiel war das hier? Aber ohne Julia hätte er dieses Level nicht bestanden. Also musste es so sein. Er musste weiter. Allein. Ihm graute davor. Die Einsamkeit ohne Julia. Und gerade jetzt, wo es ihm wieder gelungen war, sich mit ihr anzufreunden. Das alles musste er aufgeben. Er warf einen letzten Blick zu den beiden, dann drehte er sich um und ging hinaus. Der Weg zum Fahrstuhl war viel zu kurz. Er ging hinein und hatte noch die letzte Hoffnung, dass das nicht die Lösung des Levels war. Dass der Knopf nicht funktionieren würde und er mit Julia zusammenbleiben konnte. Sein Finger wollte den Knopf für die nächste Etage nicht drücken. Ben musste sich dazu zwingen. Schließlich überwand er sich, drückte und hatte noch eine Zehntelsekunde lang Hoffnung. Doch es machte „Pling!“ und die Fahrstuhltüren fuhren aufeinander zu. Ben bekam einen Kloß im Hals, der bis in seinen Magen runtersackte und dort einen unauflöslichen Klumpen erzeugte. Als die Türen nur noch einen winzigen Spalt geöffnet waren, klemmte sich ein Turnschuh dazwischen. Julia drückte mit aller Kraft die Türen wieder auf und zwängte sich durch den schmalen Schlitz hinein. Die Türen knallten hinter ihr zusammen. Der Fahrstuhl ruckelte leicht und setzte sich in Bewegung. Ben starrte Julia mit offenem

Mund an. Sie sah ihn vorwurfsvoll an. „Du spinnst wohl, ohne mich weiterzufahren.“

Das Portal

Ben strahlte übers ganze Gesicht. Julia war an seiner Seite. Sie war gekommen, weil sie weiterhin Abenteuer mit ihm bestehen wollte. Bens Herz hüpfte vor Freude.

Julia grinste ihn an. „Was kommt als Nächstes?“

„Das sechste Level. Dort treffen wir Einstein.“

„Wieso das denn?“, maulte Julia wenig begeistert.

„Sie muss uns sagen, wie es weitergeht.“

„Klar, Madam Oberschlau weiß das natürlich“, lästerte Julia.

Ben stupste Julia an.

„Los, lass mal nachsehen, was uns hier noch so alles erwartet. Vielleicht ein paar Monster“, frotzelte er.

Julia griff nach ihrem Bogen. „Hoffentlich.“

Ben und Julia betraten wieder einmal einen Schulflur, von dem mehrere Türen abgingen. Beide sahen sich um. Ben öffnete die erstbeste Tür – und sah Einstein an einem Tisch stehen, auf dem zahlreiche Chemikalien standen. Er jubelte und eilte zu ihr. Einstein sah ihn streng an, als er sich ihr an den Hals warf und sie an sich drückte.

„Einstein, endlich!“

Ihre Miene versteinerte. Ben ließ sie verunsichert los.

„Freust du dich nicht?"

Einstein ging wieder zu den Reagenzgläsern und Ben schluckte schwer. Was hatte das zu bedeuten?

„Natürlich freue ich mich! Kümmere dich nicht darum, wie ich aussehe und was ich tue. Ich bin es ja nicht wirklich. Ich nutze die Stimme, um mit dir zu reden. Das hier ist nur die Figur aus dem Spiel. Ich bin in deinem Zimmer bei dir zuhause."

„Ach ja." Vor Erleichterung, endlich mit Einstein reden zu können, sprudelten die Worte nur so aus ihm hervor.

„Weißt du inzwischen, wie ich hier rauskomme? Was muss ich tun? Wieso ist Stefanie bei dir? Hilft sie uns? Wie hast du das hingekriegt?"

Während Einstein unbeeindruckt ihre Experimente durchführte und verschiedene Flüssigkeiten zusammenschüttete, lachte sie fröhlich.

„Das sind ja viele Fragen auf einmal."

„Ich konnte die ganze Zeit nicht mit dir reden. Immer nur die kurzen Sätze aus dem Display. Jetzt erzähl schon."

„Ja, Stefanie hilft uns. Natürlich habe ich erstmal versucht, alles vor ihr geheim zu halten, aber sie hat gemerkt, dass was faul ist. Ich habe ihr alles erzählt, und als sie dich auf dem Bildschirm gesehen hat, hat sie mir auch geglaubt."

Ben strahlte glücklich. Es tat gut, zu wissen, dass auf der anderen Seite jemand war, der sich um ihn sorgte und sich darum kümmerte, ihn wieder zurückzuholen.

„Ich soll dich von ihr grüßen und ausrichten, dass du dich nie wieder von einem Drachen töten lassen sollst."

Ben lachte erleichtert. „Das habe ich nicht nochmal vor. Keine Angst."

„Du musst jetzt ganz genau erzählen, wie du ins Spiel reingekommen bist. Ist dir irgendetwas merkwürdig vorgekommen?"

„Na ja, so ziemlich alles."

„Dann erzähl alles. Lass nichts aus. Es muss eine Art Portal geben. Wir müssen herausfinden, wo es ist und wie es funktioniert."

„Wo soll ich anfangen?"

„Am besten ganz vorne."

Ben dachte nach. Er versuchte, sich ganz genau zu erinnern, und versetzte sich in die Situation zurück, als er am Schreibtisch saß. Er berichtete, wie er am Computer saß und das Spiel ausprobierte. Seine Spielfigur kam im Schloss an, traf seine Spiel-Eltern und bekam seine erste Aufgabe. Er ließ die Spielfigur in sein Zimmer gehen und versuchte, die Fragen für die erste Aufgabe zu beantworten. Dann war er runtergegangen.

„Hast du die Fragen denn beantwortet?"

„Äh …" Ben kam aus dem Konzept. Dann erinnerte er sich plötzlich. „Nein! Meine Mutter hatte nach mir gerufen. Und deswegen bin ich in die Küche gegangen."

„Welche Mutter?"

„Na die echte. Nein! Die Spiel-Mutter auch. Alle beide hatten nach mir gerufen!"

Einsteins Stimme wurde ganz aufgeregt. „Beide gleichzeitig?"

„Ja, ihre Stimme kam von überall!"

„Was ist dann passiert?"

„Ich habe mich am Türrahmen festgehalten."

„Wieso?"

Ben erinnerte sich. „Mir war schwindlig, deswegen musste ich mich kurz festhalten. Dann bin ich in den Flur gegangen. Und der kam mir enger vor als sonst."

„In dem Moment warst du im Spiel. Wir haben aus Versehen die falschen Maße eingegeben. Der Flur ist im Spiel enger als in der Wirklichkeit."

„Dann traf ich auf meine Spiel-Eltern und hab gemerkt, dass sie nicht echt sind."

„Die Gleichzeitigkeit war das Portal, durch das du ins Spiel gelangen konntest."

Ben war verwirrt. „Wirklich?"

Einstein sah ihn genauso gelangweilt an wie zuvor, doch ihre Stimme quiekte vor Aufregung. „Bei der Gleichzeitigkeit liegen plötzlich beide Dimensionen direkt aneinander. Dadurch war es möglich, zu wechseln! Vielleicht ist es egal, wo du dich befindest. Wir brauchen nur eine Situation, die gleichzeitig in der Wirklichkeit und im Spiel passiert."

Ben starrte sie immer noch verwirrt an. „Und wie soll das gehen? Meine Mutter kann nicht nach mir rufen. Meine Eltern sind nicht da."

„Jemand anderes wird es übernehmen.“

„Wer denn?“

„Stefanie.“

Bens Gehirnzellen versuchten, die Informationen in die richtige Reihenfolge zu bringen. „Das heißt, ich komme raus aus dem Spiel?“

Einsteins Stimme in ihrem ausdrucklosen Gesicht klang nach Gewissheit. „Natürlich kommst du raus. Ich hol dich hier raus. Jetzt weiß ich, wie es geht!“

„Juhu!“

Ben scherte es nicht, dass die Einstein-Figur nur virtuell war. Er drehte sie zu sich herum und drückte sie fest.

„Du gehst weg?“ Julia hatte die ganze Zeit dabeigestanden und zugehört. Ben sah sie an. Erst jetzt wurde ihm klar, dass er sie zurücklassen musste. Betroffen stammelte er: „Na ja, ich muss ja. Das ist mein Leben.“

„Und was wird aus mir?“

Julia sah traurig aus. Ben konnte es kaum ertragen, sie so traurig zu sehen.

Doch Einstein kümmerte das nicht. „Du landest wieder im 2. Stock und spielst Fußball. Für immer. So wie du es am besten kannst.“

Julia sah Einstein und Ben schockiert an. „Wirklich?“

Ben wurde verlegen. „Würde dir das nicht gefallen? Fußball macht dir doch Spaß.“

„Klar, aber doch nicht für immer. Es war toll, mal was anderes zu machen - Abenteuer zu erleben. Ohne dich ist es langweilig.“

Einstein schnaubte. „Computerfiguren langweilen sich nicht. Sie haben keine Gefühle.“

Julia sah Einstein empört an, dann drehte sie sich um und eilte hinaus. Ben sah ihr betroffen nach. „Vielleicht ja doch.“

„Ich habe das Programm so geschrieben, dass es sich selbst verbessern kann. Aber keine Spielfigur kann Gefühle entwickeln. Sie reagieren nach vorgegebenen Handlungsstrukturen. Vielleicht hat Julia durch den Zufallsgenerator ein paar mehr Möglichkeiten entwickelt.“

Ben war sich trotzdem sicher, dass Julia enttäuscht ausgesehen hatte.

„Ich muss jetzt loslegen“, riss Einstein ihn aus seinen Gedanken. „Ich rede mit Stefanie. Dann muss ich ihre Figur ins Spiel programmieren, damit sie dich von hier und von der Wirklichkeit aus rufen kann. Bis später.“

„Halt, warte! Was soll ich tun?“

„Löse das Level. Wir können immer einen Plan B gebrauchen.“

„Das heißt, du weißt nicht, ob dein Plan wirklich funktioniert?“

„In diesem Spiel kann man das nie wissen. Ich muss mich jetzt an die Arbeit machen. Halte dich bereit.“

„Ja! Warte! Was muss ich tun, um das Level zu lösen?“

„Frag Einstein. Tschüs, bis später.“

Ben sah die Einstein-Figur an, wusste nicht, ob er

sie ansprechen sollte. „Hey, Einstein. Was muss ich hier machen?“

Sie drehte sich zu ihm um und sagte in strengem Tonfall: „Du musst die Versuchsreihe durchführen.“

Ben schluckte, irgendwie war diese Einstein nicht so nett wie die echte. „Äh, und wie geht das?“

Einstein knallte ihm einen Zettel hin, auf dem der Versuchsaufbau beschrieben war. Ben sah beunruhigt darauf. Es ging um Zutaten, Mengenangaben und Mischungsverhältnisse. Er versuchte zu verstehen, was er las, doch seine Gedanken schweiften immer wieder zu Julia ab. Hatte sie Gefühle bekommen? War sie menschlicher geworden? Irgendwie schien es ihm so, als wäre sie am Anfang anders gewesen. Eindimensionaler. Und inzwischen war sie richtig nett.

„Würdest du endlich mal anfangen?“ Einstein kam zu ihm und klopfte streng auf den Zettel. Ben erschrak. Er riss sich zusammen und verscheuchte seine Gedanken. Er besah sich den Versuchsaufbau, schnüffelte an einem Reagenzglas und schüttelte den Kopf. Natürlich, er konnte nichts riechen. Welche chemische Substanz hatte eine bläuliche Farbe? Seine Gedanken kreisten um vergangene Chemiestunden, doch er wusste die Antwort nicht mehr. Ben seufzte und sah sich die Reagenzgläser genauer an. Eine der Flüssigkeiten war grün. Er sah auf den Zettel mit Notizen. Schien gar nicht so schwer zu sein. Er machte den Bunsenbrenner an und begann, die erste Flüssigkeit zu erwärmen.

***

Einstein stand bei Stefanie und erklärte ihr, was sie vorhatte. Sie wollte dieselbe Situation schaffen wie die, bei der Ben ins Spiel geraten war. Sie würde eine Brücke bauen. Einstein würde Stefanie als Spielfigur ins Spiel einprogrammieren, damit sie an Stelle seiner Mutter nach Ben rufen konnte. Gleichzeitig sollte Stefanie in der Realität nach Ben rufen. In dem Moment, hoffte Einstein, könnte Ben das Spiel verlassen.

Also machten sich beide daran, alles vorzubereiten. Einstein machte Fotos von Stefanie in verschiedenen Posen und von allen Seiten. Die speiste sie in den Computer ein, der daraus ihre Spielfigur generierte.

***

Statt auf die Flüssigkeit zu achten, dachte Ben über Julia nach. Konnte es sein, dass sie Gefühle entwickelt hatte? Wurde sie mit der Zeit menschlicher? Wurde sie von einer virtuellen Figur zu einem lebendigen Menschen? Würde sie darunter leiden, wenn er aus dem Spiel verschwand? Bisher hatte er immer nur an seine Gefühle gedacht. Dass er sie nicht verlieren wollte. Er war nie auf die Idee gekommen, dass es ihr ähnlich ging. Das brachte ihn durcheinander. Sollte er ihr nachgehen? Ben sah sich um. Einstein war gerade in der Hintertür des Labors verschwunden. Eine gute Gelegenheit. Er ließ den Versuchsaufbau stehen und ging in den Flur. Wo konnte sie bloß stecken? Der Fahrstuhl war leer. Ben öffnete alle Türen, an denen er vorbeikam. Ein leerer Raum nach dem nächsten. Er vermutete, dass es Räume waren, in die Einstein noch etwas hineinprogrammieren wollte, aber noch nicht dazu gekommen war. Anscheinend hatte sie viel vorgehabt in diesem Level. Nachdem er den letzten Raum in der hintersten Ecke untersucht hatte, hatte er Julia immer noch nicht gefunden. Ben war beunruhigt. Mit dem Fahrstuhl konnte sie nicht verschwunden sein, der funktionierte ja erst, wenn das Level gewonnen war. Ratlos ging er zurück. Kaum hatte er die Tür zum Labor geöffnet, blieb ihm der Mund offenstehen.

Mit Schrecken sah er, dass dort eine Verwüstung angerichtet worden war. Die Reagenzgläser lagen über den Tisch verstreut, die Chemikalien flossen auf den Fußboden, manche ätzten Löcher in das Holz. Aus einem großen Topf stieg brauner Qualm auf. Ben war fassungslos. Was war hier passiert? Die Einstein-Figur kam durch die Hintertür herein und begann, hektisch aufzuräumen.

„Der Versuchsaufbau muss wiederhergestellt werden“, sagte sie immer wieder. Sie räumte und räumte.

„Kann ich helfen?“, fragte Ben kläglich.

„Ja“, antwortete Einstein mechanisch, hörte sofort auf mit dem Aufräumen und wollte hinausgehen.

„Warte!“, rief Ben ihr schnell hinterher. „Ich weiß nicht, wie es geht.“

Einstein kam zurück und setzte ihr hektisches Treiben fort.

„Die blaue Lösung ins Reagenzglas, das Phosphor in die Petrischalen, Titration vorbereiten."

Ben sah sie ratlos an. Er wusste nicht, was was war und hatte wenig Chancen, nützlich zu sein. Halbherzig griff er zu einem Lappen, um die Lachen auf dem Tisch wegzuwischen.

Einstein nahm ihm sofort den Lappen ab. „Vorsichtig, Säuren, Laugen. Nicht gesund."

Ben kam sich überflüssig vor. Er fragte sich, wo Julia steckte und ob sie die Verwüstung angerichtet hatte. Da Einstein ihn nicht wahrzunehmen schien, machte er sich auf die Suche. Da er in den Räumen vor dem Fahrstuhl bereits alles abgesucht hatte, ging er nun zur Hintertür des Labors. Die führte zu einem verwinkelten Flur. Gleich rechts war eine Tür. Ben stieß sie auf, es schien eine Art Arbeitszimmer zu sein. Vielleicht von einem der Lehrer. Ein schwerer eichener Schreibtisch, auf dem viele Aktenordner und Lehrbücher verstreut lagen. Von Julia keine Spur. Also ging er weiter, um die nächste Ecke. Der Flur wurde plötzlich bunt, aus der Ferne waren Geräusche zu hören. Er verzweigte sich. Ben ging den Geräuschen nach, hörte eine Art Musik, vielleicht ein wenig zu künstlich. Etwas blechern. Er glaubte zu wissen, aus welchem Raum die Musik kam und öffnete vorsichtig die Tür.

Die Versuchung

Wow! Wärme und Licht drangen ihm entgegen, die Musik war laut und wurde von vielen Plings! und Piepieps! begleitet. Ben staunte. Der Raum war gefüllt mit Spielautomaten jeder Größe und Art. Es würde Tage, wenn nicht Wochen dauern, alle durchzuprobieren. Ben ging staunend an den Geräten entlang, konnte gar nicht alles aufnehmen, was er sah: Flipper, Pacman, Geldspielgeräte, Einarmige Banditen und viele andere, die er noch nie gesehen hatte. Am Ende der Reihe gab es einen schmalen Übergang zur nächsten Reihe. Ben ging hindurch und sah Julia an einem der Geräte sitzen. Er lächelte erleichtert und setzte sich zu ihr.

„Hey."

Julia sah kaum von ihrem Spiel auf.

„Na."

„Ist ja super hier."

„Hm."

„Das Labor ist verwüstet."

Schweigen.

„Das warst nicht du, oder?"

Schweigen.

„Warst du es?"

„Ich bin extra mit dir mitgefahren, obwohl ich im besten Stockwerk aller Zeiten hätte bleiben können. Und wofür? Dafür, dass du mich jetzt allein lässt."

„Tut mir leid."

„Warum willst du überhaupt nach Hause? Was gibt es da, was es hier nicht gibt?"

Ben dachte einen Moment darüber nach. „Meine Eltern, mein Zuhause, leckeres Essen, Bäume, Seen, Wälder, Pfützen."

„Pfützen?"

„In die man hineintreten kann, um andere nasszuspritzen."

„Das klingt lustig."

„Sonnenuntergänge, den Sternenhimmel. Und man kann hingehen, wohin man will. Es gibt keine Level, die einen aufhalten, keine Fahrstühle, die nicht fahren, keine unsichtbaren Wände, die einen am Weitergehen hindern. Die Welt ist unendlich groß."

Ben sah zu Julia, die ihm aufmerksam zugehört hatte. Sie klang traurig, als sie sagte: „Jetzt verstehe ich, warum du zurückwillst."

Er wusste nichts darauf zu sagen, und so schwiegen sie eine Weile. Julia zeigte schließlich auf den Spielautomaten, vor dem sie saß. „Ein letztes Spiel?"

„Ich kann nicht. Ich muss doch bald gehen."

„Nur ein Spiel."

Ben zögerte, sah den Automaten an, sah Julia an. Die blickte mit traurigen Augen zurück. Ben schnaubte.

„Von wegen, Computerfiguren haben keine Gefühle! Du hast welche! Vielleicht bist du gar nicht mehr virtuell, sondern ein richtiger Mensch.“

Julia strahlte. Ben war froh, sie wieder glücklich gemacht zu haben. Einstein war ihm jetzt egal. Für ein Spiel würde die Zeit schon reichen. Er griff zum Joystick. „Ich nehme grün.“

Julia griff zum zweiten Joystick. „Also los!“

Sie drückte START.

***

Einstein kämpfte mit dem Programm. Das Problem war, wenn sie die Stefanie-Figur ins Spiel setzte, konnte es zu Konflikten mit den anderen Figuren kommen. Einstein wollte auf keinen Fall erneut einen Bug verursachen, der das ganze Spiel abstürzen ließ. Doch sie konnte keinen Testlauf machen. Also durfte ihr kein Fehler unterlaufen. Zum dritten Mal checkte sie alle Daten und die Laufwege der Figuren. Wenn sich ihre Wege kreuzten, konnten die Figuren sich gegenseitig blockieren und das Spiel dadurch zum Absturz bringen. Einstein konnte keinen Fehler finden. Es schien alles hundertprozentig sicher zu sein.

Sie schaltete den Fahrstuhl frei, damit Ben runterfahren konnte. Jetzt war der Zeitpunkt gekommen, an dem er sich auf den Weg nach unten machen musste. Einstein klickte sich ins Labor. Dort sah der Versuchsaufbau aus wie am Anfang. Hatte Ben noch nicht einmal angefangen? Was war los? Beunruhigt klickte sie sich durch alle Räume. Wo war er? Als sie sich in den hinteren Flur klickte, ahnte sie, was passiert war. Er hatte den Raum mit den Spielautomaten entdeckt. Sie fand es damals interessant, ihn in Versuchung zu führen. Doch jetzt war es das Schlimmste, was passieren konnte. Sie musste ihn da rausholen. Sie klickte auf die Spielhalle und tatsächlich, dort saß er. Er war völlig vertieft in sein Spiel, nur hin und wieder warf er einen kurzen Blick zu Julia und lächelte glückselig.

Einstein fluchte. Schnell klickte sie sich auf die Programmierebene für die Einstein-Figur. Dort hatte sie klugerweise bereits einen Befehl angelegt, den sie variieren konnte: „Ben motivieren“ war auf 50 Prozent eingestellt. Nun stellte sie ihn auf 100 Prozent.

***

Ben war in eine Welt der Spiele eingetaucht, war gefangen von neuen Anreizen, bunten Lichtern, jagte kleinen, unbedeutenden Zielen nach, hatte Erfolge und Glücksgefühle. Zwischendurch sah er immer mal wieder auf und Julia lächelte ihn an. Schöner konnte das Leben nicht sein. Plötzlich rüttelte ihn jemand an der Schulter.

„Es ist Zeit, zu gehen.“

Ben fuhr überrascht herum. Einstein stand vor ihm.

„Ich habe alles vorbereitet. Du musst dich jetzt beeilen.“

Ben war einen Moment benommen, versuchte zu begreifen, wovon sie redete. Dann fiel es ihm wieder ein. Er war noch immer in dem Spiel gefangen. Das hier war nicht die Wirklichkeit. Ihm wurde gleichzeitig kalt und heiß. Wie hatte er das vergessen können? Er sprang auf, sah zu Julia.

„Komm mit.“ An Einstein gewandt fragte er: „Wohin müssen wir?“

„Julia muss in den zweiten Stock und du ins Erdgeschoss. In dein Zimmer. Dann ruft Stefanie nach dir und du gehst zu ihr in die Küche.“

Ben wurde aufgeregt. Es ging los. Er kam hier raus. Endlich. Er rannte vor, Julia folgte widerstrebend.

Einstein begleitete beide zum Fahrstuhl. „Ich muss hierbleiben. Einstein gehört in dieses Level“, sagte sie. „Hab Vertrauen, es wird funktionieren. Warte auf den richtigen Zeitpunkt. Sobald Stefanie nach dir ruft, gehst du in die Küche.“

Ben verstand: „Wie damals, als ich ins Spiel reingekommen bin. Nur dass ich jetzt hinaus gehen werde.“

Er drückte die Einstein Figur noch einmal heftig und ging dann mit Julia in den Fahrstuhl. Die Tür schloss sich.

***

Es war so weit. Einstein kribbelte es in den Fingern. Jetzt würde sich zeigen, ob alles funktionierte. In zwei Minuten würde Ben in seinem Zimmer sein. Also musste die Stefanie-Figur jetzt ins Spiel. Sie gab den Befehl: Go! Einstein starrte gebannt auf den Bildschirm und sah die Küche. Bens Mutter lief herum, der Vater saß am Tisch. Stefanie kam herein, ging an Bens Mutter vorbei zum Herd und begann zu kochen. Bens Mutter bereitete kaltes Abendessen zu. Bisher liefen sie aneinander vorbei, ohne sich zu behindern. Bens Vater las Zeitung. Zum Glück hatte sie ihm nicht mehr Aktivitäten gegeben, so brauchte sie keine Angst zu haben, dass er im Weg war. Einstein klickte sich in den Fahrstuhl und sah, dass Ben auf dem Weg nach unten war. Sie griff nach ihrem Handy und rief Stefanie an, die in der Küche auf ihren Einsatz wartete. „Es ist so weit. In genau 2 Minuten fängst du an, ihn zu rufen.“ Sie gab für die Stefanie-Figur den Befehl ein: *Ruf Ben zum Essen.* Der würde in 2 Minuten eine viertel Stunde lang aktiv werden. Die Zeit musste ausreichen, denn je länger die Stefanie-Figur im Spiel herumlief, desto größer war die Gefahr, dass sie der Figur von Bens Mutter in die Quere kam.

***

Der Fahrstuhl hielt in der zweiten Etage. Ben blickte wehmütig zu Julia. Es fiel ihm unendlich schwer, sie gehen zu lassen. Er quetschte ein „Auf Wiedersehen“, heraus. Julia ging zögernd hinaus, auch ihr schien der Abschied schwer zu fallen. Sie blickte sich noch einmal zu ihm um. „Magst du noch einmal kurz mit rauskommen?“

Fast erleichtert nickte Ben und ging zu ihr. Beide standen voreinander, sahen sich an. Ben spürte, wie unendlich traurig Julia war. „Ich werde dich vermissen."

„Ich will nicht, dass du gehst." Sie nahm seine Hand. Ihre war warm und zart. Ben wurde unruhig, spürte, wie seine Hand vor Aufregung kalt und feucht wurde. Doch Julia ließ nicht los. „Bleib noch ein bisschen."

Ben tat es weh, Julia so traurig zu sehen.

„Freust du dich nicht auch ein bisschen, wieder in dein altes Leben zurückzukönnen? Wieder Fußball spielen zu dürfen?", wollte er wissen.

Julia sah ihn mit großen Rehaugen an und druckste. „Ich weiß nicht. Irgendwie hat sich was verändert. Ich bin ganz durcheinander."

Ben starrte sie an. Hatte Julia tatsächlich gelernt, zu fühlen? War sie weniger Spielfigur, mehr Mensch geworden? „Hast du … fühlst du was?"

„Ich weiß nicht. Woran merkt man das?"

Ben überlegte. „Manchmal krampft sich einem der Magen zusammen, die Kehle kann sich zuschnüren bei Angst, das Herz rasen bei Aufregung, die Hände können feucht werden."

„Das sind Gefühle?"

„Es gibt noch ganz andere. Manchmal wird einem warm ums Herz. Geht es dir auch so?"

Julia zögerte. „Manchmal, vielleicht."

***

Einstein sah verwundert, dass Ben immer noch mit Julia im Flur im 2. Stock herumstand. Er blieb ewig lange stehen, ohne weiter ins Erdgeschoss zu fahren. Steffi würde in wenigen Sekunden nach ihm rufen. Er würde den richtigen Moment verpassen. Einstein wurde nervös. Am liebsten würde sie ihm zurufen, dass er endlich weitergehen soll. Sie trommelte ungeduldig auf den Schreibtisch, griff schließlich zur Tastatur und schrieb in das Fahrstuhldisplay eine Botschaft. Aber das half ja nichts. Er konnte die Nachricht nicht lesen, wenn er nicht in den Fahrstuhl ging. Und die Einstein-Figur konnte sie nicht zu ihm schicken. Die gehörte in ihre Etage. Einstein sah auf die Uhr. Gleich würde die Stefanie-Figur anfangen zu rufen. Und die echte Stefanie, unten in der Küche, ebenso.

Einstein starrte auf den Bildschirm. Gerade beugte sich Julia zu Ben. Einsteins Blick wurde hart. Julia gab ihm einen Kuss auf die Wange und Ben, der Idiot, stand nur da und lächelte. Einsteins aufgewühlte Gedanken formten sich zu einem einzigen, der in ihrem Kopf immer klarere Form annahm. Wenn sie nichts unternahm, würde Ben es nicht schaffen, sich von Julia zu trennen. Dann würde er niemals aus diesem Spiel herauskommen. Einstein stand mechanisch auf, ihr war klar, was sie tun musste. Es war gefährlich, aber wenn sie nichts tat, war er verloren. Schnell wechselte sie auf die Programmierebene. Rief die Stefanie-Figur auf und programmierte sie um. Sie sollte „Einstein, Ben, Essen kommen!“ rufen. Eine halbe Stunde lang, zur Sicherheit. Sie rief per Handy Stefanie an. Instruierte sie, eine halbe Stunde lang Einstein und Ben zu rufen. Stefanie war verwundert, stimmte aber zu. Einstein wartete kurz, bis die Rufe ertönten.

„Einstein, Ben, Essen kommen!“

„Einstein, Ben, Essen kommen!“

Einstein war einen kurzen Moment irritiert, da sie nicht einordnen konnte, woher die Rufe kamen. Sie schienen von überall gleichzeitig zu kommen. Aber sie durfte nicht zögern, musste sich beeilen. Sie atmete einmal tief durch gegen die Aufregung und rannte los, in den Flur.

Vergebliche Rettung

Ihr wurde schwindelig, sie musste sich kurz an der Wand abstützen, dabei schien es ihr, als sei der Flur geschrumpft. Sie versuchte, gleichmäßig zu atmen, um das Schwindelgefühl zu bekämpfen, ging dann etwas langsamer weiter, bis runter in die Küche. Vorsichtig sah sie hinein. Stefanie stand dort und rief nach Ben und ihr. Einstein war einen kurzen Moment erschrocken, denn Bens Eltern waren auch da. Dann fiel ihr ein, dass sie im Spiel natürlich vorhanden waren. Das hieß, sie war im Spiel! Sie hätte jubeln können vor Freude. Es hatte geklappt. Fasziniert betrachtete sie die Spielfiguren, die so lebensecht wirkten. Doch dann riss sie sich zusammen, sie musste sich beeilen. Sie rannte zur Haustür und öffnete sie. Einen Moment blieb sie beeindruckt stehen. Vor ihr tat sich die große, imposante Halle des Schlosses auf. Die Decke war hoch und mit Ornamenten verziert. Einstein konnte die Augen kaum von den Details lassen. Vor Aufregung wurde ihr wieder schwindlig. Sie riss sich zusammen und eilte zum Fahrstuhl, doch ein breites Grinsen hatte sich in ihr Gesicht eingefräst. Sie hatte es geschafft. Sie war ein Genie! Sie konnte zwischen den Welten reisen. Nachdem sie den Fahrstuhlknopf gedrückt hatte, hatte sie einen kleinen Moment Zeit. Ergriffen sah sie sich in der Halle um. Bombastisch. Die Fahrstuhltür gab ein Pling von sich und öffnete sich. Einstein stieg ein, warf noch einen sehnsüchtigen Blick nach draußen und drückte schließlich die Zwei. Sie musste Ben herausholen. Und sie musste sich beeilen. Eine halbe Stunde, die sie vorher für unendlich lang gehalten hatte, ging schneller vorbei, als ihr lieb war. Jedes Schwindelgefühl, jedes Zögern machte die Zeit knapp. Die ersten 6 Minuten waren schon um. Und sie musste hoffen, dass Stefanie wirklich eine ganze halbe Stunde nach ihnen rief. Hoffentlich hatte sie auf die Uhr gesehen und hoffentlich hielt sie lange genug durch. Der Fahrstuhl ruckelte leicht, als er zum Stehen kam. Die Tür öffnete sich. Einstein erwartete, einen völlig überraschten Ben anzutreffen, doch stattdessen starrte sie in einen menschenleeren Flur. Ben und Julia waren verschwunden. Einsteins Kehle entwich ein Stöhnen. Hektisch sah sie sich um. Dort rechts, das musste die Tür zur Turnhalle sein. Mit zitternden Knien rannte sie hin, öffnete die Tür. Mehrere Schüler spielten Fußball. Doch Ben und Julia waren nicht zu sehen. Einsteins Kehle wurde immer enger. Wenn sie ihn nicht rechtzeitig fand, gab es auch für sie keinen Rückweg mehr. Sie bekam Angst. Sie stolperte rückwärts aus der Tür, fiel fast hin, rappelte sich auf und rannte in Panik über den Flur, öffnete die nächste Tür und die nächste. Ben konnte überall sein. Wenn er das Stockwerk verlassen hatte, wenn sie ihn nie wieder fand, dann war sie genauso gefangen in dem Spiel wie Ben.

***

Stefanie rief und rief: „Einstein, Ben, das Essen ist fertig!“

Gleichzeitig rasten ihre Gedanken. Warum sollte sie jetzt auch noch Einstein rufen? Sie hatte den Plan so verstanden, dass sie Ben rufen sollte, damit er auf diesem Weg aus dem Spiel herauskam. Wenn sie nun auch Einstein rief, war die dann etwa auch in dem Spiel? Was hatte das zu bedeuten? Am liebsten wäre sie hochgegangen, um nach Einstein zu sehen. Aber sie musste sich an die Abmachung halten. Das war wichtig für Ben. Sie sah auf die Uhr. Es waren erst ein paar Minuten vergangen. Sie musste noch eine ganze Weile durchhalten.

„Einstein! Ben! Essen kommen!“

***

Ben und Julia standen im Klassenraum. Ben betrachtete einen kleinen Miniaturgummifußball.

„Danke“, presste er gerührt hervor. Er hätte nie gedacht, dass Julia ihm jemals etwas schenken würde.

„Ich weiß, du stehst nicht auf Fußball. Aber das ist das Einzige, was ich habe.“

Ben schluckte. Er war gerührt und wusste nicht, was er sagen sollte. Verlegen lächelte er sie an. Plötzlich wurde die Tür aufgerissen und Einstein stand da.

„Ben! Ein Glück!“

Ben stammelte: „Was? Äh …“

„Beeil dich!“

„Wie bist du aus deinem Level rausgekommen?“

„Ich bin es. In Echt.“

Ben stand vor Staunen der Mund offen. „Einstein? Du bist im Spiel? Wie …?“

„Keine Zeit für Erklärungen. Beeil dich, das Portal schließt gleich wieder.“

Ben war erschrocken. „So schnell?“

Einstein knirschte mit den Zähnen. „Ich habe ewig auf dich gewartet.“

„Ach du Kacke.“

Ben hatte ganz die Zeit vergessen. Er warf einen entschuldigenden Blick zu Julia und eilte Einstein hinterher. Einstein lief in den Fahrstuhl, drückte die 0 und winkte Ben herein. Kurz bevor Ben den Fahrstuhl erreichte, hielt ihn jemand fest.

„Nehmt mich mit!“

Ben sah betroffen die Panik in Julias Augen. An Einstein gewandt, flehte er: „Wir können sie nicht zurücklassen.“

Doch Einstein blieb hart. „Du bist eine Spielfigur. Du bist nur virtuell. Du kannst nicht zwischen Wirklichkeit und Spiel wechseln.“

„Ihr könnt es doch auch.“

„Aber andersrum geht es nicht“, herrschte Einstein sie an.

Ben zuckte zusammen unter Einsteins rüdem Tonfall. Ging es wirklich nicht? Woher wusste Einstein das?

„Warum denn nicht?“, fragte Julia verzweifelt.

„Dann gibt es dich doppelt.“

„Euch gibt es auch nicht doppelt.

„Mich schon. Im sechsten Stock gibt es mich nochmal. Ich weiß nicht, was passiert, wenn ich meiner Spielfigur begegne. Und ich will es auch lieber nicht wissen.“

Einstein drückte energisch den Knopf für das Erdgeschoss. Julia stellte ihren Fuß zwischen die Türen. „Wenn ihr mich nicht mitnehmt, lass ich euch nicht weg.“

Einstein sah auf die Uhr: Nur noch 20 Minuten.

„Also gut. Wir können dich jetzt nicht mitnehmen, weil du nicht gerufen wirst. Du wirst gar nicht aus dem Spiel herauskönnen, weil es nicht vorbereitet ist. Aber ich verspreche dir, wenn wir draußen sind, werde ich dich nachholen.“

„Wirklich?“

Einstein nickte treuherzig. Ben sah gebannt zwischen Julia und Einstein hin und her. Wäre es möglich, Julia nachzuholen? Sein Herz hüpfte vor Freude.

„Woher weiß ich, dass du mich nicht anlügst?“, wollte Julia wissen. Einstein verdrehte genervt die Augen.

„Ich verspreche es dir“, mischte sich jetzt Ben ein. Julia zögerte, sah ihn an. Doch die Zeit drängte und Einstein wurde ungeduldig.

„Wenn du uns nicht gehen lässt, kommst du nie hier

raus. Deine einzige Chance ist, uns zu vertrauen."

Julia nickte schließlich: „Wehe, wenn nicht."

Sie nahm den Fuß aus der Tür und die Fahrstuhltüren schlossen sich. Ben sah ihren unglücklichen Blick zwischen den sich schließenden Türen. Hoffnungsvoll wandte er sich zu Einstein.

„Holen wir sie nach?"

„Natürlich nicht. Es ist schon ein Wunder, wenn wir hier rauskommen. Ich will keine weitere Vermischung von Spiel und Realität. Wer weiß, was dadurch passieren kann."

Ben schluckte: „Dann habe ich sie angelogen!"

„Sie ist nur eine virtuelle Figur, Ben. Sie existiert nicht."

Doch Einsteins Worte konnten Ben nicht beruhigen. Als der Fahrstuhl im Erdgeschoss hielt, sah sie ihn eindringlich an.

„Bist du bereit?"

Ben zog sich der Hals zusammen vor Aufregung. Er nickte.

„Komm."

Sie eilten durch die große Eingangshalle in die Wohnung von Bens Eltern. Stefanies Rufe kamen aus der Küche.

„Einstein, Ben, Essen kommen!"

Einstein warf einen Blick auf die Uhr.

„Nur noch 7 Minuten. Los, in dein Zimmer."

Sie ließen die Küche links liegen und liefen durch den engen Flur die Treppe hinauf und in Bens Zimmer.

„Wir laufen von hier aus los?“, fragte Ben.

Einstein nickte.

„Einstein, Ben, Essen kommen“, hörten sie die Rufe von unten aus der virtuellen Küche.

„Und Stefanie ruft uns jetzt auch in der Wirklichkeit?“

Einstein nickte. Doch Ben war nicht sicher, ob Einstein wirklich davon überzeugt war, was sie tat. Einstein nahm seine Hand und zusammen liefen sie los. Den Flur entlang, die Treppe herunter, dann rechts abgebogen und in die Küche. Einstein stieß die Tür auf. Bens Eltern saßen am Tisch und aßen. Ben strahlte. „Mama, Papa!“ Stefanie rief weiter: „Ben, Einstein, Essen kommen!“ Ben sah sie verunsichert an, sie reagierte nicht darauf, dass die beiden im Raum waren, sondern rief immer weiter nach ihnen.

„Hast du deine Hausaufgaben schon gemacht?“, ertönte die Stimme von Bens Mutter.

Ben sah verzweifelt zu Einstein. „Es hat nicht geklappt. Warum nicht?“

„Ich weiß es nicht“, kam die heisere Antwort aus Einsteins Kehle. Einstein griff erneut nach Bens Hand. „Los, solange sie noch ruft. Probieren wir es nochmal.“

Sie liefen wieder hinaus, rannten den Flur entlang, in Bens Zimmer. Warteten kurz, bis sie wieder zu Atem kamen und rannten zurück. Dort bot sich ihnen das gleiche Bild. Sie hatten noch zwei Minuten. Sie rannten zurück. Einstein fragte Ben: „Was haben wir anders gemacht?“

„Langsamer?“, schlug Ben unsicher vor. Sie versuchten, ihre Schritte zu zügeln, gingen durch den Flur, hörten Stefanie von unten rufen, kamen in die Küche.

„Einstein, Ben, E …“

Abrupt verstarb die Stimme und Stefanie sackte in sich zusammen, als hätte man ihr den Stecker gezogen.

„Hast du deine Hausaufgaben schon gemacht?“, spulte Bens Mutter die ewig gleiche Frage ab.

Ben sah Einstein verzweifelt an. Sie hatten es nicht geschafft. Sie waren gefangen.

Hilflose Hilfe

Stefanies Kehle tat langsam weh vom Rufen. Sie hatte Angst, es falsch zu machen, zu leise zu sein. Sie hatte gerufen und gerufen. Dabei sah sie hoffnungsvoll zur Tür. Langsam musste Ben doch kommen. Immer wieder sah sie auf die Uhr. Die halbe Stunde war längst um. Einstein kam auch nicht, um ihr zu sagen, wie es weiterging. Außerdem kamen ihr langsam Zweifel. Warum hatte sie auch nach Einstein rufen sollen? Die war doch gar nicht im Spiel. Nach einer Dreiviertelstunde gab sie auf. Die Stille kam ihr mit einmal unwirklich vor. Noch einmal rief sie: „Einstein?“ Doch keine Antwort. Mit einem Gefühl böser Vorahnung ging sie in Bens Zimmer, in dem Einstein gerade noch gesessen und programmiert hatte. Sie öffnete die Tür. Der Raum war leer. Stefanie ahnte das Schlimmste. War Einstein ins Spiel hinein gegangen? Wie sollten die beiden jemals wieder rauskommen? Waren jetzt beide Kinder verloren? Stefanie ließ sich wie erschlagen auf den Stuhl sinken.

***

Frustriert saßen Ben und Einstein auf Bens Bett. Ratlos. Bens Gedanken kreisten um das immer gleiche Thema. Er war schuld, dass jetzt auch Einstein in diesem Spiel gefangen war. Nur weil er so getrödelt hatte, war sie ins Spiel gekommen. Er wagte es kaum, Einstein anzusehen. Sie musste wahnsinnig wütend auf ihn sein. Vorsichtig warf er einen Blick zu ihr, doch sie war in dumpfe Gedanken versunken, sah ihn nicht an. Er räusperte sich, versuchte, den Kloß aus seinem Hals zu entfernen. Doch es gelang nicht.

„Tut mir leid“, brachte er schließlich mit kratziger Stimme heraus. Einstein reagierte nicht.

„Wenn ich mich beeilt hätte, wenn ich mich nicht von Julia hätte aufhalten lassen …“

Ben warf einen schiefen Blick zu Einstein. Verzieh sie ihm? Doch sie verzog keine Miene. Ben fuhr fort.

„Dann hättest du nicht reingehen müssen. Dann wärst du noch draußen und könntest …“

„Das hilft uns jetzt nicht weiter.“

Ben schwieg und starrte wieder unglücklich vor sich hin. Gedankenverloren spielte er mit dem Gummifußball in seiner Hand.

***

Stefanie saß auf dem Stuhl, erstarrt, gefangen in ihrer Angst um die Kinder. Wo waren sie? Im Spiel? War es wirklich so verlockend, in einem Spiel zu leben, statt in der Wirklichkeit? Sie hatte nie verstanden, wie jemand stundenlang am Computer sitzen und spielen konnte. Sich so in der Zeit verlieren konnte. Einsam und allein mit sich spielte, statt Freunde zu treffen, statt sich zu unterhalten oder etwas zu unternehmen. War Einstein auch spielsüchtig geworden? War sie deswegen in das Spiel hinein gegangen? Stefanie konnte sich das nicht vorstellen. Einstein hatte so besorgt gewirkt. Und sie war so erwachsen und zuverlässig in ihren Versuchen, Ben aus dem Spiel herauszuholen. Es konnte nur ein Versehen gewesen sein. Oder im Spiel war etwas passiert und sie musste Ben retten. Stefanie starrte auf den schwarzen Bildschirm. Jetzt wünschte sie sich, dass sie wenigstens ein klein bisschen Interesse an Computerspielen gezeigt hätte. Damit sie verstand, was passiert sein könnte. Könnte sie einfach das Spiel öffnen und sehen, was Einstein ihr gezeigt hatte? Könnte sie verfolgen, wie Ben dort drinnen herumlief? Sie war sich nicht mehr sicher, wie Einstein das Programm geöffnet hatte. Wo war der Einschaltknopf für den Computer? Sie hatte Angst, etwas kaputt zu machen. Durch einen falschen Tastendruck alles zu löschen und Einstein und Ben endgültig auszulöschen. War das möglich? Sie wusste es nicht. Sie versuchte, sich genau zu erinnern, was Einstein gemacht hatte. Dort war die Maus. Sie nahm sie auf, und fast gleichzeitig ertönte das leise Surren einer Lüftung. Der Computer war noch an. Natürlich! Vielleicht war er nur auf Standby und das Spiel war noch geöffnet. Voller Spannung bewegte Stefanie vorsichtig die Maus und der Bildschirm wurde hell. Sie lächelte erleichtert, als sie den Schulflur im zweiten Stockwerk erkannte. Vorsichtig fuhr sie mit der Maus über den Bildschirm, unschlüssig, wie es weiterging. Als sie zufällig mit dem Mauszeiger über eine der Türen wischte, öffnete sich diese und der dahinterliegende Raum wurde sichtbar. Eine Turnhalle, da waren Kinder, die Fußball spielten, aber Ben und Einstein waren nicht zu sehen. Und wie kam sie jetzt aus diesem Raum wieder raus, um in den anderen Räumen nach den beiden zu suchen? Vorsichtig fuhr sie mit dem Mauszeiger auf die Tür zum Flur, die sich daraufhin öffnete. Stefanie atmete erleichtert aus. Sie hatte die Luft angehalten, ohne es zu merken. Sie klickte auf den Flur und hatte ihn wieder im Bild. Gut, doch wie kam sie in die anderen Stockwerke? Sie fuhr mit dem Mauszeiger über alle Türen. Stopp! War da nicht der Fahrstuhl?

***

Nach einer, wie es Ben schien, unendlich langen Zeit, begann Einstein, sich endlich zu regen.

Ben wagte die Frage, die ihn die ganze Zeit beschäftigte. „Warum hat es nicht geklappt?“

„Keine Ahnung.“

„Gibt es noch irgendeine Chance, hier rauszukommen?“

Einstein zuckte die Schultern.

„Aber irgendeine Möglichkeit muss es doch geben.“

„Weißt du eine?“

Ben schluckte. Wenn selbst Einstein nicht mehr

weiterwusste, sah es schlimm für sie aus. Zögernd schlug er vor: „Vielleicht hätten wir hier im Zimmer sein müssen, bevor Stefanie zu rufen angefangen hat. Oder ich muss doch das Spiel erst gewinnen.“

„Vielleicht. Aber dann sitzt trotzdem keiner draußen, der programmieren kann. Stefanies Figur muss aktiviert werden und Stefanie muss gleichzeitig rufen.“

„Kann Stefanie uns nicht helfen?“

„Sie kann nicht programmieren und wir können keinen Kontakt zu ihr aufnehmen.“

„Vielleicht hört sie schon zu.“ Ben blickte nach oben. „Stefanie, hörst du uns?“

„Sie kann im Fahrstuhl antworten.“

Beide sahen sich kurz an. Dann sprangen sie auf und rannten los.

***

„Ich höre euch!“, rief Stefanie aufgeregt. Sie saß vor dem Bildschirm und hatte Bens Zimmer gefunden, in dem die beiden saßen. Stimmt ja! Sie konnte mit dem Fahrstuhl-Display mit ihnen kommunizieren. Doch wie ging das nochmal? Nervös fuhr sie mit dem Mauszeiger zum Fahrstuhl, klickte darauf, sah die beiden einsteigen und aufs Display starren.

„Stefanie, schreib irgendwas, damit wir wissen, ob du da bist.“

„Ich bin ja da. Ich bin ja da“, rief Stefanie aufgeregt und suchte mit dem Mauszeiger den Fahrstuhl ab, um das Display zu finden. Dort! Doch wie konnte sie hineinschreiben? Sie klickte mehrmals darauf. Nichts tat sich. Stefanie wurde nervös.

„Ich kann euch hören!“, rief sie, „Ich weiß nur nicht, wie ich euch schreiben kann.“

***

Einstein und Ben starrten gebannt auf das Display. Nichts.

„Sie sieht nicht zu.“

„Vielleicht ruft sie gerade deine Eltern an, um ihnen zu sagen, dass ich jetzt auch noch verschwunden bin.“

Ben sah Einstein bedrückt an. „Und jetzt?“

„Warten wir, bis sie wiederkommt.“

„Kann sie uns überhaupt helfen?“

„Ich sage ihr, was sie programmieren soll. Sie muss sich nur genau an meine Anweisungen halten.“

„Und was soll sie programmieren? Du hast doch selbst keine Ahnung, wie wir hier rauskommen.“

„Wir werden irgendwas falsch gemacht haben. Wir müssen alle Möglichkeiten durchprobieren. Dann finden wir die Lösung. Try and Error.“

„Hm.“ Ben war nicht so überzeugt. „Und das soll sie alles programmieren?“

Einstein nickte.

„Und wenn wir …“ Ben brach ab, weil seine Idee zu abstrus war.

„Was?“

„Und wenn du das alles programmierst – von hier

aus."

Einstein schüttelte den Kopf. „Aus dem Spiel heraus das Spiel programmieren? Ich weiß nicht, ob das geht."

„Mit dem Computer des Jungen."

„Mit dem kann man nicht programmieren."

„Vielleicht doch. Du dachtest auch nicht, dass ich ins Spiel reinrutschen kann. Es ist trotzdem passiert."

Einstein sah ihn forschend an. Dann nickte sie. „Na gut. Solange wir warten, können wir alles ausprobieren, was möglich ist."

Entschlossen drückte sie die 5. Die Fahrstuhltüren schlossen sich.

***

Stefanie versuchte, sich zu erinnern. Sie hatte doch schon einmal ins Display geschrieben. Aber wie ging das? Einstein hatte irgendwo an den Rand geklickt. Stefanie bewegte den Mauszeiger an den Rand und Schriftblasen erschienen: *Menü, Einstellungen, Karte, Insert.* Insert? Stefanie klickte die Blase an und ein Kasten öffnete sich. Bingo! Sie erinnerte sich, dort konnte sie etwas hineinschreiben. *Ich bin da!* Und *Enter*! Abgeschickt. Im Fahrstuhldisplay erschien ihr Text. Doch zu spät. Einstein und Ben waren fort.

Die Gefährten

Ben und Einstein gingen über den Flur der fünften Etage. Die Tür zum Kiosk mit den Süßigkeiten stand offen, aber es war niemand darin. Sie gingen weiter und Einstein öffnete zielstrebig das Zimmer, in dem der Junge am Computer spielen sollte. Doch es war leer.

„Wo ist er?“, wollte Ben wissen.

„Eigentlich ist er nur für diesen Raum und den Kiosk programmiert. Mehr Handlungsspielraum hat er nicht.“

Ben war irritiert. „Wo kann er dann sein?“

„Das frage ich mich auch.“

Einstein suchte mit den Augen den Raum ab, so als könne sie ihn irgendwo zwischen Kletterwand und Basketballkorb entdecken. Ben war beunruhigt, dass sogar Einstein nicht wusste, was vorgefallen war. Geriet das Spiel außer Kontrolle? Er ging zum Computer. „Ausgeschaltet.“

Einstein und Ben sahen sich alarmiert an. Warum machten die Figuren nicht das, wozu sie programmiert waren? Einstein schaltete den Computer an. Ben wurde schwindelig, er setzte sich. Sein Blick fiel auf seinen Regenerationsbalken. Der war fast leer. Erschrocken wandte er sich an Einstein. „Wir brauchen dringend was zu essen."

Einstein sah auf ihren Arm. Ihr Balken war halb leer. Fasziniert betrachtete sie den Lebens- und den Regenerationsbalken. „Seltsam, dass wir die haben. Alles an uns ist menschlich, nur die Balken haben wir aus dem Spiel übernommen. Sind wir halb Spielfigur, halb Mensch?"

Ben wollte darüber lieber nicht nachdenken. „Ich geh uns mal Süßigkeiten holen."

Einstein reagierte schon gar nicht mehr. Sie hatte den Computer eingeschaltet und war nun ganz darin vertieft, zu versuchen, auf die Programmierebene zu kommen.

Als Ben im Flur war, hörte er plötzlich einen Laut und blieb stehen. Was war das? Er lauschte. Nichts. Langsam ging er weiter, mit gespitzten Ohren. Doch es war nichts mehr zu hören. Vielleicht hatte er sich geirrt. Im Kiosk vergaß er es sofort, weil er geflasht war von den vielen Gläsern und Regalen, gefüllt bis obenhin mit Pralinen, Schokoladen und Gummibärchen. Ein Paradies. Ein Rausch der Farben. Das Wasser lief ihm im Mund zusammen, obwohl er wusste, dass es nach nichts schmecken würde. Er steckte sich die tollsten Pralinen und Schokoladen in den Mund und kaute auf geschmacklosen Partikeln herum. Es knusperte, fühlte sich sahnig an, trotzdem war er enttäuscht, wieder einmal nichts zu schmecken. Essen war früher das Wichtigste für ihn gewesen. Jetzt war es zu einer lästigen Pflicht geworden, weil es keinen Spaß mehr machte. Sein Regenerationsbalken füllte sich langsam. Ben packte seinen Rucksack mit Leckereien voll. Es war wichtig, genug Proviant dabei zu haben. Wer wusste schon, was ihnen noch bevorstand. Er ging zurück und kaum, dass er den Flur betreten hatte, glaubte er, wieder ein Geräusch zu hören. Er blieb stehen und lauschte. Hinter ihm war plötzlich ein Trappeln zu hören. Ben drehte sich um und sah, wie die Tür zur Drachenhöhle zufiel. Die Nackenhaare stellten sich ihm auf. Was war das? Oder wer war das? Er zögerte kurz, ob er nachsehen sollte, entschied sich aber schnell dagegen. Lieber ging er zu Einstein zurück, um zu berichten.

„Da ist was in die Drachenhöhle gerannt."

Doch Einstein reagierte nicht. Fluchend hämmerte sie auf die Tastatur ein. „Mist, das klappt auch nicht."

Ben schüttete den Inhalt seines Rucksacks auf dem Schreibtisch aus. Haufenweise Süßigkeiten ergossen sich über den Tisch.

„Greif zu, aber Vorsicht, sie schmecken nach nichts", sagte er zu Einstein und steckte sich einen Schokobonbon in den Mund.

„Ich komm nicht rein."

„Was?"

„Ich kann auf diesem Computer nicht programmieren. Man kann nur spielen."

Ben ließ sich frustriert auf einen Stuhl sinken. „Und jetzt?"

„Warten wir auf Stefanie.“

„Und wenn sie nicht mehr kommt?“ Ben sah Einstein ängstlich an. „Kommen wir dann nie wieder hier raus?“

Einstein schüttelte den Kopf. „Es gibt noch eine andere Möglichkeit.“

Ben sah sie an. „Wirklich? Welche?“

Einstein stand auf. „Sehen wir erst mal im Fahrstuhl nach, ob Stefanie wieder da ist.“

Ben folgte ihr. „Und wenn nicht? Was ist die andere Möglichkeit?“

Plötzlich war ein Laut zu hören. Einstein bedeutete ihm zu schweigen. „Hörst du?“

Sie lauschten. Dann hörten sie eine Art Juchzen.

„Was war das?“

Sie lauschten wieder und hörten aus der Ferne eine Art Gekicher. Sie sahen sich überrascht an.

„Lacht da jemand?“

„Ich glaube, das kommt von da.“

Sie gingen in die von Einstein gezeigte Richtung. Ben ahnte, wohin sie kamen. Zur Drachenhöhle. Das Baustellenschild warnte vor dem Betreten. Eindeutig kam von drinnen Kichern und Gelächter. Ben sah Einstein alarmiert an. Was passierte dort drinnen? Hatte der Drache den Jungen entführt und freute sich darüber, ihn auffressen zu können? Sie hörten wieder Kichern und Lachen. Einstein öffnete vorsichtig die Tür. Zuerst sahen sie den Jungen, gleich neben ihm Julia. Sie warf einen Ball in den hinteren Teil der Höhle und wartete. Plötzlich kam ein Minidrache angehüpft – mit dem Ball im Maul. Julia und der Junge lachten, nahmen ihm den Ball ab und warfen ihn wieder in die Höhle. Der kleine Drache hüpfte aufgeregt hinterher.

Ben und Einstein blieb der Mund vor Staunen offenstehen. Einstein stöhnte. „Mist. Ich habe den Fahrstuhl freigeschaltet. Jetzt können auch die Figuren die Etagen wechseln."

Julia bemerkte Ben und ein Strahlen ging über ihr Gesicht. „Ben!" Sie rannte auf ihn zu und umarmte ihn so fest sie konnte. „Du bist zurückgekommen."

Ben wurde rot und wusste gar nicht, wohin mit sich. So viel Freude von Julia hatte er nicht erwartet. Aber er genoss ihre Umarmung sehr.

„Seid ihr wahnsinnig? Ihr könnt nicht mit einem Drachen spielen. Was ist, wenn seine Mutter kommt?" Einstein sah Julia streng an.

Doch Julia ignorierte das. „Gehen wir jetzt zu euch in euer Leben?"

Ben erinnerte sich an sein falsches Versprechen und druckste. „Wir sind nicht rausgekommen. Wir sitzen hier genauso fest wie ihr."

Doch Julia strahlte unbekümmert. „Super! Dann können wir zusammen was unternehmen."

Einstein fixierte Julia. „Als erstes gehen wir raus und lassen den Drachen hier drin."

Sie sah zu dem Jungen. „Du setzt dich wieder an deinen Computer. Und du, Julia, gehst wieder in den zweiten Stock und spielst Fußball."

Julia sah sie empört an. Sie baute sich vor Einstein

auf. Sie war fast einen Kopf größer. „Ich denke gar nicht daran. Ihr habt mir versprochen, dass ich in eure Welt mitkommen kann. Und solange bleibe ich bei euch.“

Ben grinste verhalten, er wollte nicht, dass Einstein auch noch auf ihn sauer war, aber er freute sich wahnsinnig darüber, dass Julia bei ihm bleiben wollte.

„Das geht nicht! Du stehst uns nur im Weg rum“, sagte Einstein.

„Ph!“, machte Julia nur und wandte sich an Ben. „Los, lass uns weiter hochfahren und gucken, was in den nächsten Stockwerken los ist.“

Sie drehte sich noch einmal kurz zur Höhle um. „Speedy, komm.“

Der kleine Drache lief ihr hinterher und wollte gerade aus der Höhle hüpfen, als Einstein schnell die Tür vor ihm zuwarf. „Okay, du darfst mit. Aber ohne Drachen. Das ist die Bedingung.“

Sie sah Julia fest an. Ein kurzes Blickduell. Dann gab Julia nach. „Na okay. Kommt, lasst uns hochfahren.“

Sie machte Ben ein Zeichen, ihr zu folgen und ging zum Fahrstuhl. Der Junge trottete Julia hinterher.

Ben warf Einstein einen entschuldigenden Blick zu. „Da wollten wir sowieso hin. Um mit Stefanie zu reden.“

Einstein wirkte genervt, ging den anderen aber hinterher. Als sie aber im Fahrstuhl ankam, zeigte sie erfreut auf das Display. „Stefanie ist da!“

Alle blickten dorthin und lasen: *Ich bin da!*

Ben strahlte Einstein an. „Wir können mit ihr reden.“

Einstein rief: „Stefanie, hörst du uns?“

Sie warteten, doch die Worte auf dem Display veränderten sich nicht. Ben fragte resigniert: „Ist sie wieder weg?“

Einstein beruhigte ihn: „Aber sie hat uns gesehen und hat herausgefunden, wie man mit dem Display Nachrichten schreibt. Bald kommt sie zurück und wir haben Kontakt zu ihr.“

Einsteins Zuversicht konnte Ben nicht aufheitern. „Hoffentlich.“

„Wir müssen einfach nur warten“, beruhigte Einstein.

Doch Julia war nicht zum Warten zumute. „Warum gibt es hier 7 Stockwerke? Da waren wir ja noch gar nicht. Was ist da denn los?“

„Nicht!“

Einsteins Warnung verhallte. Julia hatte bereits die 7 gedrückt. Bange Sekunden des Wartens, doch nichts passierte. Einstein räusperte sich. „Ben muss erst das 6. Level gewinnen, um weiterzukommen.“

Ben wurde bewusst, dass es kein höheres Stockwerk als das 7. gab. „Gibt es nur 7 Level? Das heißt, wenn ich das schaffe, habe ich gewonnen?“

Hoffnungsvoll sah er Einstein an, doch die schüttelte den Kopf.

„Es ist noch ein langer Weg. Und nicht ungefährlich“, erklärte sie vage.

Ben sah sie beunruhigt an. Doch bevor er weitere

Erklärungen fordern konnte, zog Julia ihn mit sich.

„Komm, wir gewinnen jetzt schnell dieses Level, damit wir weiterkommen."

Ben lächelte sie erfreut an und ging mit ihr mit. Der Junge beeilte sich, ihnen hinterherzulaufen. Einstein warf noch einen Blick aufs Display und folgte den anderen seufzend.

***

„Nein wirklich, es ist alles in Ordnung. Du weißt doch, wie Kinder sind. Ben und Einstein sind gerade unterwegs. Irgendwas für den Computer besorgen." Stefanie fand ihre Erklärungen und Ausflüchte selbst ganz unglaubwürdig. Aber Bens Mutter schienen sie zufriedenzustellen. „Natürlich, richte ich aus." Erleichtert legte sie auf. Endlich konnte sie sich wieder an den Computer setzen. Vorsorglich war sie aus dem Zimmer gegangen, als könnte Bens Mutter am Handy sehen, dass etwas nicht in Ordnung war. Stefanie setzte sich und klickte sich in den Fahrstuhl. Leer. Die Kinder waren immer noch nicht zurückgekommen. Sie klickte sich durch die Etagen und Räume. Endlich fand sie sie im Labor. Doch zu ihrer Überraschung waren sie jetzt zu viert. *Hallo, kommt zurück*!, schrieb sie ins Display. Löschte das wieder und schrieb: *Redet mit mir*. Doch sie wusste, es war aussichtslos, solange die Kinder nicht in den Fahrstuhl kamen.

Das Labor

In der sechsten Etage stand Ben im Labor und las sich ratlos den Zettel mit dem Versuchsaufbau durch, während Julia schon mal wahllos verschiedene Flüssigkeiten ineinander goss. Ben bemerkte es, wusste aber nicht, wie er es verhindern sollte. „Äh, vielleicht …“

Es gab eine kleine Explosion und Ben hörte Julia durch den Rauch hindurch lachen.

„Vielleicht sollten wir uns lieber an die Vorgaben halten.“

„Das ist langweilig.“

„Aber wir wollen doch weiterkommen und das siebte Stockwerk ansehen.“

Hilfesuchend blickte er zu Einstein, die genervt am Türrahmen stand und den beiden zugesehen hatte. Sie seufzte und kam zu ihnen.

„Ich helfe dir, dann geht es schneller. Jemand sollte inzwischen im Fahrstuhl aufpassen, wann Stefanie zurückkommt.“

Auffordernd sah sie Julia und den Jungen an. Der Junge trabte los. Doch Julia sagte provozierend: „Ich denke gar nicht daran. Ich habe keinen Bock, im Fahrstuhl rumzuhängen. Das hier ist viel lustiger.“

Einstein stöhnte. Ungeduldig erklärte sie: „Du willst wissen, was im 7. Stock passiert? Das wirst du nie erfahren, wenn wir dieses Level nicht lösen."

Julia sah Ben an. „Entscheide du."

Ben erstarrte. Unbehaglich sah er von Julia zu Einstein und von Einstein zu Julia. Er konnte nur falsch entscheiden. Außerdem war er es nicht gewohnt, dass zwei Mädchen um ihn stritten. Er konnte nicht mehr klar denken, fühlte nur, wie ihm kalter Schweiß von der Stirn rann. „Äh ..."

Einstein wurde ungeduldig. „Wir müssen aus diesem Spiel rauskommen. Dafür müssen wir dieses Level gewinnen. Wer, glaubst du, kann dir dabei besser helfen? Julia oder ich?"

Bevor Ben antworten konnte, ging Julia dazwischen. „Ich lasse mich nicht von dir abschieben. Ben mag mich lieber und unternimmt lieber was mit mir. Egal ob im nächsten Stockwerk oder hier. Nicht wahr, Ben?"

Endlich war es so, wie er es sich immer gewünscht hatte. Endlich wollte Julia an seiner Seite sein und kämpfte um ihn. Trotzdem wurde ihm immer unbehaglicher zumute. Er wusste nicht, wie er ohne Einsteins Hilfe dieses Level gewinnen sollte. Außerdem konnte er sie nicht vor den Kopf stoßen. Sie hatte alles getan, um ihn zu retten. Doch wenn er Julia vor den Kopf stieß, war sie bestimmt sauer auf ihn. Einstein schnaubte empört. „Wenn du dich nicht entscheiden kannst, dann versucht doch, dieses Level zu lösen. Bitte schön!"

Sauer ging sie hinaus. Ben blickte betreten zu Julia. Die strahlte ihn an. Langsam lächelte auch er zurück. Er nahm erneut den Zettel mit dem Versuchsaufbau und zeigte ihn Julia.

„Wir müssen uns genau an die Vorgaben halten. Als erstes sollen wir eine Ampel herstellen. So heißt der Versuch."

„Eine Ampel?"

Julia nahm ihm den Zettel ab und blickte nun endlich konzentriert darauf. Ben schwirrte schon die ganze Zeit eine Frage im Kopf herum, die er sich nun endlich zu fragen traute. „Hättest du wirklich Lust, in mein Leben mitzukommen?"

Julia sah ihn mit großen, strahlenden Augen an. „Natürlich. Du hast so tolle Dinge erzählt. Ich will das alles kennenlernen. Die Weite, eine Welt ohne Türen und Grenzen. Wälder, Seen, und was gab es noch?"

Ben lachte erleichtert. „Wir könnten unheimlich viel zusammen unternehmen. Schwimmen gehen. Bogen schießen."

„Cool! Und wann gehen wir?"

„So bald wie möglich. Einstein kriegt das schon hin. Sie ist echt gut."

„Du auch."

Ben blieb vor Erstaunen und Freude die Sprache weg. Wie hatte sie das gemeint? Vor lauter Verlegenheit konnte er sie nicht mehr angucken, sondern blickte ausweichend auf den Zettel, auf dem der Versuchsaufbau stand. „Äh, eine Ampel? Wie ging das nochmal?"

Einstein riss die Tür auf. „Sie ist da!“

Ben wusste in seiner Verwirrung im ersten Moment nicht, von wem Einstein sprach, doch dann dämmerte es ihm. „Stefanie?“

„Ja! Beeil dich!“

Einstein rannte hinaus zum Fahrstuhl. Ben zögerte nur kurz, warf Julia ein kleines Lächeln zu und stürmte Einstein hinterher. Aufgewühlt kamen Ben und Einstein im Fahrstuhl an.

„Stefanie, bist du da?“

Ja, zeigte das Display.

Ben und Einstein umarmten sich freudig. Einstein räusperte sich. „Also, hör gut zu. Wir wollen wieder, genauso wie vorhin, versuchen, eine Gleichzeitigkeit herzustellen. Irgendwas stimmte da nicht, deswegen müssen wir mehrere Möglichkeiten durchprobieren.“

OK, kam als Antwort.

Ben sah zu Einstein. Er war nicht sicher, ob Stefanie wirklich verstand, worum es ging. Einstein fuhr in ihrer Erklärung fort. „Die Stefanie-Figur habe ich bereits reinprogrammiert, wie du weißt. Du musst sie nur aktivieren. Ich erkläre dir, wie es geht. Pass auf.“

***

Stefanie suchte fahrig nach Zettel und Stift. Sie sollte programmieren?

„Also, zuerst musst du auf die DOS- Programmierebene wechseln“, fuhr Einstein fort.

Stefanie schrieb eifrig mit.

„Mit Alt F4. Dann öffnest du BASIC und klickst „program“ an.

Stefanie kam nicht mehr mit.

Langsamer, schrieb sie ins Display. Einstein begann noch mal von vorn, diesmal viel langsamer. Stefanie schrieb mit, so gut sie konnte. Doch die meisten Begriffe, mit denen Einstein um sich warf, sagten ihr nichts. Sie machte sich Notizen über Notizen mit Querverweisen und Pfeilen zwischen einzelnen Wörtern. Dann kam ein Sternchen daran, um an anderer Stelle etwas zu erläutern. Sie wurde immer verwirrter bei Einsteins ausführlichen Erklärungen und ihre Notizen immer unübersichtlicher.

„Okay, probier jetzt mal, ob du die Grundlagen verstanden hast“, beendete Einstein ihren Vortrag. Stefanie nickte, dann fiel ihr ein, dass sie sie nicht sehen konnten und schrieb: *Ok.*

Sie blickte hilfesuchend auf den Notizzettel, versuchte, aus ihm schlau zu werden und sich an Einsteins Worte zu erinnern.

Ich brauch bisschen, schrieb sie ins Display. Für mehr Text reichte die Zeile nicht. Nur 20 Zeichen passten ins Display. Sie las sich den Zettel durch und schrieb ihn noch mal ins Reine ab. Alles schön der Reihe nach. Erstens, Zweitens, Drittens …

***

Ben sah Einstein halb hoffnungsvoll, halb nervös an. „Meinst du, sie hat alles verstanden?“

„Wenn nicht, wird sie sich schon melden. Sie muss nur die Stefanie-Figur so programmieren, dass sie nach uns ruft. Sollte nicht so schwer sein."

„Das hat letztes Mal ja nicht geklappt."

„In die eine Richtung schon. Wir sind beide reingekommen. Nur als Ausgang hat es nicht funktioniert."

„Und wie könnte der Ausgang funktionieren? Indem wir rückwärtsgehen?", erkundigte sich Ben halb im Scherz. Einstein dachte ernsthaft über diese Option nach.

„Könnte sein. Vielleicht haben wir auch irgendwas übersehen. Lass uns nochmal alles genau durchgehen. Was genau ist passiert, als du ins Spiel reingekommen bist?"

Ben dachte nach und versuchte, sich in die Situation von damals zurückzuversetzen. Er berichtete jeden Schritt, jedes noch so kleine Detail, an das er sich erinnern konnte. Als er fertig war, erzählte Einstein, wie sie es gemacht hatte. Danach listeten sie auf, was sie bei ihrem zweiten Versuch auf dem Weg zurück gemacht hatten. Gab es Unterschiede? Sie führten eine Liste, strichen durch, was sie anders gemacht hatten und unterstrichen, was in beiden Richtungen vorgekommen war.

Plötzlich sah Ben auf. „Wir haben Stefanie nicht aus der Wirklichkeit rufen hören!"

Einstein sah ihn fragend an.

„Wir haben nur die Spiel-Stefanie gehört, nicht die richtige. Erinnerst du dich? Ich habe dich noch gefragt, ob sie ruft. Also habe ich sie nicht gehört."

„Stimmt! Wir haben nur eine Stimme gehört. Aber als ich ins Spiel reingekommen bin, kam es mir so vor, als würde die Stimme von überall gleichzeitig kommen. Ich konnte es gar nicht zuordnen."

„Das ging mir genauso!"

„Und dann wurde mir schwindlig."

„Mir auch!"

Einstein sah Ben an, und ein breites Grinsen zog sich über ihr Gesicht. „Weißt du was? Es hat eine Rückkopplung gegeben."

„Was?"

„Wenn ein Lautsprecher das Signal eines Mikrofons wiedergibt und gleichzeitig das Mikrofon dieses Signal erneut aufnimmt, wenn es zu nahe am Lautsprecher steht. Das Signal wird erneut verstärkt, über den Lautsprecher wiedergegeben und es entsteht eine elektroakustische Schleife."

„Äh?" Ben sah Einstein einen Moment verwirrt an. Dann versuchte er es mit seinen Worten. „Rückkopplung kenn ich. Und das hat dafür gesorgt, dass wir die Ebenen wechseln konnten?"

„Erfolgt die Rückkopplung so, dass sich die Amplitude der ursprünglichen und der rückgekoppelten Schwingung gerade addieren, beide also phasengleich sind, dann spricht man von Mitkopplung oder positiver Rückkopplung. Bei starker Mitkopplung kann ein System instabil werden."

„Ich kapier kein Wort."

„In instabilen Systemen kann eine Art Portal entstehen. Durch das konnten wir die Welten wechseln."

„Aha." Ben war nicht sicher, ob er sie richtig verstand.

„Also müssen wir nur erneut eine Rückkopplung erzeugen.", erklärte Einstein.

„Und dann kommen wir wieder nach Hause?"

Einstein nickte heftig. „Dafür brauchen wir einen Bildschirm und einen Lautsprecher."

„Haben wir das?"

„Das müsste uns Stefanie reinprogrammieren. Dann wäre es kein Problem."

„Kann sie das?"

„Wenn sie auf die Programmierebene kommt, kann ich ihr alles Schritt für Schritt erklären."

„Hoffentlich klappt das", zweifelte Ben.

„Warten wir erst mal ab."

Ben nickte. Eine Weile schwiegen sie. Doch Ben brannte eine andere Frage auf der Seele. „Findest du nicht auch, dass Julia immer menschlicher wird?"

Einstein zögerte und gab dann schließlich zu: „Irgendwie schon."

„Kann es sein, dass sie inzwischen ein Mensch geworden ist?"

„Nein!" Einsteins Protest klang zu laut und unglaubwürdig. „Sie ist nur eine virtuelle Figur, die ich so geschickt programmiert habe, dass sie etwas dazulernen kann."

„Du bist doch selbst erstaunt, dass sie fühlen kann."

„Kann sie wirklich fühlen? Ich habe Parameter programmiert, die ihr ermöglichen, ihr Programm zu erweitern. Ich schätze, diese Parameter versuchen, dein Verhalten zu kopieren, um sich weiterzuentwickeln. Das heißt, wenn du Gefühle zeigst, werden die kopiert und Julia hat sie anschließend in ihrem Verhaltensrepertoire."

Einstein war beruhigt, dass ihr diese Theorie eingefallen war. Hoffentlich hatte sie Recht. Es wäre zu beunruhigend, wenn ihre Figuren wirklich menschlich werden würden.

„Hm." Ben schwieg nachdenklich. Ihm schien Einsteins Theorie plausibel, doch sein Gefühl sagte ihm etwas anderes. Wenn er mit Julia zusammen war, fühlte es sich an, als wäre er mit einem echten Menschen zusammen. Sie war nicht so eindimensional wie zum Beispiel der Junge, der immer nur Julia hinterherlief. Oder seine Eltern, die immer nur wollten, dass er Hausaufgaben machte. Er konnte sich beim besten Willen nicht vorstellen, dass Julia kein echter Mensch war.

„Und wenn sie wirklich Gefühle hat? Wenn sie inzwischen ein Mensch geworden ist? Müssten wir sie nicht mit rausnehmen? Ins wirkliche Leben. Wir können sie doch nicht hier in einem Computerspiel versauern lassen."

„Ben! Sie ist virtuell. Sie ist kein Mensch, glaub mir das. Und denk daran, dass draußen bereits eine Julia existiert."

Als Einstein das kleine Funkeln in Bens Auge entdeckte, fügte sie hinzu: „Und die ist nicht so nett zu dir wie die hier drin. Sie ist immer noch das arrogante

Biest, das über dich lacht.“

Ben schluckte. Stimmt, die echte Julia war ganz anders. Aber diese Julia war am Anfang auch so gewesen. Doch dadurch, dass sie viel Zeit miteinander verbracht hatten, hatte sie sich verändert. Seine Träumereien wurden jäh unterbrochen, als Einstein ausrief: „Sie ist wieder da!“

***

Ich bin so weit, hatte Stefanie ins Display geschrieben.

Ihre Hände schwitzten. Die Notizen lagen klar vor ihr. Auf dem Bildschirm strahlte Einstein sie an. „Stefanie, es gibt eine kleine Planänderung. Du musst jetzt noch einen Bildschirm ins 6. Level programmieren.“

„Was?“, rief Stefanie panisch ins leere Zimmer. Schnell schrieb sie ins Display: *Wie?*

„Keine Angst“, antwortete Einstein, „du musst nur auf die Programmierebene wechseln, dann sag ich dir alles Schritt für Schritt. Und wenn das getan ist, aktivierst du die Stefanie-Figur so wie wir es besprochen hatten.“

Stefanie besah erneut ihre Notizen. Also, sie musste als erstes auf die Programmierebene wechseln. Das ging mit Alt F4. Entschlossen drückte sie die Tastenkombination. Nichts passierte. Unschlüssig drückte sie nochmal. Dann sah sie auf. Einstein und Ben reagierten nicht.

Sie tippte ins Display: *War das richtig?*

Sie sah fragend zu Ben und Einstein, die keine Miene rührten.

War das richtig?

Immer noch rühren die beiden sich nicht. Stefanie kam das komisch vor. Sie tippte nochmal: *Hallo!*

Doch nichts, keine Bewegung, kein Wort.

Was ist los mit euch?

Hört ihr mich?

Keine Reaktion. Stefanie wurde das Ganze unheimlich. Sie fuhr mit dem Mauszeiger über den Bildschirm. Wollte das Labor ansehen, wo die anderen Kinder sein mussten, doch das Bild reagierte nicht. Sie konnte klicken, soviel sie wollte, nichts reagierte mehr. Das Bild veränderte sich nicht, als hätte die Maus keinen Einfluss mehr. Weiterhin sah sie den Fahrstuhl mit Einstein und Ben darin, die sich nicht mehr bewegten. Stefanie stand der Angstschweiß auf der Stirn. Sie hatte Einstein und Ben zu Salzsäulen erstarren lassen. Was hatte sie angerichtet?

Blackout

Einstein und Ben sahen auf das Display und warteten. Einstein blickte verwundert zu Ben, doch der wusste auch nicht, was das zu bedeuten hatte.

„Stefanie? Bist du noch da?“

Sie warteten. Nichts passierte.

„Hast du gemacht, was ich dir gesagt habe?“

Keine Reaktion. Ben wurde unruhig. „Stefanie, melde dich!“

„Ist was nicht in Ordnung? Brauchst du Hilfe?“, fragte Einstein.

Ben sah Einstein verunsichert an. Wusste selbst sie nicht, was passiert war?

„Vielleicht braucht sie eine Weile. Lassen wir ihr Zeit.“ Einstein zuckte die Achseln. „Machen wir inzwischen mit der Aufgabe weiter.“

Ben folgte Einstein ins Labor zurück. Doch kaum öffnete er die Tür, blieb ihm die Luft weg. Er sah Julia und den Jungen, die bewegungslos und starr dort standen. Die grüne Flüssigkeit, die der Junge gerade von einem Reagenzglas ins andere kippen wollte, war mitten in der Luft eingefroren. Ben blieb der Mund offenstehen. „Was?“

„Eingefroren. Das Spiel ist abgestürzt.“

„Oh nein!“ Ben musste sich am Tisch festhalten. Es war wie ein Flashback. Alles war eingefroren und Julia von einem Dinosaurier zertreten. Ben schnappte nach Luft, versuchte sich zu beruhigen, denn dieses Mal war es anders. Julia war nicht tot und Einstein war bei ihm. Er war nicht allein. Hoffnungsvoll sah er zu ihr. „Was tun wir jetzt?“

Einstein zuckte mit den Schultern. „Ohne Computer kann ich nichts machen. Und wenn alles eingefroren ist, können wir das Level nicht gewinnen und kommen nicht zu dem Computer im letzten Stockwerk.“

„Da gibt es einen Computer? Warum hast du das nicht gleich gesagt. Dann wären wir gleich dahingegangen, statt dass Stefanie das Spiel abstürzen lässt.“

„Das ist nicht so einfach. Der Weg dahin ist gefährlich.“

„Gefahr macht mir nichts. Ich bin gestorben und wiederauferstanden. Schlimmeres kann mir nicht passieren.“

„Vielleicht doch.“

In Bens Augen flackerte Panik auf. „Kommen wir hier nie mehr raus?“

„Wir müssen nur warten, bis Stefanie das geregelt hat.“

„Wie soll das gehen?“

„Sie muss den Computer Aus- und wieder Einschalten. Dann müsste das Programm wieder hochfahren.“

„Weiß sie das?“

Einstein wirkte unbekümmert. „Das weiß doch jeder."

Ben zweifelte, dass Stefanie es wusste. Er wollte aber nicht widersprechen, sondern lieber daran glauben. Auch wenn die Angst ihm nach und nach die Kehle zuschnürte. Er erschrak, als ihn etwas antippte. Es war Einstein, die ihm winkte, er solle ihr folgen.

„Probieren wir, ob der Fahrstuhl geht."

„Warum sollte er?"

„Vielleicht ist nur das Level abgestürzt und nicht das ganze Spiel."

Ben warf einen letzten Blick zu Julia. Ganz starr stand sie da. Sie atmete nicht, ihre Augen flackerten nicht. Unheimlich. Er wandte sich von ihr ab und ging Einstein hinterher. Im Fahrstuhl drückte Einstein die 5, doch nichts passierte.

„Okay, also ist das ganze Spiel abgestürzt."

„Wir können noch nicht einmal die Etage verlassen?"

Einstein schüttelte den Kopf.

„Was, wenn wir hier nie wieder rauskommen?" Ben schwitzte, sein Herz begann zu rasen.

Einstein sah ihn fest an. „Stefanie braucht ein bisschen Zeit. Nutzen wir das, um Chemie zu lernen."

Ben sah sie ungläubig an. „Ich kann jetzt nicht lernen. Ich kann mich überhaupt nicht konzentrieren!"

„Wenn das Spiel weitergeht, musst du dieses Level bestehen. Und dafür musst du Chemie können. Komm mit."

Einstein ging ins Labor zurück und Ben folgte ihr.

Dort hingen noch immer die Flüssigkeiten in der Luft und Julia und der Junge standen starr davor. Einstein wies auf die grüne Flüssigkeit.

„Was ist das?“

„Weiß ich nicht.“

„Sieh mal genau hin.“

Ben zwang sich, hinzusehen. Dann fiel im plötzlich auf, dass die Neige in dem Reagenzglas, aus dem die Flüssigkeit lief, goldgelb war. Erst in der Luft wurde sie grün. Moment, da war doch was?

„Das ist ja die Ampel. Die sollten wir doch herstellen“

Einstein strahlte ihn an. „Richtig! Und welche Stoffe ergeben eine Ampel?“

„Glucose?“

„Und?“

Ben starrte sie ratlos an.

„Indigocarmin“, erklärte Einstein. „Man muss das Indigocarmin in die Glucoselösung tröpfeln, dann färbt es sich blau.“

Ben lauschte Einsteins Worten. Sie konnte Chemie viel besser erklären als sein Lehrer. Anhand dieses Experiments kam sie auf andere zu sprechen. Sie sortierte die chemischen Elemente nach Farben, Gerüchen und Wirkungen. Ben lauschte ihr fasziniert. Es erschien ihm alles viel schlüssiger, als wenn sein Lehrer es erklärte. Einstein begann schließlich, die Elemente zu wiederholen und ihn abzufragen, und tatsächlich hatte er vieles behalten. Einstein schlug zur Belohnung eine Pause vor, und sie aßen ein paar Pralinen aus dem Rucksack. Ben warf einen unbehaglichen Blick zu den beiden eingefrorenen Kindern und brachte schließlich die Frage hervor, die ihn die ganze Zeit schon beschäftigte.

„Warum sind die beiden eingefroren und wir nicht?"

„Weil sie keine Menschen sind. Das Spiel ist abgestürzt, nicht wir Menschen. Damit ist deine Theorie widerlegt, dass Julia ein Mensch sein könnte. Sie ist einfach nur eine Spielfigur."

***

Stefanie versuchte, sich zu beruhigen. Es half nichts, wenn sie in Panik geriet. Ruhig bleiben, durchatmen. Nichts anfassen, damit nicht noch mehr kaputt geht. So, jetzt nochmal vorsichtig mit der Maus über den Bildschirm fahren, klicken. Nichts passierte. Das Menü! Stefanie ließ die Maus über den Bildschirmrand fahren, das Menü öffnete sich nicht. Sie klickte und klickte. Nichts. Moment. Einstein hatte vorhin gesagt, mit *Escape* könne man den letzten Schritt rückgängig machen. Sie drückte *Escape*. Vergeblich. Sie las noch einmal gründlich den Notizzettel durch. Doch es gab keinen Hinweis darauf, was sie tun sollte, wenn das Bild einfror. Dann war es wohl doch – wie nannte man das? Abgestürzt. Kurz überkam sie Panik, dass die Kinder nun für immer im Computer eingeschlossen waren. Eingefroren im Spiel. Sie mahnte sich, ruhig zu bleiben. Was tat man, wenn etwas nicht mehr funktionierte? Man holte sich Rat bei einem

Fachmann. Stefanie griff zu ihrem Smartphone und gab Computerfachmann ein. Nach einiger Suche fand sie eine Hotline für Computerprobleme, die sie anrief.

„Ich glaube, mein Computer ist abgestürzt. Das Bild ist eingefroren und ich kann nichts mehr machen."

„Haben Sie den Computer schon mal aus und wieder eingeschaltet?"

Hatte sie nicht. Sie schaltete den Computer aus und wieder ein. Er surrte, brauchte einen Moment, ehe alle Dienstprogramme hochgefahren waren, und das Spiel startete neu. Stefanie sah wieder den Fahrstuhl. Der war inzwischen leer. Sie fuhr mit der Maus zum Labor. Der Raum öffnete sich vor ihr und sie sah, wie Einstein fluchte, als sich eine Flüssigkeit über den Tisch ergoss.

***

Der Tisch war überflutet mit den Reagenzien. Ben strahlte Julia an, die den Jungen strafend ansah.

„Was hast du für eine Sauerei veranstaltet?"

„Ich hab nichts gemacht", versuchte der, sich zu verteidigen.

Ben umarmte die überraschte Julia. „Du bist wieder lebendig."

Er erklärte Julia, dass wieder einmal das Spiel abgestürzt war und sie und der Junge eingefroren waren. Wie damals, als sie vom Dinosaurier zertreten wurde.

„Und ihr nicht?"

„Nein, denn wir sind Menschen und ihr Computerfiguren“, erklärte Einstein schroff.

Julia verstummte getroffen. Ben sah sie mitfühlend an, wusste aber nicht, wie er sie trösten könnte.

Einstein drängte: „Wir müssen mit Stefanie reden.“

Ben warf einen Blick zu Julia, doch die war verbissen dabei, die Versuchsanordnung erneut korrekt aufzubauen. Er ging mit Einstein hinaus. Als sie im Fahrstuhl ankamen, fragte er ratlos: „Was sagen wir Stefanie denn?“

„Sie soll bloß die Finger vom Programmieren lassen. Wir machen es selbst.“

„Yeah!“ Ben fiel ein Stein vom Herzen. Er hatte wesentlich mehr Vertrauen in Einsteins Fähigkeiten als in Stefanies. Er wollte nicht, dass das Spiel erneut abstürzte.

„Das heißt aber, dass wir erstmal dieses Level gewinnen müssen“, mahnte Einstein.

„Kein Problem“, meinte Ben selbstbewusst.

„Danach müssen wir das siebte Level gewinnen.“

„Warum betonst du das so?“, fragte Ben verunsichert.

„Weil es nicht einfach wird.“

„War keins der Level. Ich habe sie trotzdem bestanden.“ Bens Selbstvertrauen war eindeutig gewachsen. Mit Einstein an seiner Seite glaubte er, nichts fürchten zu müssen. Sie wusste schließlich, wie die Level zu gewinnen waren.

„Gut, wenn du also einverstanden bist, teile ich das Stefanie mit.“

***

Hab mitgehört, schrieb Stefanie ins Display. Sie war erleichtert, dass die beiden sich bewegten und das Spiel wieder funktionierte. Sie hatte sie die ganze Zeit nicht aus den Augen gelassen. Ihr fiel eine Last von den Schultern, nun nicht mehr programmieren zu müssen. Einstein teilte ihr mit, dass sie keinen Kontakt zu ihnen aufnehmen konnte, solange sie im 7. Level waren. Erst im 8. würden sie wieder miteinander sprechen können. Sie könnte sie aber die ganze Zeit beobachten. Stefanie verstand nicht ganz, warum das so war, aber ihr war es recht. Einstein schien zu wissen, was sie tat. Und sie schien einen Plan zu haben, wie sie dort rauskommen konnten. *Ich drück die Daumen*, schrieb Stefanie ins Display und konnte nun nichts mehr für sie tun.

***

Als Ben und Einstein zurück in den Raum kamen, war alles bereits aufgebaut. Ben legte direkt los, und dank der Lernaktion mit Einstein konnte er schnell den Aufgabenbogen ausfüllen. Er sah Einstein gespannt an.

„Und? Haben wir es geschafft?“

„Versuchen wir es.“

Alle vier gingen zum Fahrstuhl und stiegen ein.

Einstein sah bedeutungsvoll von einem zum nächsten. „Seid ihr bereit?“

„Jaaa!“, brüllten alle und Einstein drückte die 7.

Den letzten Knopf. Der Fahrstuhl setzte sich in Bewegung.

Das Labyrinth

Der Fahrstuhl ruckelte leicht und hielt in der siebten Etage. Die Tür öffnete sich. Sie traten hinaus und sahen auf eine dichte, dunkelgrüne Hecke. Ben blickte überrascht zu Einstein.

Die forderte die anderen auf. „Dann mal los!“

„Was ist das?“

„Ein Irrgarten.“

Jetzt sah Ben, dass es eine Lücke in der Hecke gab. Er ging hin und sah vorsichtig in das dunkle Grün. „Ganz schön duster.“ Er drehte sich zu den anderen um und erschrak. „Wo ist der Fahrstuhl?“

Julia und der Junge sahen sich ebenfalls um. Der Fahrstuhl war verschwunden. Ben ging zur Wand, die glatt und weiß hinter den anderen aufragte. Er tastete sie ab, nichts. Keine Ritze, kein Spalt wies darauf hin, dass dort eben noch ein Fahrstuhl gewesen war. Hilfesuchend sah er zu Einstein. „Wie kommen wir jetzt weiter?“

„Wir müssen den Ausgang finden. Dort ist der nächste Fahrstuhl.“

„Und wenn wir wieder runter wollen?“

„Das geht nicht mehr. Wir können nur weitergehen,

nicht mehr zurück."

Ben starrte Einstein fassungslos an. „Wie sollen wir dann jemals nach Hause kommen? Das Tor ist in meinem Zimmer."

„Es muss noch eins geben. Das müssen wir nur finden."

In Ben stieg wieder die altbekannte Panik auf. „Und wenn nicht? Bleiben wir dann ewig hier gefangen?"

„Nur, wenn wir es gar nicht erst versuchen."

„Na dann los!", sagte Julia und verschwand im Labyrinth.

„Halt! Warte", rief Ben ihr nach. Der Junge eilte Julia hinterher und Einstein verschwand ebenfalls im Labyrinth. Ben blieb nichts anderes übrig, als ihnen zu folgen. Vorsichtig schritt er in das dunkle Grün. Drinnen war es düster, nur schummriges Licht fiel von oben herein. Es wirkte stickig, obwohl er natürlich nichts riechen konnte. Einstein verschwand um eine Ecke, Ben beeilte sich, sie einzuholen.

„Wo ist Julia?", fragte er, weil er weder Julia noch den Jungen sehen konnte.

„Weiß nicht", antwortete Einstein. „Wir haben sie verloren."

„Was?" Ben war schon wieder der Panik nahe. Ihm war es egal, ob sie den Jungen im Irrgarten verloren. Aber Julia? „Julia!", rief er verzweifelt.

„Hier!", kam die Antwort aus der anderen Richtung.

Ben drehte sich um. „Wir müssen da lang!" Er rannte um eine Ecke, um die nächste und den Gang hinunter.

„Wo bist du?“ Doch er hörte nichts mehr. Er drehte sich um. „Einstein?“ Aber Einstein war nicht mehr hinter ihm. „Einstein! Wo bist du?“

Es kam keine Antwort. Ben sah sich panisch in alle Richtungen um. „Wo seid ihr?“ Seine Worte verhallten im Dickicht. Er lauschte ihnen nach, doch keine Antwort kam. Er versuchte, gegen seine aufsteigende Panik anzukämpfen. Ruhiger atmen, dachte er sich, ganz ruhig und einfach nur auf den Weg konzentrieren. Außerdem konnte er ja einfach wieder zurück gehen. Dort würde er alle treffen, redete er sich ein. Er ging den Gang zurück und war plötzlich unsicher. War er von rechts oder von links gekommen? Plötzlich wackelte der Boden unter seinen Füßen. Er versuchte, das Gleichgewicht zu halten, um nicht hinzufallen. Die Hecken wackelten, Wind kam auf. Blätter wurden von den Zweigen geweht. Ben glaubte, durch die Hecken hindurch etwas erkennen zu können. War das da hinten Einstein? Doch der Wind wurde heftiger und ihm wurden Blätter und Zweige ins Gesicht geweht, die er abwehren musste. Er kniff die Augen zusammen und hielt die Hände schützend vors Gesicht. Der Boden wackelte erneut, Wände stiegen aus dem Fußboden empor und ersetzten die Hecken. Der Sturm ließ nach. Ben nahm die Hände vom Gesicht und starrte auf weiße Wände. Das Labyrinth war neu erstanden. Nun hatte er völlig die Orientierung verloren. Unschlüssig blickte er nach rechts, dann nach links. Es war egal, welchen Weg er wählte, also ging er los. Er bog ab, kam an eine Kreuzung, entschied sich für den linken Weg, folgte der Abbiegung nach rechts und stand in einer Sackgasse. Seufzend drehte er sich um und erschrak.

„Ah!"

„Ah!"

Vor ihm stand der Junge, genauso erschrocken wie er selbst.

„Was machst du denn hier?"

„Ich hab die anderen verloren."

Ben seufzte. Was sollte er mit diesem Jungen anfangen? Der konnte ihm sicher nicht aus dem Irrgarten heraushelfen.

„Der ganze Boden hat gewackelt. Was ist das hier?", fragte der Junge mit zittriger Stimme.

„Ein Irrgarten. Hat Einstein doch gesagt."

„Und wo ist der Ausgang?"

„Den müssen wir suchen. Das ist die Aufgabe."

Ben konnte die Genervtheit aus seiner Stimme nicht heraushalten. Der Junge stellte aber auch die allerdämlichsten Fragen.

„Warum müssen wir das?"

Ben blieb stehen. „Du nervst! Das hier ist ein Computerspiel und wir müssen die Aufgabe des 7. Levels lösen. Du spielst doch den ganzen Tag am Computer. Du müsstest doch wissen, wie das geht."

Der Junge zuckte unter Bens scharfen Worten zusammen. Kleinlaut gab er zu. „Ich verlier doch immer."

„Na toll. Dann bist du mir keine große Hilfe."

Ben trottete voran. Plötzlich wackelte der Fußboden

wieder. Ben konnte sich nicht auf den Beinen halten, wurde herumgeschleudert. Die Wände brachen zusammen, Steine flogen davon und dort wo vorher Wände waren, stiegen aus dem Fußboden Wasserfontänen empor bis zur Decke. Ben wurde von einer Fontäne erwischt und war pitschnass, als er sich endlich hochrappeln konnte. Um ihn herum stürzten Wasserfälle von der Decke herunter und das Wasser floss in tiefe Schluchten hinab. Ben starrte sie mit offenem Mund an. Wasserfälle! Ein wahnsinnig schönes Bild bot sich ihm. Vor ihm Wasserfälle, hinter ihm. Überall gewaltigen Wassermassen, die im Boden versanken. Er war so in den Anblick vertieft, dass er den Jungen ganz vergessen hatte. Er drehte sich nach ihm um. Doch er war nicht mehr da. Wahrscheinlich war er ein paar Meter weiter geschleudert worden. Kurz überlegte er, nach ihm zu rufen. Doch da er seinen Namen nicht wusste, ließ er es. Eigentlich war er froh, ihn los zu sein. Er war lieber allein unterwegs als mit diesem nervigen Kleinen. Fasziniert betrachtete er, wie das Wasser herunterfiel. Ihm kam der Gedanke, dass man vielleicht hindurch gehen konnte. Dann musste er sich nicht an die Irrwege halten, sondern konnte den kürzesten Weg zum Ausgang gehen. Er nahm allen Mut zusammen. Nass war er eh schon. Er holte tief Luft und wollte durch den Wasserfall hindurch auf die andere Seite. Boing! Es tat weh, als er gegen Felsen stieß. Ben wich zurück und ließ sich auf den Weg sinken. Er konnte also keine Abkürzung nehmen. Er wrang den Zipfel seines patschnassen

T-Shirts aus. Es war aussichtslos. Er war durch und durch nass. Zum Glück zog ein warmer Luftzug durch den Irrgarten, so dass er nicht fror. Er musste weiter versuchen, einen Weg aus dem Irrgarten zu finden. Er stand auf, und wieder beschäftigte ihn die Frage: Nach links oder nach rechts? Er ging den Weg zwischen den Wasserfällen entlang und beschloss, fortan immer nur rechts abzubiegen. Dann könnte er sich wenigstens merken, wie es zurück ging. Er bog um die nächste Ecke und traf Einstein, die ihm entgegenkam.

„Einstein!“ Ben eilte ihr entgegen und umarmte sie stürmisch. „Wo warst du? Ich habe euch alle verloren. Nein, den Jungen habe ich getroffen, aber auch wieder verloren.“

„Vielleicht sollten wir lieber alle zusammenbleiben“, schlug Einstein vor.

„Finde ich auch. Aber wo sind die anderen?“

Einstein zuckte ratlos die Schultern.

„Wie ist denn die Lösung? Wie kommen wir hier raus?“, wollte Ben wissen.

„Wir müssen den Ausgang finden“, antwortete Einstein.

„Ja, aber wie? Du hast das Level doch programmiert. Du weißt die Lösung.“

Einstein seufzte: „Es gibt keine Lösung. Der Zufallsgenerator verändert das Labyrinth immer wieder. Wir müssen den Ausgang einfach irgendwann zufällig finden.“

„Zufällig?“

Einstein nickte.

„Wir können nur durch einen Zufall gewinnen?“

„Ja.“

„Das kann doch nicht wahr sein. Das kann ewig dauern.“

„Oder ganz schnell gehen. Wie es der Zufall will“, erklärte Einstein.

„Es kann aber auch sein, dass wir hier nie mehr rausfinden?“, fragte Ben fassungslos.

„Das ist eher unwahrscheinlich. Laut Wahrscheinlichkeitsrechnung finden wir früher oder später hinaus“, vermutete Einstein.

Ben wusste nichts mehr zu sagen. Es machte ihn sprachlos. „Und jetzt?“

„Suchen wir die anderen.“

„Wo denn?“

Einstein sah sich um und zeigte auf den nächstbesten Abzweig. „Dort.“ Sie ging vor und Ben blieb nichts anderes übrig, als ihr zu folgen.

„Ist das nicht ein bisschen unsinnig, was wir hier tun? Sollten wir nicht systematisch vorgehen?“, wollte Ben wissen.

„Wie denn? Wenn der Irrgarten sich immer wieder verändert.“

„Du bist ein Supergenie. Dir muss was einfallen.“ Einsteins Gelassenheit machte Ben fassungslos.

„Es gibt keine logische Möglichkeit, das Level zu lösen. Ich weiß das, ich habe es mir schließlich ausgedacht. Ich fand es eine tolle Idee, ein Level zu haben, das nur durch Zufall zu lösen ist“, erklärte Einstein.

„Na super!“ Ben wurde langsam schlecht gelaunt.

„Ich habe dich von Anfang an gewarnt, dass es gefährlich werden könnte“, erinnerte ihn Einstein.

„Wer ahnt denn sowas? Ich habe an Drachen und Monster gedacht, nicht an unsinniges in der Gegend Rumlaufen.“

„Tja, jedes Level bringt andere Herausforderungen.“

Ben trottete Einstein hinterher. Jetzt war Einstein bei ihm, und es brachte ihn keinen Schritt näher an die Lösung des Levels. Sie war genauso hilflos wie er. Plötzlich schwankte er beim Gehen. Der Boden fühlte sich wacklig an. Ben ahnte schon, was jetzt kam. Der Irrgarten würde sich wieder verändern. Er wollte vorsichtshalber Einsteins Hand greifen. Doch Wasser spritzte in seine Augen. Er sah nichts mehr, fühlte den Boden unter sich wegbrechen, Wassermassen füllten den Raum. Überschwemmten ihn. Ben paddelte mit Händen und Füßen, um nicht unterzugehen. Er schluckte Wasser, hustete, schnappte nach Luft. Dampf stieg auf. Das Wasser löste sich in Nebel auf, wurde weniger. Ben hatte wieder Boden unter den Füßen. Doch der Nebel trübte ihm die Sicht. Als er sich endlich verzog, hatte Ben wieder einmal die Orientierung verloren. Einstein war weit und breit nicht zu sehen. Statt der Wasserfälle gab es nun Felswände. Höhlenartig. Stalaktiten und Stalagmiten umgaben ihn und ließen nur wenige Wege offen. Er ging ein paar Schritte, rief:

„Einstein!“

„Einstein … stein … stein“, hörte er das Echo antworten. Verwirrt sah er sich um, wusste nicht, wohin er sollte. Und hörte plötzlich: „Ben … en … en“

Er traute seinen Ohren nicht. Hatte sie geantwortet?

„Hier!“, brüllte er so laut er konnte und hörte aus allen Richtungen: „… ier … ier … ier!“ Er ging um die nächste Ecke und stand vor Julia. Sein Herz machte einen Sprung vor Freude.

„Julia!“

Er nahm sie fest in den Arm und Julia erwiderte die Umarmung. Ben war glücklich, endlich war Julia wieder bei ihm.

„Mann, ist das ein Chaos hier. Ständig verändert sich alles.“

„Bin ich froh, dass ich dich gefunden habe.“

Sie grinsten sich an.

„Wie löst man denn jetzt dieses bekloppte Level?“, wollte Julia wissen.

„Wenn ich das wüsste“, gab Ben zu.

„Mein Regenerationsbalken zeigt an, dass ich was essen muss“, mahnte Julia.

Ben fiel ein, dass er auch schon lange nichts mehr gegessen hatte. Er sah auf seinen Regenerationsbalken, und tatsächlich tendierte der gegen Null. Er nahm den Rucksack ab und setzte sich.

„Wonach ist dir? Pralinen? Bonbons oder Gummibärchen?“

Julia hockte sich zu ihm.

„Egal, Hauptsache es hilft.“

Ben hielt ihr den offenen Rucksack entgegen, und sie nahm sich ein paar Sachen heraus.

„Weißt du noch, als wir im Wald gegrillt haben? Das hat Spaß gemacht."

Ben strahlte. „Fand ich auch."

„Und was machen wir jetzt, um hier rauszukommen?"

Ben zuckte die Achseln. Er hatte keine Ahnung. Ratlos sah er sich um. Eine Praline fiel herunter und blieb auf einem der Sechsecke, die den Fußboden markierten, liegen. Da traf ihn die Erkenntnis wie ein Schlag.

„Sechsecke!"

Julia sah ihn ratlos an.

„Der Fußboden besteht aus sechseckigen Kacheln! Er ist wabenförmig."

„Ja, und?"

„Er ist immer gleich." Ben sprang auf. „Egal, wie die Wände sich verändern, egal wie unterschiedlich alles aussieht. Der Fußboden verändert sich nicht."

Julia begriff nicht, was daran aufregend sein sollte.

„Versteh doch! Wir sind in einem Computerspiel. Die Grafik ist in Sechsecke aufgeteilt. Wenn wir auf jedes Sechseck einen Bonbon legen, wissen wir, welche Wege wir bereits gegangen sind. Auch wenn die Wände sich verändern, bleibt der Fußboden gleich. Wir müssen immer die Wege wählen, wo keine Bonbons liegen. Dann müssen wir irgendwann automatisch zum Ausgang kommen. Das klappt allerdings nur, wenn nicht nochmal Wassermassen kommen, die die Bonbons wegspülen könnten."

Julia sprang auf. Nun hatte auch sie es begriffen.

„Das ist eine super Idee. Du bist ein Genie, Ben."

Bevor Ben reagieren konnte, hatte Julia sich bereits den Rucksack gegriffen und begann, die Kacheln zu markieren. Sie drückte Ben eine Handvoll Bonbons in die Hand.

„Du da lang, ich da."

Schon lief sie einen Weg hinunter. Ben verteilte die Bonbons in der anderen Richtung. Er hatte nun keine Angst mehr, Julia zu verlieren, er wusste, durch die Bonbons würde er sie wiederfinden. Doch als die Felswände neben ihm zu wackeln begannen, bröckelte auch seine Sicherheit. Er rief nach Julia und rannte so schnell er konnte zurück. Sie kam ihm entgegengelaufen, und gerade als die Wände einstürzten, griff sie nach seiner Hand. Beide hielten sich so gut aneinander fest, wie es unter den Umständen möglich war. Alles wackelte und stürmte um sie herum, doch ihre Hände waren fest umschlossen. Langsam fühlte der Fußboden sich wieder stabil an. Das Wackeln und der Sturm ließen nach. Ben sah sich um. Er traute seinen Augen nicht, als er den kompletten Raum vor sich sah. Keine Wand umgab sie, kein Hindernis war mehr im Weg. Er hatte freie Sicht und konnte den ganzen Raum überblicken. Der Fußboden bestand aus den wabenförmigen Feldern, auf denen immer noch die Bonbons lagen. Ihre Wege waren gekennzeichnet. Es hatte funktioniert! Ben hob den Blick. Nicht weit entfernt von ihnen rappelte sich der Junge auf, sah sie erstaunt und lief auf sie zu. Er knallte gegen etwas Unsichtbares und fiel wieder hin. Ben sah sich um, und aus einiger Entfernung winkte ihnen Einstein zu. Sie machte Zeichen, die Ben nicht deuten konnte. Doch Julia hatte sie verstanden, sie tastete eine unsichtbare Wand ab. Ben tastete vorsichtig mit der Hand nach vorne und fühlte Glas. Sie waren von Glas umgeben. Ein Glaslabyrinth. Immerhin wussten sie jetzt, wo sie sich befanden. Auch wenn sie den Weg zueinander nicht wussten. Julia war bereits ein gutes Stück vorangekommen. Ben tastete sich zu ihr. Einstein kam ihnen vorsichtig tastend entgegen, musste sich wieder ein Stück von ihnen entfernen, weil die Wände den direkten Weg nicht zuließen. Aber sie kamen sich immer näher. Ben schätzte, dass er nur noch zwei Reihen von Einstein entfernt war. Sie mussten es schaffen. Geradeaus ging es nicht weiter, Ben tastete nach links - eine Wand. Nach rechts - auch eine Wand. Mist! Er war in einer Sackgasse gelandet. Er drehte sich um, wollte zurückgehen, da wackelte der Boden erneut unter seinen Füßen. Nein! Schnell suchte er mit hektischen Blicken den Raum ab. Er wollte sich wenigstens merken, in welcher Richtung der Fahrstuhl war, doch er konnte ihn auf die Schnelle nicht entdecken. Er verlor wieder einmal den Boden unter den Füßen, wurde umhergewirbelt, schlug hart auf und stöhnte. Als er den Kopf hob, sah er eine Stahlmauer vor sich. Dicht und undurchdringlich. Ben ließ seinen Kopf erschöpft sinken. So nah war er dran gewesen, zu den anderen zu finden. Jetzt war er wieder allein. Erschöpfung machte sich in seinem ganzen Körper bemerkbar. Er spürte in jedem Muskel Resignation und Schwere.

Schon wieder musste er sich allein aufraffen, aufstehen und wieder einmal von vorne anfangen. Er war es so leid. Mühsam wuchtete er seinen Körper hoch, stand auf und sah sich um. Da! Am Ende des Gangs lag eines seiner Bonbons. Ein neuer Energieschub durchfuhr seinen Körper. Wenn er der Bonbonspur folgte, müsste er Julia finden. Er eilte dort hin, um die Ecke – und die Bonbonspur brach ab. Als Ben den Kopf hob, saß der Junge direkt vor ihm in einer Ecke. Leere Bonbonpapiere waren um ihn verstreut, und er kaute mit vollen Wangen. Der Junge hatte die Wegmarkierungen aufgegessen. Ben überkam eine solche Wut, dass er zu dem Jungen ging, ihn am Kragen packte und schüttelte.

„Was hast du nur getan?“

Der Junge sah ihn erschrocken an.

„Das waren unsere Wegmarkierungen. Jetzt haben wir nicht mehr genug Bonbons, um sie neu zu machen!“

„Was? Das wusste ich nicht.“

Tränen rannen seine Wange hinab. Ben ließ von dem Jungen ab.

„Entschuldigung, du konntest das ja wirklich nicht wissen.“

Der Junge schniefte.

„Hey, ist ja gut. Alles wird gut“, tröstete Ben.

Doch der Junge hörte nicht auf zu weinen.

„Wir kommen hier schon irgendwann wieder raus. Keine Sorge.“

Der Junge schüttelte den Kopf. „Das ist mir egal.“

„Echt? Was ist dann los? Was hast du?“

Der Junge fing erneut an zu schluchzen. „Keiner mag mich.“

Ben verschlug es die Sprache. Er mochte ihn wirklich nicht. Aber er hatte nicht darüber nachgedacht, dass es den Jungen verletzen könnte. Betroffen ließ er sich neben ihn sinken und sah ihn an.

„Ich find Julia so toll, aber ich gehe ihr nur auf die Nerven. Und dir auch“, schluchzte der Junge.

Ben schluckte. Jetzt tat es ihm leid, dass er immer so genervt reagiert hatte.

„Keiner mag mich.“

Ben seufzte. „Das ging mir auch lange so.“

„Wirklich?“

„Ja. Ich war immer allein in der Schule. Die anderen haben sich über mich lustig gemacht.“

„Echt? Und was hast du dann gemacht?“

Ben schluckte. „Ich habe mich an den Computer gesetzt und so lange gespielt, bis ich es vergessen hatte“, gab er zu.

„Das mache ich auch, es hilft aber nicht.“

Der Junge sah Ben so traurig an, dass es ihm ans Herz ging.

„Stimmt, es hilft nicht. Das habe ich lange nicht kapiert. Erst hier drin habe ich gelernt, mal was anders zu machen.“

Der Junge sah ihn hoffnungsvoll an. „Und was?“

Ben dachte nach. Was hatte er eigentlich gelernt? „Aktiv werden. Nicht immer anderen hinterherlaufen. Sich auf die eigenen Stärken besinnen und versuchen, darin immer besser zu werden."

„Und was sind meine Stärken?"

„Das musst du selbst herausfinden. Was kannst du denn besonders gut?"

Der Junge sah ihn ratlos an. Ben dachte darüber nach. Der Junge saß eigentlich immer nur am Computer und spielte. Trotzdem war er darin nicht gut, sonst würde er nicht immer verlieren. Er rannte Julia hinterher, obwohl sie nichts von ihm wissen wollte. Jetzt wusste Ben es.

„Du bist beharrlich!"

„Ja?"

„Du bist geduldig und beharrlich. Lässt nicht locker. Darauf musst du dich konzentrieren. Das kannst du gut."

„Wirklich?"

Über das Gesicht des Jungen huschte ein Lächeln. Ben atmete innerlich auf. Er hatte es geschafft, ihn aufzumuntern.

„Und das sind Eigenschaften, die man braucht, um dieses Level zu lösen. Nur durch Geduld und Beharrlichkeit ist es zu lösen", sagte er begeistert.

Jetzt strahlte der Junge sogar. Ben kam richtig in Fahrt.

„Stell dir vor, du löst das Level. Dann sagen alle, du bist der Größte!" Ben brach ab, weil er nicht wusste, wie der Junge hieß.

„Wie heißt du eigentlich?"

„Ich habe keinen Namen."

Ben sah den Jungen schockiert an. „Was?"

„Sollte ich einen haben?“

„Jeder braucht einen Namen.“

Der Junge zuckte die Achseln. „Mir hat keiner einen gegeben.“

„Dann gib dir doch selbst einen. Wie möchtest du gerne heißen?“

Der Junge sah ihn wieder ratlos an. „Weiß ich nicht.“

„Hm, lass mich mal überlegen. Was würde am besten zu dir passen?“

Noch während er sprach, begann der Boden, erneut unter ihren Füßen zu beben. Ben stöhnte: „Nicht schon wieder.“

Und schon wurde er umhergewirbelt. Es stürmte, Wände wackelten, Stahlsplitter flogen umher und Ben musste seine Arme schützend um seinen Kopf halten. Als der Sturm sich gelegt hatte, sah Ben, dass sich wieder alles verändert hatte. Die Wände waren jetzt Rosenbüsche und der Junge war fort. Ben bedauerte es, denn irgendwie vermisste er ihn jetzt. Es war sinnlos, nach ihm zu rufen, da er seinen Namen nicht wusste. Erneut rappelte er sich auf und ging voran, denn es musste ja weitergehen. Er stieß fast mit Einstein zusammen, die aus einem Seitenweg herauskam.

„Einstein!“, „Ben!“, riefen sie fast gleichzeitig und waren glücklich, wieder zusammen zu sein. Während sie weiterliefen und die Wege nach dem Ziel absuchten, stellte Ben die Frage, die ihn gerade beschäftigte.

„Warum hast du dem Jungen keinen Namen gegeben?“

Einstein war offensichtlich überrascht von seiner Frage. „Hast du nicht gemerkt, wer er ist?"

Ben schluckte. „Ja, natürlich. Er ist ich."

Einstein grinste. „Wie sollte ich ihm da einen Namen geben?"

Ben schwieg. Es hatte ihn im 5. Level getroffen und es traf ihn wieder. Zu wissen, dass der kleine nervige Junge so war wie er selbst. „Moment!", sagte Ben. „Er ist so, wie ich selbst *war.*" Er hatte sich inzwischen verändert, war irgendwie reifer, älter geworden. Also war der Junge so etwas wie sein kleiner Bruder. Ben traf diese Erkenntnis wie ein Schlag und plötzlich wusste er, wie der Junge hieß. Er füllte seine Lungen mit Luft und rief so laut er konnte:

„Benjamin! Wo bist du?"

„Hier!", kam prompt die Antwort. „Ich habe den Ausgang gefunden!"

Ben und Einstein sahen sich überrascht an und rannten fast gleichzeitig los in die Richtung, aus der die Stimme kam. Von rechts kam Julia angeschossen. Und nach kurzer Zeit kamen alle drei am Ausgang des Irrgartens an. Ein Rosenbogen säumte das Ende des Weges, und dahinter war ein Fahrstuhl zu sehen. Benjamin winkte ihnen freudig zu. Alle vier nahmen sich glücklich in die Arme.

Einstein lachte. „Ich habe doch gesagt. Früher oder später finden wir den Ausgang."

„Nein, nicht wir. Benjamin hat ihn gefunden.", sagte Ben.

Benjamin strahlte über das Lob, und alle klopften

ihm anerkennend auf die Schulter. Sie stiegen in den Fahrstuhl. Auf dem Display stand: *Glückwunsch!*

Ben strahlte Einstein an. „Stefanie hat uns zugesehen."

Einstein nickte und zeigte bedeutungsvoll auf das Display. Es gab nur eine Taste: Die 8. Einstein wandte sich an Ben: „Willst du?"

„Ist das das letzte Level? Wirklich?"

„Wirklich!"

Ben strahlte und drückte die 8. Der Fahrstuhl schloss die Türen und ruckelte an.

Der leere Raum

„Wenn ich das achte Level gelöst habe, habe ich das Spiel gewonnen?"

„Ja."

Einstein wirkte stolz. Ben wusste nicht, ob sie stolz auf ihn war, dass er Level für Level meisterte oder stolz auf sich selbst, weil sie das Spiel so gut programmiert hatte. Egal, beides war richtig cool. Was für ein geiles Spiel! Und Ben war so weit gekommen!

Als sich die Türen des Fahrstuhls öffneten, drängelten sich Julia und Benjamin sofort hinaus und liefen vor. Ben sah einen großen, kahlen Raum. Nur in der Mitte stand ein unscheinbarer Schreibtisch mit einem Computer darauf.

Ben strahlte Einstein an: „Der Computer! Jetzt kannst du endlich selbst programmieren und uns rausholen!"

Einstein entgegnete: „Genau. Wir brauchen erstmal einen Bildschirm und Lautsprecher, damit wir hören, was in der Wirklichkeit passiert. Dann benötigen wir noch eine genaue Kopie deines Zimmers und der Küche."

„Und Stefanie brauchen wir virtuell, damit sie von

hier aus rufen kann, richtig?“, rief Ben aufgeregt dazwischen.

Einstein nickte: „Ich erkläre Stefanie unseren Plan und du programmierst schon mal den Lautsprecher und Bildschirm in diesen Raum.“

„Ich soll programmieren?“

„In vereinfachter Form. Mit dem Designprogramm kannst du den Raum gestalten.“

„Wow! Kann ich das?“

„Das Programm ist selbsterklärend. Ich rede so lange mit Stefanie. Viel Spaß.“

Einstein wollte schon gehen, da hielt Ben sie auf.

„Müssen wir eigentlich das Level noch lösen?“

Einstein schüttelte den Kopf: “Wenn meine Theorie mit der Rückkopplung stimmt, ist es nicht mehr nötig.“

Ben fragte: „Und was wäre die Lösung dieses Levels? Oder weißt du es nicht. So wie bei den anderen Leveln“, fügte er frech hinzu.

„Häh?“

„Du glaubst immer noch, die Lösung des Irrgarten-Levels war Zufall.“

„Natürlich war es das.“

„Nein. Ich habe das Level dadurch gelöst, dass ich dem Jungen einen Namen gegeben habe.“

Einstein lachte.

„Das ist Quatsch. Wir haben es durch Zufall gelöst. Ich muss es wissen, ich habe es programmiert.“

Doch Ben blieb bei seiner Meinung. „Glaube ich nicht. Im 5. Level musste ich erkennen, dass Benjamin ich ist. Und im 7. musste ich ihm einen Namen geben."

„Du interpretierst zu viel in die Lösung rein. Im 5. Level musstest du den Jungen dazu bringen, etwas zu unternehmen und das 7. haben wir durch Zufall gewonnen."

„Du hast gesagt, das Spiel kann sich selbst überarbeiten. Ich glaube, es setzt andere Regeln als du. Es hat mich ins Spiel reingeholt. Das hast du auch nicht einprogrammiert."

Einstein wurde unsicher und Ben fuhr fort: „Also, was ist die Aufgabe für dieses Level?"

„Du musst dir dein eigenes Level gestalten."

„Echt? Wie denn?"

„Mit dem Computer." Einstein zeigte auf das Gerät.

„Und wann hätte ich gewonnen?"

„Wenn es dir gelingt, dich davon loszureißen. Also die Entscheidung zwischen Spiel und Wirklichkeit. Aber das ist jetzt nicht mehr wichtig. Wir brauchen als erstes den Bildschirm."

Und damit verschwand Einstein im Fahrstuhl. Ben setzte sich neugierig an den Computer und schaltete ihn ein. Julia kam zu ihm.

„Ganz schön öde hier."

„Das ändere ich gleich", antwortete Ben stolz und sah sich das Programm genauer an. Es war wie ein Spiel aufgebaut. Im Menü konnte er zwischen mehreren Unterpunkten wählen: Natur, Möbel, Technische Geräte. Technische Geräte klickte er an. Ein weiteres

Menü öffnete sich. Eine Bildergalerie mit verschiedenen Geräten erschien: Fernseher, Computer, Radio. Okay, das war sehr einfach. Fernseher klickte er an. Damit hatte er die beste Bildübertragung und um die Tonübertragung musste er sich auch nicht extra kümmern. Auf dem Bildschirm war ein Raum abgebildet, der in wabenförmige Raster aufgeteilt war, wie der Fußboden im 7. Level. Ben positionierte den Fernseher an der Wand und klickte auf *bestätigen*. Und Schwupps hing an der Wand gegenüber ein Fernseher. Ben starrte ihn mit offenem Mund an. Alles, was er im Computer erschuf, wurde hier Wirklichkeit. Das war irrsinnig. Und er konnte wirklich alles neu gestalten auf diese einfache Weise? Er war gebannt von den Möglichkeiten. Er klickte aufs Menü und wählte diesmal Natur. Bäume, Pflanzen und Sträucher taten sich vor ihm auf. Er klickte einen Baum an und platzierte ihn vor dem Schreibtisch. Schwupps! Julia sprang erschrocken zur Seite, weil direkt neben ihr ein Baum aufragte. Ben sah sie herausfordernd an.

„Na? Findest du es immer noch langweilig hier?“

Julia starrte fasziniert auf den Baum. „Im Gegenteil. Cool! Das ist echt cool!“

Sie kam zu Ben und sah mit ihm gemeinsam auf den Bildschirm.

„Klick das mal an.“

Sie erschufen einen Billardtisch, einen Swimmingpool, Strand, Rasen und einen Strandkorb. Ben klickte zum Spaß mehrmals auf einen Fußball und die Bälle sprangen um sie herum.

„Ist das cool. Jetzt lass uns überlegen, was wir wirklich haben wollen."

„Ein Haustier!", mischte sich jetzt Benjamin ein. Julia und Ben sahen ihn überrascht an.

„Ich hätte unheimlich gerne ein Haustier."

„Okay." Ben durchsuchte das Menü, aber vergeblich. Es gab keine Rubrik für Tiere, nur für Gegenstände.

„Ich kann dir einen Stoffhasen besorgen", bot er Benjamin an, doch der schüttelte den Kopf.

„Es muss schon lebendig sein."

„Sorry. Irgendeinen anderen Wunsch?"

Benjamin schüttelte traurig den Kopf. „Ich wäre halt so gern nicht mehr allein."

„Du hast doch uns. Komm. Wünsch dir was, und wir spielen zusammen damit."

Zögerlich kam Benjamin näher. Sie klickten das Menü durch und Benjamins Blick blieb sehnsüchtig an einer Wasserrutsche hängen. Ben klickte sie kurzerhand an und platzierte sie am Swimmingpool.

Whoosch! Schon stand am Swimmingpool eine Wasserrutsche. Benjamin strahlte.

„Und jetzt bitte noch eine Badehose und eine Umkleidekabine."

„Klar."

In der letzten freien Ecke des Raumes platzierte Ben eine Umkleidekabine. Langsam wurde der Raum eng.

Julia kniff die Augen zusammen. „Kannst du den Raum vergrößern? Oder irgendwo anbauen?"

„Hm."

Ben durchsuchte das Menü.

„Seid ihr wahnsinnig?“, hallte Einsteins Stimme vom Fahrstuhl her. Sie war unbemerkt von den anderen zurückgekommen. „Was machst du hier? Du solltest unsere Rückkehr vorbereiten!“

Ben fiel siedend heiß ein, dass er seinen eigentlichen Auftrag ganz vergessen hatte. Er stammelte: „Ich, äh, ich hab einen Fernseher reinprogrammiert. Da hängt er.“

Hilflos zeigte er an die Wand, an der ein einzelner Fernseher hing.

„Dann habe ich das Programm weiter angesehen und ganz vergessen, was ich machen sollte. Es gibt hier so viele Möglichkeiten!“

Einstein schob Ben vom Computer weg und setzte sich selbst.

„Dann mach ich das jetzt. Wir brauchen noch viel mehr Bildschirme. Mach du, was du willst.“

Ben schluckte. Er spürte Einsteins Wut und fühlte sich entsetzlich. Er hatte nur eine Aufgabe gehabt, die kinderleicht war und hatte sie ganz vergessen. Nur weil er sich wieder einmal von einer Art Computerspiel hatte mitreißen lassen. Julia zog ihn mit sich.

„Komm, wir probieren die Rutsche.“

Ben stolperte Julia hinterher und warf einen Blick zurück zu Einstein. Sie hackte wild auf die Tastatur ein, um sie beide zurück in die Wirklichkeit zu bringen. Er hatte ein schlechtes Gewissen. Doch er konnte ihr jetzt nicht mehr dabei helfen, also konnte er genauso gut mit den anderen Baden gehen. Benjamin kam in Badehose aus der Umkleidekabine. Sein Bauch hing über die Badehose, und der Rest seines Körpers schwabbelte unförmig darüber. Ben blickte ihn unangenehm berührt an. Er wusste, er hatte die gleiche Figur. Er konnte sich unmöglich Julia in Badehose zeigen. Julia kam bereits aus der Umkleide und winkte Ben zu, dass er sich beeilen solle. Sie kletterte hinter Benjamin auf die Rutsche und beide juchzten, als sie ins Wasser platschten. Ben sah neidisch zu, konnte sich aber nicht überwinden, mitzumachen.

***

Stefanie kam aufgeregt aus dem Elektroladen, in dem sie Webcams gekauft hatte. Die sollte sie in fast allen Räumen anbringen. Bluetoothfähig sollten sie sein, hatte Einstein ihr aufgetragen. Das hatte sie dem Verkäufer ausdrücklich gesagt. Einstein hatte ihr eine lange Liste diktiert, die sie erledigen musste. Plötzlich klingelte ihr Handy. Bens Mutter. Stefanie stöhnte und zögerte kurz. Was sollte sie ihr erzählen? Sie meldete sich betont fröhlich.

„Hey, Gesine! Hast du schon wieder Sehnsucht nach deinem Kleinen?“

Und wieder musste sie sich die Sorgen der Mutter anhören, die seit Tagen ihren Sohn nicht erreichte.

„Ach, ich habe ihm gesagt, er soll dich mal anrufen. Aber die beiden sind so in ihre Arbeit versunken, dass sie es ganz vergessen haben. – Nein, jetzt sind sie gerade weg, irgendwas besorgen. Was mit Bluetooth, ich versteh ja nichts von diesen Dingen. – Ja klar, ich sag es ihm.“

Plötzlich fiel ihr die Kinnlade herunter.

„Ihr kommt eher zurück? Warum?“

Sie hörte ihre eigene Stimme fast hysterisch werden bei der Frage.

„Entweder Ben ruft zurück, oder ihr brecht eure Reise ab und kommt heute zurück?“

Jetzt hörte sie sich schon wie eine Serienkillerin an, die die beiden im Keller gefangen hielt. Sie musste sich dringend beruhigen und ganz klare Argumente bringen, warum sie nicht eher zurückkommen konnten. Doch bevor ihr etwas einfiel, hatte Gesine schon aufgelegt. Stefanie war in Panik. Sie musste so schnell wie möglich Ben und Einstein warnen.

***

Ben stand am Rand des Swimming-Pools und starrte sehnsüchtig aufs Wasser. Die anderen plantschten fröhlich und spritzten sich gegenseitig Wasser ins Gesicht. Gleichzeitig hörte Ben Einstein auf die Tastatur einhämmern und blickte mit schlechtem Gewissen zu ihr. Sie war ein wahnsinniges Risiko eingegangen, um ihm zu helfen, in die Wirklichkeit zurückzukehren. Plötzlich erwischte ihn eine Wasserfontäne. Julia kicherte. „Na los! Komm rein! Du bist eh schon nass.“

Ben lachte. „Na warte!“

Die Entscheidung war gefallen. Er würde mit toben. Er drehte sich um und ging zur Umkleidekabine.

Dabei kam er an Einstein vorbei und sah ihr angespanntes Gesicht. Sie arbeitete allein daran, sie beide nach Hause zurückzuholen. Seine Schritte wurden zögerlicher, schließlich blieb er vor ihr stehen. „Programmiere einen zweiten Computer rein. Dann können wir parallel arbeiten“, schlug Ben vor.

Einstein sah hoch und ihr Gesicht spiegelte Erleichterung. „Gute Idee.“

Mit ein paar wenigen Klicks war ein zweiter Arbeitstisch mit Computer erschaffen. Einstein musste die Geräte nur noch koppeln, dann waren alle Programme auch auf Bens Computer eingerichtet.

„Okay. Wir müssen dein Zimmer und die Küche nachbauen.“

Ben sah sie unschlüssig an.

„Damit wir zum gleichen Raum laufen können, aus dem Stefanie uns ruft?“

Einstein blickte Ben an und nickte zufrieden. „Auf dem Bildschirm sehen wir, in welchem Raum sie steht. Wenn sie anfängt zu rufen, müssen wir in den gleichen Raum hier im Spiel laufen. Wir müssen beide Räume nachbilden. Weil wir nicht mehr in die unteren Level kommen.“

„Natürlich!“ Ben glaubte, ungefähr verstanden zu haben, worum es ging.

„Wenn wir die Küche und dein Zimmer nehmen wollen, brauchen wir eine zweite Etage“, sagte Einstein.

„Geht das?“

„Dann muss nur der ganze Quatsch hier weg.“

Einstein wandte sich dem Programm zu und klickte etwas an. Der Baum verschwand. Dann löste sich der Billardtisch in nichts auf.

Ben rief: „Halt!"

Einstein sah auf. „Was?"

„Ist es nicht egal, in welchen Raum wir wechseln? Dann können wir doch auch in den Garten bei mir zuhause wechseln. Dann können wir das alles hierlassen."

„Na, einen Pool habt ihr ja wohl nicht", sagte Einstein. Fast gleichzeitig löste der Pool sich in Luft auf, und Julia und Benjamin, die eben noch geschwommen waren, knallten unsanft auf den harten Boden.

Ben ging das alles viel zu schnell. „Warte, lass mich das machen."

„Aber du weißt schon, dass alles detailgetreu sein muss. Du darfst es nicht hübscher machen als in Wirklichkeit."

„Jaja, schon klar."

Trotzdem wollte er nicht, dass Einstein ihm all die schönen Dinge nahm. Nicht so schnell. Doch Einstein fuhr unbarmherzig fort. Sie entfernte die Wasserrutsche, die Dartscheibe und den Strand, bis nur noch der kahle Raum zu sehen war. Nur der einsame Fernseher hing noch an der Wand. Ben schluckte seine Enttäuschung runter und sah zu Einstein. „Und wie bauen wir mein Zimmer?"

„So."

Schon hatte sie die Hauswand mit Bens Zimmerfenster, das zum Garten rausgeht, erschaffen. Gleich dahinter schwebte Bens Zimmer mitten in der Luft. Dann kam der Flur dazu und die Treppe, die in die Diele unten führte.

Benjamin und Julia kamen patschnass und zitternd zu ihnen.

„Kriegen wir wenigstens einen Bademantel?“

Einstein sah nur eine Viertelsekunde hoch. Dann klickte sie sich durchs Menü. Einen Mausklick später waren Benjamin und Julia wieder angezogen und trocken. Ben starrte sie verwundert an. Doch Julia und Benjamin schienen nichts Ungewöhnliches daran zu finden.

„Los, versuchen wir es mal“, sagte Julia zu Benjamin und bezog sich damit wohl auf ein vorangegangenes Gespräch, das Ben nicht mitbekommen hatte. Die beiden gingen in Richtung Fahrstuhl.

„Du richtest dein Zimmer ein, während ich den Garten nachbaue. Du weißt am besten, was alles reingehört. Es sollte so exakt wie möglich sein.“

„Okay.“ Ben fand es schade, sein altes Zuhause rekonstruieren zu müssen. Von hier aus gesehen erschien es ihm langweilig. Lieber hätte er sich etwas Neues ausgedacht. Doch es half nichts. Er machte sich an die Arbeit. Schrank, Bett, Schreibtisch. Mit der Zeit machte es ihm doch Spaß, und er wurde immer detailgenauer. Plötzlich kamen Julia und Benjamin wieder angeschlendert.

„Da ist eine Nachricht für dich im Fahrstuhl.“

Ben sah auf. „Welche?“

„Du sollst deine Eltern anrufen.“

„Was?“

Ben sah hilfesuchend zu Einstein. Die war genauso alarmiert wie er. Sie sprang auf und eilte zum Fahrstuhl, Ben hinterher.

Ruf deine Eltern an, stand da.

„Stefanie?“ Einsteins Stimme klang besorgt.

Entweder du rufst an, stand da prompt einen kurzen Moment. Dann verschwand die Schrift. *Oder sie kommen zurü*, war gleich darauf zu lesen.

„So ne Kacke.“ Ben sah Einstein panisch an.

„Was machen sie, wenn du nicht da bist?“

„Die Polizei einschalten?“

„Womöglich wird der Computer konfisziert. Dann kommen wir nie mehr raus.“

„Also muss ich sie anrufen.“

„Wie denn?“

Ben überlegte. „Stefanie kann uns doch sehen und hören. Sie muss nur mit meinem Handy, das bei mir im Zimmer auf dem Schreibtisch liegt, meine Mutter anrufen und den Hörer nah an den Lautsprecher halten. Ich kann dann mit ihr sprechen. Als wenn ich zu Hause wäre und sie angerufen hätte.“

Einstein strahlte. Das könnte funktionieren.

„Nein!“, fiel Ben ein. „Ich kann sie ja nicht hören. Woher soll ich wissen, was sie fragt?“

„Ist das nicht immer das gleiche?“

Ben zögerte. „Ja, eigentlich schon, aber …“

Das Timing, stand da im Display.

„Genau. Ich weiß doch nicht, wann sie gerade spricht und was sie sagt.“

„Wäre super, wenn wir jetzt schon die Kameras eingerichtet hätten. Dann könntest du sie hören."

„Kannst du das nicht schnell machen?"

„Das dauert zu lange. Wir müssen schneller reagieren."

Ich mach es, stand im Display.

Ben sah ratlos auf das Display. „Was meint sie damit?"

Timing

Einstein verstand. „Wir brauchen einen Code. Dann kann Stefanie uns schreiben, wann deine Mutter spricht und wann sie zuhört."

Im Display erschien prompt ein + -.

„Genau! Wenn du reden kannst, macht Stefanie ein Plus, wenn deine Mutter spricht, ein Minus."

„Und woher weiß ich, was sie fragt?"

„Egal, was sie fragt, du erzählst, was wir so gemacht haben. Also gemacht hätten, wenn wir nicht hier im Computer feststecken würden."

„Fällt das nicht auf?"

„Besser als hilflos abzuwarten. – Stefanie, wir machen uns Notizen, was Ben sagen soll, dann geben wir dir das Startsignal. In 10 Minuten?"

Ok, kam die Antwort.

Einstein war schon auf dem Weg aus dem Fahrstuhl. „Wir brauchen einen Zettel und einen Stift. Wie gut, dass wir alles reinprogrammieren können, was wir brauchen."

Ben eilte ihr hinterher und sah überrascht, dass Benjamin am Computer saß. Einstein starrte ihn böse an.

„Was machst du da?“

Benjamin sah betont unschuldig hoch. „Ich habe noch ein paar Fernseher angebracht. Ich dachte, ihr braucht sie.“

Ben sah sich um. Überall hingen große Bildschirme. Einstein sah Benjamin misstrauisch an, der blickte arglos zurück. Sie schob ihn zur Seite und setzte sich an den Computer.

„Na gut. Danke. Jetzt lass mich mal.“

Es brauchte nur ein paar Klicks und auf dem Tisch landete ein Notizheft und ein Stift. Sie schob beides Ben hin.

„Mach dir Notizen, was du sagen willst.“

Ben öffnete das Notizheft und starrte ratlos auf das weiße Blatt. Ein weißes Blatt, unbeschrieben, völlig leer. So ein leeres Blatt hatte immer einen seltsamen Effekt auf sein Gehirn. Es leerte sich in kürzester Zeit, bis es so leer war wie das weiße Blatt. Er starrte darauf und wusste nicht mehr, warum er darauf starrte. Wollte er etwas schreiben? Aber was?

„Erzähl von unserem Biologieprojekt.“

„Projekt?“ Ben wurde aus seinen Gedanken gerissen.

„Wir waren in der Schule“, schlug Einstein vor, „und haben den Hausmeister überredet, uns aufzuschließen, damit wir an den Schulcomputer können.“

„Wozu?“

„Um auszuprobieren, ob unsere Präsentation läuft.“

„Ja, das ist gut.“ Ben schrieb eifrig mit.

„Unser Programm lief nicht auf dem Schulcomputer. Die haben kein PowerPoint. Als wir es ausprobiert haben, ist das Programm abgestürzt und hat unsere Datei komplett zerstört“, vollendete Einstein ihre Gedanken. „Und jetzt müssen wir alles neu machen.“

Einstein grinste.

„Dann haben wir eine Ausrede, warum wir deinen Eltern nicht zeigen können, was wir gemacht haben.“

„Das ist genial“, rief Ben aus. „und was haben wir gegessen?“

„Was?“

„Meine Mutter fragt immer, was ich gegessen habe.“

„Stefanie hat für uns gekocht“, erklärte Einstein.

„Wirklich?“

„Ja.“

Ben seufzte, „Schade, dass ich das verpasst habe. Wäre bestimmt leckerer gewesen als das Essen hier drin.“

Eine Weile sah Ben verträumt vor sich hin, dann wurde er von Einstein angestupst.

„Los, bringen wir es hinter uns.“

Sie gingen zum Fahrstuhl und sahen nicht, dass Benjamin verstohlen wieder zum Computer schlich.

Das Telefonat

Im Fahrstuhl angekommen, atmete Ben tief durch. „Ich bin so weit.“

Im Display erschien Stefanies Nachricht: *Ich gebe Startsignal*

„Du schaffst das“, sprach Einstein ihm Mut zu.

***

Stefanie sah den beiden Kindern auf dem Bildschirm beunruhigt zu. Es half nichts. Sie mussten es versuchen. Sie nahm Bens Handy, schaltete den Lautsprecher ein und drückte die Taste: *Mama*. Sie wartete. Es knackte in der Leitung und Bens Mutter war zu hören.

„Ben! Na endlich.“

Stefanie schrieb ein + ins Display. Sie sah Ben, der mit aufgerissenen Augen das Display anstarrte. Sag doch was, dachte sie.

„Ben? Bist du es?“

Schnell schrieb sie ++. Einstein stupste Ben an, der fasste sich.

„Hallo Mama. Wir waren in der Schule.“

„Was? Heute ist doch Sonntag!“

Stefanie schrieb wieder + und wartete gebannt darauf, dass Ben etwas sagte. Doch Ben starrte weiter mit aufgerissenen Augen auf sein Blatt Papier. Einstein tippte auf Bens Notizen: *Bioprojekt*.

„Für unser Bioprojekt“, haspelte Ben. „Wir wollten ausprobieren, ob es auf dem Schulcomputer läuft. Tut es aber nicht. Es hat alles kaputtgemacht.“

Plötzlich mischte sich eine Männerstimme in das Gespräch ein. Bens Vater: „Wie seid ihr denn in die Schule gekommen, am Sonntag?“, fragte er streng.

Stefanie erstarrte. Schnell schrieb sie *Vater!* ins Display.

***

Ben erstarrte ebenfalls. Sein Vater? Was sollte er mit seinem Vater reden? Sie redeten nicht miteinander. Im Display erschien: *Sonntag Schule*.

Was meinte sie damit? Ben wusste nicht, was sein Vater gefragt hatte, also machte er einfach weiter.

„Unsere Datei ist kaputtgegangen. Weil in der Schule, die haben ein anderes Programm als das, was wir benutzt haben. Jetzt müssen wir nochmal alles von vorne machen.“ Ben redete sich um Kopf und Kragen.

Einstein ahnte, dass das Ganze nur noch schlimmer werden konnte und machte ein Schluss-Zeichen.

„Ich muss Schluss machen. Einstein wartet. Bis bald. Habt eine schöne Zeit!“

***

Stefanie legte schnell auf. Sie konnte sich beim besten Willen nicht vorstellen, dass dieses Telefonat die Eltern beruhigt hatte. Sie überlegte, ob sie Gesine anrufen sollte, doch fürchtete sie, das würde alles nur noch verdächtiger erscheinen lassen.

***

Ben sah Einstein betreten an. Das war nicht gut gelaufen.

„War ein Versuch", beruhigte Einstein Ben. „So, jetzt weiter. Damit wir endlich mal nach Hause kommen."

Einstein ging voran. Ben folgte nachdenklich. Er konnte sich sehr gut vorstellen, was seine Eltern jetzt sagen würden: Ben könnte nicht einmal einen vollständigen Satz sagen. Er erzählte seinen Eltern nichts. War bockig. Wenn er nach Hause kam, würde er nur Vorwürfe hören. Warum hast du nicht angerufen? Wir haben uns Sorgen gemacht. Immer die gleiche Leier. Er hatte keine Lust mehr darauf. Er tapste Einstein hinterher, sie setzten sich an ihre Computer. „Okay, ich programmiere die Kopplung mit den Webcams von Stefanie. Du checkst den Garten. Habe ich dort was vergessen?"

Julia kam aus seinem Zimmer zu ihm. „Das ist dein Zimmer?"

„Ja. Wieso?"

„Langweilig.“

Ben sah getroffen auf, doch Julia ging schon wieder, um sich den Garten anzusehen. Ben merkte, sie hatte Recht. Sein Zimmer war völlig beliebig. Jeder hätte darin wohnen können. Es war beliebig und langweilig. Genauso wie sein Leben da draußen. Das Interessanteste war sein Computer gewesen. Nichts von all den tollen Dingen, die er hier hineinprogrammiert hatte, gab es in der Wirklichkeit. Keinen Swimmingpool, keine Rutsche, kein Fußballfeld und keine Kletterwand. Er hatte kaum Freunde gehabt, nichts erlebt, hatte immer nur allein in seinem Zimmer gesessen. Nur gespielt und geträumt, aber er hatte nicht gelebt. Hier war er lebendiger als dort.

„Ich guck mal, ob Stefanie fertig ist. Dann können wir mit der Bildschirmübertragung starten.“ Einstein stand auf und ging zum Fahrstuhl.

„Okay.“

Ben klickte sich gelangweilt durch das Programm, sah durch, was Einstein im Garten vergessen haben könnte. Doch selbst der Garten zuhause war eintönig und langweilig. Ein Kirschbaum, sonst nur Rasen, akkurat gemäht. Kein Swimmingpool, keine Wasserrutsche. Er klickte sich durch das Menü, auf der Suche nach irgendetwas Interessantem, das er einbauen konnte. Er klickte ins Hauptmenü, suchte einzelne Buttons ab. Was war das? Neue Etage? Konnte er noch eine Etage einbauen? Schlagartig war er wieder wach und neugierig. Wie funktionierte das? Er klickte den Button an. Eine Etage über der 8 öffnete sich, und wieder war dort das Raster zu sehen, das er beliebig füllen konnte. Er grinste. Wenn er in diese Etage etwas reinprogrammieren würde, würde Einstein es nicht sehen. Er könnte es nur für sich machen, einfach so zum Spaß. Voller Eifer hämmerte er auf die Tastatur ein.

***

Stefanie sah Einstein im Fahrstuhl stehen und lauschte gebannt ihren Anweisungen.

„Hast du alle Webcams angebracht?“, fragte Einstein.

Stefanie nickte dem Mädchen auf dem Bildschirm zu. *Wie besprochen*, tippte sie ins Display des Fahrstuhls.

„Dann lass uns testen, ob die Übertragung funktioniert. Stell jetzt NFC auf deinem Smartphone an. Darüber kann ich von hier aus mit den Webcams kommunizieren.“

Stefanie tippte mit zitternden Fingern das NFC-Symbol an, das nun aufleuchtete. *Fertig*, tippte sie und sah gespannt zu Einstein.

„Ich seh nach, ob es funktioniert. Dann können wir uns über Videokonferenz unterhalten.“

Ich freu mich, tippte Stefanie noch schnell ein, bevor Einstein verschwunden war. Stefanie hatte alle Webcams in fast allen Zimmern verteilt und so aufgehängt, dass immer so viel wie möglich vom Raum zu sehen war. Sie hoffte, dass sie alles richtig gemacht hatte.

***

Einstein kam zurück. Ben sah unschuldig vom PC hoch. „Alles klar?“

Einstein nickte und setzte sich an ihren Computer.

„Verbindung herstellen.“

Und klick! Aufgeregt starrte sie auf die Bildschirme. Sie flackerten und ein Bild erschien. Stefanie saß in Bens Zimmer und sah in den Computer.

Einstein sprang auf. „Wir sehen dich!“

Stefanie grinste breit. „Ich euch auch.“

Einstein sah Ben erfreut an. „Wir haben jetzt eine Direktverbindung zur Wirklichkeit. Wahnsinn!“

Ben stellte sich neben Einstein und starrte fasziniert auf den Bildschirm. Stefanie winkte ihnen zu. Hinter ihr sah Ben sein Bett und das unaufgeräumte Zimmer.

Julia sah Ben an. „Und dahin willst du zurück?“

Ben war schlagartig betreten. „Na ja …“

„Hallo Stefanie“, rief Einstein fröhlich.

„Endlich können wir uns normal unterhalten. Wo sollen die restlichen Webcams hin?“

„In den Garten.“

„Und wie kriegen wir die Stefanie-Figur nach hier oben? Sie ist unten im Erdgeschoss. Und der Fahrstuhl geht nicht mehr“, wollte Ben von Einstein wissen.

„Ganz einfach. Mit ‚strg copy‘. Deine Eltern und Jannik und Roger sind auch in mehreren Leveln vorhanden.“

Benjamin stand plötzlich bei ihnen. „Strg copy? Was ist das?"

„Computerbefehle."

In Benjamin arbeitete es.

„Okay, du stellst den Garten fertig, ich hole die Stefanie-Figur hoch und programmiere sie um", sagte Einstein.

Ben setzte sich wieder an den Computer und klickte auf den Garten. Da gab es nichts mehr zu tun. Er war genauso langweilig wie in der Wirklichkeit. Also klickte er wieder zu dem Extra-Level und gestaltete den Raum verträumt weiter. Julia sah ihm plötzlich über die Schulter.

„Das ist ja schön. Wo ist das denn?"

Ben fragte erfreut: „Soll ich es dir zeigen?"

„Ja, sicher!"

Einstein sah von ihrem Schreibtisch auf.

„Ich bin so weit. Sollen wir es versuchen?"

Ben zögerte. „Schon?"

Einstein sah ihn skeptisch an. „Es wird Zeit, nach Hause zu kommen."

„Ja", meinte Ben zögernd.

„Spricht was dagegen?"

„Nein, natürlich nicht."

„Stefanie soll uns vom Garten aus rufen. So laut, dass wir es in deinem Zimmer hören können."

Julia mischte sich ein. „Du wolltest mir erst noch was zeigen. Das hast du versprochen!"

„Dauert nur ne Minute", entschuldigte sich Ben bei Einstein.

„Was?“

Einstein wurde immer skeptischer, doch Ben reagierte darauf nicht mehr. Er war bereits zusammen mit Julia auf dem Weg zum Fahrstuhl. Einstein eilte ihnen mit ungutem Gefühl hinterher. Im Fahrstuhl angekommen, ging ein Strahlen über Bens Gesicht. Auf dem Tableau gab es nun eine neue Etage. Die *8A*.

„8A? Warum nicht 9?“, wollte Julia wissen.

„Weiß ich nicht. Hat das Programm selbst gemacht.“

Einstein konnte es nicht fassen. „Du hast ein weiteres Level erschaffen?“

„Vielleicht gehört es ja auch noch zum 8ten Level.“

„Was gibt's denn da?“, wollte Julia wissen, und ohne auf die Antwort zu warten, drückte sie die 8A. Einstein konnte sie nicht mehr aufhalten. Bens Hals wurde trocken vor Aufregung. War wirklich alles dort, was er sich ausgedacht hatte?

Level 8A

Der Fahrstuhl hielt und die Türen öffneten sich. Ein blühender Baum stand vor ihnen, dahinter sah man einen See mit einer kleinen Hütte daneben. Rechts von ihnen war ein Hochseilgarten mit verschiedenen Seilrutschen. Ben strahlte. Der Hochseilgarten war nicht ganz das, was er sich wünschte, aber er hoffte, dass er Julia gefallen würde. Er sah zu Julia, die strahlte ihn an.

„Von hier gehen wir nie wieder weg!"

Ben freute sich über das „wir". Sie hatte ihn wie selbstverständlich miteinbezogen in ihre Zukunft. Einstein sah Ben besorgt an. „Ben. Wir wollten gerade nach Hause zurück."

Doch Ben konnte seine Augen nicht abwenden von der schönen neuen Welt. „Nur einen Moment. Nur mal gucken." Ben sah zu Julia und sie liefen los. Er dachte nicht mehr an Einstein, die am Eingang zurückblieb. Julia tauchte die Hand ins Wasser und spritzte ihn damit nass. Er lachte und spritzte zurück. Julia blickte zur Hütte. „Was ist denn da drin?", fragte sie neugierig. Und Ben neckend fügte sie hinzu: „Hängt da ein Hirschgeweih über einem Kamin?"

Ben lachte befreit. „Von wegen. Sieh es dir an!“ Er rannte vorneweg und sie hinterher, bis sie ganz außer Atem bei der Hütte ankamen. Er ließ ihr mit einer ironischen Verbeugung den Vortritt, und sie öffnete die Tür. Ein fast leerer Raum. Nur in der Mitte lag ein Anzug. Über dem Anzug hing an einer Spirale ein Helm mit Visier und Kopfhörer. Julia dämmerte, was das war, und sie staunte.

„Ein Holosuit?“

Ben nickte stolz. „Für Virtual-Reality-Spiele jeder Art. Ich kann dir reinprogrammieren, was du willst.“

„Abgefahren.“

Julia setzte den Helm auf und schaltete ihn ein. Schon tauchte sie in eine fremde Welt, bewegte sich tastend und vorsichtig im leeren Raum. Ben strahlte. Er konnte sich nichts anderes mehr vorstellen, als für immer und ewig hier zu bleiben. Hier bei Julia, mit Julia zusammen. Dies war der schönste Ort der Welt. Hinter ihm ging die Tür auf und er drehte sich um. Einstein war eingetreten. „Wir müssen zurück. Stefanie wartet auf uns.“

Ben wurde aus seinem Traum gerissen. „Ach, weißt du, ich glaube, ich will gar nicht mehr zurück.“

„Was?“ Einstein starrte ihn schockiert an. „Ist das dein Ernst?“

Ben fühlte sich lebendiger als je zuvor in seinem Leben. Hier wollte er bleiben. Er nickte entschlossen. „Ich bin mir sicher. Ich habe hier alles, was ich mir schon immer gewünscht habe.“

„Und deine Freunde?“

„Habe ich nicht.“

„Deine Eltern?“

„Nerven nur.“ Ben wartete auf weitere Einwände von Einstein, doch es kam nichts mehr. Es schien, als hätte sie aufgegeben.

„Na gut“, sagte sie langsam, „es ist deine Entscheidung.“

Sie drehte sich zum Gehen um. Da spürte Ben plötzlich, dass sie ihm fehlen würde. „Willst du nicht auch hierbleiben?“, fragte er schnell.

Einstein sah ihn traurig an und schüttelte den Kopf. „Nein, das ist nicht die Wirklichkeit. Ich kann mir nicht einbilden, dass mir das hier genügen würde.“

Ben fühlte sich angegriffen. „Ich bilde mir nichts ein. Das ist das, was ich will. Genau das hier.“

„Wenn du dir sicher bist. Dann ist das eben so.“

„Ich bin mir sehr, sehr sicher.“

Beide maßen sich mit Blicken. Einstein gab schließlich nach.

„Gut. Dann kehre ich allein zurück. Aber ohne deine Hilfe geht das nicht.“

„Natürlich.“

„Hilf ihr dabei. Damit sie gut nach Hause kommt“, sagte Julia, strahlte Ben an und ging beschwingt voran. Einstein folgte ihr und Ben glaubte, den Kloß in ihrem Hals sehen zu können. Lieber wäre ihm gewesen, Einstein wäre auch im Spiel geblieben. Aber natürlich wollte sie zurück. Hier drin, das war sein Traum, nicht ihrer. Schweigend standen sie zu dritt im Fahrstuhl. Keiner mochte den anderen ansehen.

Die Entscheidung

Als sie unten ankamen, gab Einstein nur kurze Instruktionen, was Ben zu tun hatte, und ging dann zu ihrem PC. Ben setzte sich mit einem Kloß im Hals an seinen PC und programmierte den Garten fertig.

Plötzlich flog ein Ball an ihm vorbei. Ben erschrak. Sofort folgte der Minidrache, der dem Ball freudig hinterherhüpfte. Ben drehte sich um. Benjamin strahlte über das ganze Gesicht. „Endlich habe ich einen Freund."

Ben verfolgte mit den Augen, wie der Drache freudig herumhüpfte und Benjamin den Ball zurückbrachte.

„Was hast du getan?" Einstein stand plötzlich neben Benjamin und sah ihn mit zusammengekniffenen Augen an.

Benjamin strahlte. „Ich habe ihn hochprogrammiert. Man konnte ihn ganz einfach von unten nach oben verschieben."

„Mach das sofort rückgängig!", befahl Einstein streng.

„Ich denke gar nicht daran."

Julia kam neugierig näher. „Das geht?"

„Ganz einfach“, strahlte Benjamin stolz.

„Ähm“, mischte sich Ben ein. „Lass ihn doch. Wir müssen hier weitermachen.“

Einstein zögerte, gab dann aber nach und setzte sich grummelig wieder an ihren PC.

„Du hast das Trampolin vergessen.“ Julia zeigte auf einen der Bildschirme, die an der Wand hingen.

„Wir haben kein Trampolin im Garten.“

Ben sah auf den Fernsehbildschirm an der Wand, der sein Zuhause zeigte und erschrak. Dort waren seine Eltern im Gespräch mit Stefanie zu sehen. Sein Vater baute gerade ein Trampolin auf. Seine Mutter rief: “Ben, wo bist du?“ Sie wollte an Stefanie vorbei ins Haus gehen. Stefanie hielt sie auf. „Wie war denn eure Reise? Erzählt doch mal.“

Ben sah alarmiert zu Einstein. „Meine Eltern sind zurück!“

Einstein sah auf. „So ein Mist! Wir müssen uns beeilen. Wenn die an den Computer gehen, komme ich hier nie wieder weg.“

Ben geriet ebenfalls in Panik. „Der Garten ist gleich fertig. Dann kannst du starten.“

„Gut, ich gebe Stefanie Bescheid, dass sie nur mich rufen soll. Das soll sie doch, oder?“

Zwei Augenpaare fixierten Ben. Er zögerte, schluckte, nickte dann entschlossen.

„Ja, nur dich.“

Ben machte sich an die Arbeit. Ein Trampolin fehlte jetzt in der Reproduktion des Gartens. Einstein sah zum Bildschirm, sie wartete darauf, dass Stefanie wieder in den Computer sah und das Spiel beobachtete, damit sie ihr das Startsignal geben konnte.

***

Stefanie stand immer noch im Garten und versuchte, Bens Mutter zu beruhigen, während Bens Vater das Trampolin aufbaute.

„Sie sind gerade unterwegs, was für den Computer kaufen."

„Ich glaube, es geht Ben gar nicht gut. Er war so seltsam am Telefon."

„Nein, es geht ihm gut. Er kommt gleich. Wollen wir so lange einen Kaffee trinken?"

Der Vater war fertig und betrachtete stolz sein Werk. „Hoffen wir mal, dass er wenigstens das Trampolin benutzt, wenn er sonst schon kein Sport macht."

Stefanies Lächeln wirkte sehr gestresst. „Bestimmt. Das ist toll. Geht schon mal in die Küche vor, ich hol noch kurz was aus Bens Zimmer."

„Ich komme mit." Bens Mutter machte sich bereits auf den Weg.

„Was? Nein!"

Bens Mutter stutzte: „Warum denn nicht? Sitzen sie etwa am Computer und spielen? Und du willst sie decken?"

„Ja, stimmt. Du bist die ganze Zeit schon so komisch", mischte der Vater sich ein.

„Nein, Quatsch. Jetzt trinken wir erstmal einen Kaffee und warten, bis sie zurückkommen."

Doch der Vater war nicht zu beruhigen. „Ich seh nach, ob ein Spiel auf seinem Computer läuft. Dann gibt's Saures."

***

„Ben! Dein Vater."

Ben und Einstein sahen erschrocken zum Bildschirm. Bens Vater stürmte in Bens Zimmer.

„Puh, der explodiert gleich." Julia sah interessiert dem Treiben auf dem Bildschirm zu.

***

Stefanie musste panisch mit ansehen, wie Bens Vater in Bens Zimmer stürmte und zum Computer lief. Sie atmete erleichtert auf, als sie sah, dass der Bildschirm sich bereits wieder auf Standby gestellt hatte. Wenigstens konnten Bens Eltern nicht sehen, dass Ben und Einstein im Computerspiel waren.

***

Ben und Einstein starrten auf den Bildschirm. Konnte Bens Vater sie sehen?

„Was jetzt?", flüsterte Ben.

„Abwarten", flüsterte Einstein zurück.

„Ist der immer so cholerisch?"

„Nur wenn ich am Computer spiele."

Hilflos mussten sie mitanhören und sehen, wie Bens

Vater sich über Bens Spielerei aufregte.

„Er macht nichts vernünftiges, nur wegen diesem blöden Ding hier." Er eilte zum Computer. Sie konnten nicht sehen, was er machte. Sein Rücken verdeckte den PC.

Ben und Einstein sahen sich panisch an. Was tat er da? Julia sah interessiert zu und grinste. „Der kriegt ja einen total roten …"

Plötzlich ging das Licht aus. Alles war schwarz. Eine undurchdringliche Dunkelheit umgab sie. Stille. Schwärze und Stille. Ben hörte das Rauschen in seinen Ohren, so leise war es. Er schluckte und es schien unendlich laut zu sein. „Julia?"

„Ich bin da", antwortete Einstein.

„Und Julia?"

„Ich glaube, dein Vater hat den Stecker gezogen", vermutete Einstein.

„Deswegen ist jetzt alles dunkel?"

„Solange es nur das ist."

Ben glaubte, Besorgnis in Einsteins Stimme zu hören. „Was denn noch?" Er hörte, wie Einstein im Raum umherging. Zögernd tastete er um sich und ging ebenfalls ein paar Schritte. Plötzlich erfasste ihn Panik. Müsste hier nicht sein Stuhl stehen? Er war doch gar nicht so weit weg gewesen. Und dahinter der Schreibtisch, der Computer. Er konnte nichts ertasten. Was war los? „Wo sind die Sachen?"

Einstein schwieg.

„Es ist alles weg!" Bens Stimme überschlug sich vor Angst.

„Ohne Strom kann das Spiel nicht laufen."

Ben fasste nicht, was Einstein meinte. „Was? Das heißt, das Spiel ist weg?"

Einstein schwieg wieder, was Ben umso mehr beunruhigte.

„Ganz und gar weg? Alles?" Bens Gedanken rasten. Was hatte das zu bedeuten? Das Spiel war weg? Würden sie hier festsitzen? Im Dunkeln? Ein Leben lang? Und wo war Julia? „Julia!", rief er so laut er konnte. „Julia, bitte antworte! Wo bist du?"

Er lauschte dem Nachhall seiner Rufe. Doch es kam keine Antwort. Er hörte, wie Einstein sich räusperte. „Sie kann ohne Strom nicht existieren."

Die Dunkelheit schien Ben zu erdrücken. Seine Kehle wurde eng, er bekam nur schlecht Luft. Er keuchte. Julia gab es nicht mehr. Und das Spiel auch nicht. Das Einzige, was es gab, waren er und Einstein und die Dunkelheit. Er war wie gelähmt, wusste nicht, was er machen oder sagen sollte. Er konnte nicht mehr denken.

„Ben?"

Ben räusperte sich, konnte nur ein Knurren von sich geben.

„Alles okay bei dir?"

„Hm."

„Wir warten mal ab."

Ben war danach zumute, laut aufzulachen, aber das vermochte er nicht. Worauf sollten sie warten? Bevor er die Frage stellen konnte, beantwortete Einstein sie bereits.

„Stefanie wird versuchen, deine Eltern loszuwerden und dann steckt sie den Stecker wieder rein!“

„Und wenn nicht?“ Ben brachte es nur mit Mühe über sich, diese Frage zu stellen.

„Wenn mein Vater den Computer in den Müll wirft?“

Schweigen. Ben wurde unruhig. Wenn selbst Einstein keine Antwort mehr wusste, stand es schlimm um sie.

„Gibt es uns dann nicht mehr?“

Wieder Schweigen. Ben konnte es nicht mehr aushalten, er wollte aber keine Fragen mehr stellen, denn die möglichen Antworten waren zu grausam.

Plötzlich gab es Lichtblitze, ein Flackern wie bei einer durchgebrannten Glühbirne. Dann wurde es hell. Ben bekam wieder Luft, wenn auch seine Augen von der Helligkeit schmerzten. Er sah sich um. Ein leerer Raum. Nur die wabenförmige Struktur am Boden und an den Wänden war zu sehen. War alles gelöscht? Vor seinen Augen wackelte alles, Strukturen blitzten auf, Umrisse einzelner Gegenstände zeichneten sich ab, dann füllten sie sich schwarzweiß, färbten sich langsam, bis die Farbe wieder da war. Ben atmete erleichtert auf. Dann sah er die Umrisse von zwei Personen. Julia und Benjamin? Die Umrisse füllten sich mit Rastern in Schwarzweiß, dann kam die Farbe.

„… Kopf, wenn er so weitermacht“, sagte Julia.

Ben starrte sie an, wusste im ersten Moment nicht, wovon sie redete. Doch dann dämmerte es ihm. Sie machte genau an der Stelle weiter, an der sie aufgehört hatte. Sie hatte nicht gemerkt, was passiert war.

Die Erkenntnis traf ihn mit voller Wucht. Sie war nicht echt! Sie war nur eine Spielfigur. Jetzt lief das Spiel wieder. Der Minidrache hüpfte herum und Benjamin lief ihm nach. Ben sah zu Einstein, die ihn beobachtete.

„Hallo, ihr beiden!“, kam eine Stimme aus dem Monitor, der über ihnen hing. Stefanie sah in den Bildschirm und versuchte, ihre Aufmerksamkeit zu bekommen.

„Deine Eltern sind in der Küche. Ich konnte sie überreden, erstmal einen Kaffee zu trinken. Wir können jetzt eure Rückkehr planen.“

„Meine Rückkehr. Ich komme allein.“

„Nein! Ich komme mit!“, sagte Ben entschlossen. Einstein sah ihn überrascht an. Dann ging ein Strahlen über ihr Gesicht. „Wirklich?“

„Ja.“

Einstein lächelte. „Ich glaube, du hast das Level gewonnen.“

Über Bens Gesicht ging auch langsam ein Strahlen. „Wirklich? Das war es? Entscheide dich zwischen Wirklichkeit und Spiel?“

Julia sah ihn verärgert an. „Du wolltest hierbleiben. Mit mir!“

Ben schluckte. Jetzt wirkte Julia wieder lebendig. Aber er würde nie wieder den Moment vergessen, als er sie als Raster gesehen hatte. Als ihm bewusst geworden war, dass sie nur aus Pixeln bestand und nicht aus Fleisch und Blut. Dieser Moment hatte sich fest in sein Gehirn eingebrannt.

„Wir wollten in die Hütte am See ziehen."

„Es tut mir unendlich leid. Es geht nicht. Ich muss zurück nach Hause."

„Du Verräter! Du bist ein elendiger Verräter!" Wutentbrannt rannte Julia davon.

Ben sah hilflos zu Einstein. „Wie kann es sie so verletzen?"

„Das ist nur erlerntes Verhalten, keine wirklichen Gefühle", versuchte Einstein, ihn zu beruhigen. Doch es beruhigte ihn nicht. Er konnte sich nicht dagegen wehren, sich schlecht zu fühlen, weil er sie gekränkt hatte.

„Komm, wir müssen uns beeilen", versuchte Einstein, ihn abzulenken. Sie sah zu Stefanie. „Solange Bens Eltern in der Küche sitzen, können wir in den Garten wechseln."

„Und bringt eine Überraschung mit. Das war die einzige Notlüge, die geholfen hat, sie wieder zu beruhigen", bat Stefanie.

„Ja, äh …"

„Wir lassen uns was einfallen."

„Los jetzt. Beeilung. Bevor wieder etwas dazwischenkommt."

Endspiel

Einstein wollte sich an den Computer setzen und bemerkte, dass Julia dort saß. „Was soll das? Was machst du hier?"

Julia stand betont unschuldig auf. „Nichts. Ich hab nur was geguckt."

Einstein sah misstrauisch auf das Programm. Es schien nichts verändert zu sein. Sie hatte keine Zeit, länger darüber nachzudenken. Sie programmierte die Stefanie-Figur in den Garten und sah zu Ben rüber. „Wie kommen wir am schnellsten von deinem Zimmer in den Garten?"

„Mit der Wasserrutsche. Direkt aufs Trampolin." Ben grinste über seine Idee.

„Gut. Wir haben eine halbe Stunde Zeit."

„Haben wir bestimmt nicht. Mein Vater macht sicher schneller Stress."

„Also beeilen wir uns."

Bens Zimmer war fertig. Der Garten war nun mit einem Trampolin ausgestattet und somit eine perfekte Kopie des echten Gartens. Ben erschrak, als plötzlich Stefanie in den Garten trat. „Was macht sie hier?"

Einstein lachte. „Das ist nur die Figur."

„Ach ja."

Stefanie begann auch sofort zu rufen. „Ben, Einstein, kommt in den Garten!"

Ben nickte glücklich. „Also gut. Gehen wir." Er sah sich im Raum um. „Tschüss, du tolles Spiel." Dann suchte er den Raum mit Blicken ab. Wo waren Julia und Benjamin? Er wollte sich gerne von ihnen verabschieden. Plötzlich öffnete sich die Fahrstuhltür und der große Drache tauchte auf.

Ben erschrak. „Was ist das?"

„Wenn ich nicht von hier wegkomme, kommt keiner von hier weg!"

Julia tauchte hinter dem Drachen auf. Ihre Augen blitzten vor Wut. „Das ist die Mama des kleinen Baby-Drachen. Die habe ich hochprogrammiert. Benjamin hat mir gezeigt, wie es geht."

Doch Benjamin war genauso erschrocken wie Ben und Einstein. „Aber doch nicht dafür."

Der Minidrache hüpfte fröhlich zu seiner Mutter, die sehr erbost wirkte, dass ihr das Kind weggenommen worden war. Wütend schoss sie einen Feuerstrahl in den Raum, der nur knapp am Trampolin vorbeiging. Julia, die bis eben noch hämisch lachte, bekam nun auch Angst. Sie sah sich nach einer Waffe um. Benjamin duckte sich angsterfüllt hinter ihr. Ben beobachtete, wie die Stefanie-Figur weiter mit heiterer Stimme nach Ben und Einstein rief, obwohl der Drache immer näher an sie herankam. Es wirkte grotesk, dass sie nicht darauf reagierte, als ein Feuerstoß ihre Haare ansengte. Unbeirrt rief sie: „Ben, Einstein! Kommt in den Garten!“

Einstein nickte Ben zu, sie sollten so schnell wie möglich hier weg und zurück ins reale Leben. Sie warf einen Blick zum Bildschirm und sah Stefanie bereitstehen. Gerade wollte sie ihr das GO geben, als der Drache Feuer ausstieß und der Baum im Garten in Flammen aufging. Ben hechtete zum Computer und gab „Regen“ ein. Sofort löschte ein heftiger Regenschauer das Feuer. Doch für den Baum war es zu spät. Er war blattlos und verkohlt und qualmte vor sich hin. Einstein rief Ben zu: “Programmier einen neuen Baum. Es muss so aussehen wie bei dir zuhause, sonst klappt es vielleicht nicht.“

Ben suchte im Menü den Baum. Kaum hatte er ihn gefunden und angeklickt, stieß der Drache erneut Feuer aus und flammte einen Busch weg. Ben suchte fieberhaft den richtigen Busch im Menü. Aus dem Augenwinkel sah er den Drachen auf sich zukommen. Nervös suchte er in seinen Taschen und fand den Ball von Julia. Er warf ihn über den Kopf des Drachen hinweg. Der Drache wendete irritiert den Kopf und sah dem Ball hinterher. Den Moment nutzte Ben, um den Busch zu platzieren. Dann sah er zu seinem Entsetzen, dass der Drache auf Julia losging. Ben reagierte panisch. „X ihn aus!“, kam von Einstein die rettende Idee. Ben suchte im Menü den Drachen und löschte ihn. Der Drache löste sich im selben Moment in Luft auf. Ben atmete erleichtert aus.

Alle hielten erschöpft inne und atmeten schwer durch. Nur Stefanie lief weiter unbeschwert durch den Garten und rief: „Ben, Einstein! Kommt in den Garten!“

„Wir müssen uns beeilen“, drängte Einstein.

„Ich weiß“, antwortete Ben. Er sah zu Julia, doch die blinzelte ihn so böse an, dass er zusammenzuckte. Einstein warnte ihn: „Schnell, bevor sie sich was Neues ausdenkt, um uns am Wegkommen zu hindern!“

Eilig liefen sie hoch in Bens Zimmer und zum Fenster, das zum Garten führte. Der Eingang der Wasserrutsche war direkt dort und das Ende zielte aufs Trampolin.

„Stefanie, ruf uns!“, rief Einstein. Im Monitor war Stefanie zu sehen, die im wirklichen Garten stand. Sie nickte und begann zu rufen: „Ben, Einstein! Kommt in den Garten!“ Gleichzeitig hörten sie die Spiel-Stefanie nach ihnen rufen. Beide Stimmen schienen sich zu überlagern. Sie wussten nicht mehr, welche woher kam. Jetzt war der richtige Zeitpunkt gekommen. Sie nickten sich zu, dann sprang Einstein in die Rutsche. Ben wollte direkt hinter ihr los, doch plötzlich kam Julia dazwischen. „Nicht ohne mich!“, rief sie, griff Bens Hand und sprang mit ihm gemeinsam in die Rutsche. Ben war komplett überrumpelt, spürte Julias Hand in seiner. Sie wirbelten durch die Rutsche, hörten von überall gleichzeitig Stefanie rufen.

***

Ben verlor die Orientierung, alles kreiste um ihn, er rutschte und rutschte. Und landete unsanft auf dem Trampolin. Er hüpfte noch ein paarmal auf und ab, dann stand er auf und sah sich um. Wo war Julia? Eben hatte er sie noch an der Hand gehalten. Einstein stand neben seinen Eltern, die anscheinend inzwischen in den Garten gekommen waren, und rief so laut und fröhlich sie konnte: „Überraschung!"

Ben starrte sie dümmlich an, dann fiel ihm ein, dass seine Eltern ja eine Überraschung von ihnen erwarteten. Also quälte er sich ein Lächeln ab und rief ebenfalls „Überraschung!" Er sah sich um. Die Rutsche war nicht mehr da. Sie existierte nur im Spiel. Aus der Sicht seiner Eltern waren sie mitten aus der Luft aufgetaucht und auf dem Trampolin gelandet. Vorsichtshalber warf Ben einen Blick auf seinen Unterarm. Dort gab es keine Lebens- und Regenerationsbalken mehr. Und endlich ging über sein Gesicht ein echtes Strahlen. Er war wieder zuhause!

Seine Eltern kamen freudestrahlend auf ihn zu und umarmten ihn. Sein Vater konnte immer noch nicht glauben, was er eben gesehen, beziehungsweise nicht gesehen hatte.

„Ihr seid aus dem Nichts aufgetaucht. Plötzlich wart ihr auf dem Trampolin. Wie habt ihr das gemacht?"

Ben grinste Einstein an. „Wird nicht verraten."

„Sie haben ewig für diesen Trick trainiert", warf Stefanie dazwischen.

Ben sah sich erneut um, flüsterte Einstein zu: „Wo ist Julia? Sie ist mit mir zusammen gesprungen."

„Sie wird sich aufgelöst haben. Ohne das Spiel kann sie nicht existieren."

Stefanie kam dazwischen und umarmte beide ganz fest, als wolle sie sie nie wieder loslassen. „Ihr Wahnsinnigen."

Bens Vater lachte. „Ja, euer Auftritt war der Wahnsinn, wirklich."

Die drei sahen sich an. Sie wussten, was wirklich passiert war. Aber das würde ihr Geheimnis bleiben.

Nachspiel

Am nächsten Tag holte Einstein Ben ab, um gemeinsam zur Schule zu gehen. Ben kam immer noch alles ganz unwirklich vor. Das Essen berauschte ihn mit all seinen Düften, Gewürzen und Geschmäckern. Seine Eltern redeten viel mehr und ganz andere Dinge als im Spiel. Es gab Wind, Kälte und Wärme. Intuitiv griff er nach den Blättern einer Hecke, an der sie vorbeikamen. Sie fühlten sich warm und weich an, gleichzeitig glatt. Er strich an einer Hauswand entlang, rauer Verputz riss an seiner Haut. Alles, was er anfasste, fühlte sich anders an. Im Spiel war alles gleichmäßig glatt und eben. Hier in der Wirklichkeit waren die Dinge so unterschiedlich. So hatte er sie nie zuvor wahrgenommen. Jetzt zog schon wieder ein anderer Duft an ihm vorbei. Flieder. Dann der Zigarettenrauch eines Passanten. Einstein beobachtete ihn, wie er wie neugeboren die Welt wahrnahm. „Na, glücklich über deine Entscheidung?“

„Und wie!“, sagte Ben und strahlte. „Obwohl dein Spiel der Hammer ist! Aber total gefährlich.“

„Vielleicht hätte ich doch nicht einen selbstmodifizierenden Code verwenden sollen.“

„Hä?“, Ben verstand mal wieder nur Bahnhof.

„Das Programm hat dazugelernt. Maschinelles Lernen nennt man das. Leider hat es Sachen gelernt und verändert, die ich absolut nicht haben wollte. Und Julia hat weit mehr Möglichkeiten entwickelt, als ich ahnte.“

„War Julia denn böse oder nur enttäuscht? Mochte sie mich wirklich?“, wollte Ben wissen.

„Vielleicht hat sie dich auch nur benutzt.“

„Aber dann hat sie doch einen eigenen Willen. Was sie jetzt wohl macht?“

„Das würde mich auch interessieren.“

Ben sah Einstein aufgeregt an: „Sollen wir mal nachsehen?“

„Auf keinen Fall! Das ist viel zu gefährlich. Vielleicht geraten wir dann wieder hinein. Wir dürfen das Spiel nie wieder öffnen.“

„Schade.“

Sie kamen zum Schulhof, und plötzlich blieb Ben wie vom Blitz getroffen stehen. Julia. Da stand sie. Mitten auf dem Platz kickte sie mit einem kleinen Ball. Ganz allein für sich. Ben starrte sie an. Hatte sie es geschafft? War sie doch hier herübergekommen aus dem Spiel? Einstein erriet seine Gedanken. „Das ist die andere.“

Ben starrte sie an, wusste nicht, worüber Einstein redete. Dann wurde es ihm klar. „Natürlich. Die echte Julia.“

Ihr Ball rollte zu ihm.

„Los, kick ihn zurück“, forderte sie ihn auf.

Ben zögerte keine Sekunde. Er holte aus und schoss den Ball gekonnt zu Julia. Er grinste. Das stundenlange Üben hatte sich bezahlt gemacht. Julia war perplex. Dann grinste sie breit. „Willst du mitspielen?“

Ben zögerte kurz, dann sah er grinsend zu Einstein und schüttelte den Kopf. „Keine Zeit.“ Er ging mit Einstein weiter. „Du wolltest mir doch beibringen, wie man programmiert.“

Einstein grinste. Sie waren ein Team. Sie lachten und wussten, sie beide würden noch viele Abenteuer miteinander erleben.

ISBN 978-3-8190-5252-1
00008
9 783819 052521
www.epubli.com